季羨林

序言選

李敖林

序言選

三聯書店（香港）有限公司

# 自序

　　古人好讀書，不求甚解；我是好讀書，專求甚解。我這些理解多見於我寫的序跋中。因此，我一生寫序跋的總數達到了十分可觀的程度，共有二三百篇之多。

　　現在學術界頗有一些學者對我發生了興趣，我感激這些學者的關愛，因為這對我無疑是一面鏡子，從中可以照見自己的真相，對於自己的進步是大有裨益。

　　現在張世林先生從我寫的這些序、跋中精選出五十篇編成了這部集子，將由香港三聯書店出版繁體字本。我認為這對於香港讀者、臺灣讀者以及全世界的華人僑胞會有很大的好處，所以我樂意寫這篇自序。

季羨林

2007 年 4 月 13 日

# 目　錄

## 自序

## 師序篇

## 自序篇

## 友序篇

師序篇

# 《胡適全集》序
## —— 還胡適以本來面目

　　在中國近百年來的學術史上、思想史上、文化史上、文學史上，甚至教育史上，胡適都是一個舉足輕重的人物，一個矛盾重重的人物，一個物議沸沸揚揚的人物，一個很值得研究而又非研究不行的人物。

　　最近安徽教育出版社決定出版約莫有兩千萬字的《胡適全集》，徵序於我。我沒有怎樣考慮，便輕率地答應了下來。現在說是輕率，但在當時並沒有一點輕率的感覺，反而覺得確有點把握。因為我從中學起，一直到大學，到留學，到回國任教，胡適的著作從《嘗試集》、《胡適文存》起，一直到《胡適論學近著》，再加上報刊雜誌上他的那一些政論文章都讀過，有的還讀了不止一遍。對他的學術造詣以及對政治和社會問題的看法，自己覺得頗有把握。在另一方面，在40年代後半期，我作為北京大學的一個系主任，同作為校長的胡適，經常有接觸的機會，請示彙報，例所難免。在學術研究方面，我同他一樣，都推崇考據之學，頗能談得來。從而對他的為人，待人接物，應對進退，有充足的感性認識。有了這兩個方面，為他的《全集》寫序，心裏是覺得頗有底兒

的，答應下來，難道還能算是輕率嗎？

但是，一旦靜心構思，準備動筆，我才憬然頓悟：自己答應得真是過於輕率了。我平常寫東西，下筆頗快。這一次我卻想一改舊習，學一學我的老祖宗季文子，要「三思而後行」，想把序寫得好一點，寫出一點水平來。適逢當今學壇突然掀起一股「胡適熱」。僅就我視線所及，已經有十多種關於胡適的論著和胡適本人的著作出版問世。我覺得，要想寫好這一篇序，必須熟讀今賢書，從他們的書中吸取營養，擴大自己的眼界，開拓自己的思路。這個想法不能說不正確。古代中外許多聖賢不都提倡多聞嗎？

於是我就多方搜求，得到了十幾種胡適的書和關於胡適的書，整整齊齊，羅列案頭，準備一一閱讀，然後下筆，定能彩筆生花，寫出一篇美妙的序文來。讀了第一本書，覺得獲得了很多知識，心裏甜絲絲的。讀了第二本，又覺得增長了很多知識，心裏又甜絲絲的。記得外國什麼哲學家說過，讀別人的書，好像是讓別人在自己的腦袋裏跑馬。跑第一次馬時，我覺得跑得好，跑得有道理。跑第二次馬時，我就覺得有點不對頭。比方說，第一次跑馬，馬頭向東。第二次跑馬，馬頭卻突然轉而向西。究竟是向東對呢，還是向西對？我有點糊塗起來了。我這「糊塗」並不「難得」，是於無意中得之的。在糊塗中，我自己暗自思忖：如果第三次跑馬而馬頭向南，第四次跑馬而馬頭向北，我腦袋裏豈非天下大亂了嗎？這樣一來，我將茫然，懵然，無所適從，我將完全處於被動的地位，變成一位呆子。

我於是下定決心，當機立斷，把案頭的書推開，除了偶爾翻閱一下以外，不再從頭認真細讀。與其讓別人在自己腦袋裏跑馬，何不讓自己跑幾趟馬呢？此時，我彷彿成了菩提樹下的如來佛，塵障全逝，本性固融，丟掉了桎梏，獲得了大自在。

且看我跑出些什麼結果來。

# 胡適在中國近百年來
# 學術史思想史上的地位

中國近百年來的學術史，也可以說是 20 世紀的學術史，究竟應該怎樣分期，我還沒有讀到並世賢哲們的著作。我自己在這方面決不敢以內行自居，本着「半瓶子醋晃蕩」的原則，提出自己的看法。學術總是脫離不開政治的，以政治環境為綱，我想把 20 世紀的中國學術史分為五個階段：

（一）1901—1911 年

（二）1911—1919 年

（三）1919—1949 年

（四）1949—1978 年

（五）1978—現在

我在下面試着加以簡略的分析。

我覺得，要想探索中國近百年來的學術史，必須抓住三條線索或

者三條脈絡：一條是遵守乾嘉諸老的以考據為基礎的治學方法；一條是利用西域和敦煌新發現或新出土的古代典籍和文物；一條是——利用美國學者費正清的現成的話——「中國對西方的反應」（China is response to the west）。第一條和第三條都明白易懂。只有第二條需要加點解釋。中國學術史上——我想，世界學術史也一樣——有一種現象或者甚至一條規律：有新材料發現，就能把學術研究向前推進一步，在學術史上形成一個新的階段或新的時代。這樣的例子，中外都不缺乏。在中國學術史上，最新的一次材料大發現，就是西域考古成果和敦煌遺書。關於這個問題，王靜安先生做過演講，而且他自己就是身體力行的人。陳寅恪先生在《王靜安先生遺書·序》（見《金明館叢稿二編》）一文中說：「然詳繹遺書，其學術內容及治學方法，殆可舉三目以概括之者。一曰取地下之實物與紙上之遺文互相釋證。……二曰取異族之故書與吾國之舊籍互相補正……三曰取外來之觀念，與固有之材料互相參證。」這真可謂要言不煩。以簡單明瞭的三目概括了王靜安一生「幾若無涯岸之可望」的治學範圍和治學方法，真是大手筆。寅恪先生的第一目和第二目，相當於我上面說的第二條，第三目相當於我說的第三條，大家一看就可以明白。

我在下面分析我提出來的五個階段時，就以陳先生的三目為綱。只有提綱，才能挈領。我的分析當然以適之先生為主，因為我不是在寫《中國近百年來學術史》，而是寫《胡適全集》的序。在五個階段中，第一階段與胡適關係不大，那時他還是青年學生。第二階段則與他關係至

大，他是這一階段的主角。第三階段他仍然演重要的角色。第四階段他居住在臺灣和美國，幾與大陸學術界脫離。第五階段則他已去世，沒有可能再扮演什麼角色了。歲月流轉，時移世變，對陳先生的三目必須有所增添。這是很自然的事，用不着多加解釋了。

以下就是分析。

# 第一階段

雖然清王朝已朝不慮夕，但仍然有一個太后和兩個皇帝坐在寶座上，發號施令，天下依然是大清帝國的天下。這種政治環境不能不對人們的心態起着作用。

在這期間，乾嘉諸老的考據學風對一些學者仍有影響。學術界的一些領袖人物，像章太炎、梁啟超等忙着以不同的形式進行反滿的活動，想重振大漢之天聲，對學術研究不能不有所忽視，研究成果難以出現。但是，正在同時，由西方人進行的西域考古則碩果纍纍，而敦煌遺書的發現者最初也是西方人。北京的學者們雖已有所聞，但他們中之奸猾腐敗者，只知竊取，據為己有，而不知研究利用，與西方學人根本對立。在學術研究方面根本談不到對西方的反應。

在這一階段，胡適還是一個少年，談不上什麼參與。

# 第二階段

1911 年，辛亥革命成功。不管對這個成功如何評價，反正北京已把皇帝改成總統（最初叫普理璽天德），五族共和了，中國幾千年來的封建統治結束了。這種政治環境也必然對中國人民——學者當然也包括在裏面——的心態起着作用。在政治上，共和了沒有多久，洪憲復辟的醜劇就出臺而後又迅速的覆滅。接着來了軍閥混戰，民不聊生。在學術文化圈了裏，老 輩的領袖人物，如章太炎、嚴復、康有為、梁啟超等等，都有點功成身退的意味，一點也不活躍，在這一階段的前一半，幾乎成了真空，然而卻給胡適準備好了活動舞臺。

胡適於 1910 年赴美留學，先學農，後改文學，又改哲學。在文學和哲學中，他如魚得水，歡游自如，找到了安身立命之地。初到美國時，他對美國政治感到極大的興趣，並且親自參加一些活動，達到如瘋如狂的地步。因此，終其一生他認為美國式的民主政治是最好的政治，這裏就埋下了他既反對共產黨的政治，也反對國民黨的政治之根。在哲學思想方面，他的最高理想就是杜威實驗主義，也可以說是終生以之的。在學術研究方面，從他所寫的三篇最早的文章——《〈詩〉三百篇言字解》、《爾汝篇》、《吾我篇》——中，依稀可以看見乾嘉諸大師的考據學對他的影響，他也是終生服膺增加了一點新成分的考據學，他有時稱之為「科學方法」。

胡適於 1917 年回國。他雖然去國外七年之久，但是對國內的情況，

他還是相當清楚的。他回國後看到的是一個民生凋敝、政治混亂的局面。學術界幾乎是一片荒蕪，好像是等待着他來一試身手，大顯身手。他一不頹唐，二不鬱悶，而是精神抖擻，投入到祖國的改造中去。他帶回來的是滿腦袋的西方，特別是美國的思想。從對西方的反應這個角度上看，這是最激烈的時候，激烈地向西方傾斜。胡適的思想實際上是「全盤西化」的思想。陳獨秀於 1915 年在上海創辦的《新青年》，可以説是為胡適準備好了一片活動場所。1917 年，胡適的石破天驚的文章《文學改良芻議》，就發表在《新青年》1917 年 1 月號上。這是中國近代「文藝復興」的第一聲響炮，影響深遠。胡適原意是掀起一場新文化的運動，然而最終卻變成了一場聲勢浩大的政治運動，胡適對此曾多次表示不滿。胡適因此以二十多歲的青年「暴得大名」。

總之，第二階段的後半期，胡適意氣風發，主宰了當時的文壇和學壇。

# 第三階段

在這一階段的前半期，胡適仍然是中國學術界和思想界的主將，同時他又涉足政治，發表了一些政論文章。在學術研究方面，乾嘉諸老的考據學對他仍有極大的影響。他銳意弘揚自己的「科學方法」。最著名的兩句話「大膽的假設，小心的求證」，是他津津樂道而又人所共知的。西域考古資料，他不甚措意。敦煌遺書也僅僅利用了一點關於神會

和尚的資料。而在同時，中國學術界的諸大師，如王國維、陳寅恪等等則精心利用地下發掘出來的資料和敦煌遺書，寫出了超越歐洲和日本學者水平的文章。在對西方的反應方面，胡適一仍舊貫，向西方，特別是向美國傾斜，在學術方面和政治方面，都是如此。

## 第四階段

此時中華人民共和國已經建立。胡適逃出了大陸，有時住在美國，有時住在臺灣。在臺灣，他並沒有受到青睞，有時還遭到批判。在大陸上，從 50 年代中期起，他遭到嚴厲的批判，成為著名的「反面教員」。對學術界的正面影響，可以說是一點也沒有，有人甚至談胡色變，在大陸，胡適時代早已經結束了。胡適畢竟還是一個愛國者，不願老死異鄉的美國，晚年回到了臺灣，剛過古稀之年，就走完了自己的人生歷程。

## 第五階段

1978 年中國大陸上執行了改革開放的方針以後，經濟上發生了天翻地覆的變化。文化界和學術界，也在多年窒息之後，從外面吹進了一股新風。中國的知識分子，被除掉了桎梏，思想活潑起來。在學術研究方面，敦煌學取得了輝煌的成績，吐魯番學也初具規模，一批年輕學人脫穎而出，預示出中國學術萬紫千紅，繁花似錦的時期即將在新的一個世

紀內來臨。對西方的反應是積極的。我們既主張拿來主義，也推行送去主義，這給我們帶來了莫大的益處。胡適雖然早已離開了人世，但在這一股和煦的春風吹拂中，學術界正掀起一股「胡適熱」，關於胡適的著作已經出版了十幾種。胡適自己的著作也陸續出版，《胡適全集》即將出版，這將是胡適研究的登峰造極之舉。對胡適的評價，也一反過去那種僵化死板的教條主義，轉向比較實事求是的公平合理的康莊大道。還胡適以本來面目，此其時矣。

## 作為學者的胡適

我認為，胡適首先是一個學者，所以我把評估他的學術成就列為第一項。這裏用「評估」二字，似乎誇大了一點，只能說是我對他學術成就的印象而已。而且學者和思想家往往緊密相連，你中有我，我中有你。硬分為二，是不得已之舉。其間界限是十分模糊的。

我不是寫《胡適傳》，我不想把他的學術著作一一羅列。如果舉書名的話，也不過是為了便於說明問題。我想把他的學術著作粗略地分為六大類：

（一）早年的《〈詩〉三百篇言字解》、《爾汝篇》、《吾我篇》；

（二）整理國故和國學研究；

（三）以《說儒》為中心的《胡適論學近著》；

（四）關於神會和尚的研究；

（五）關於《水經注》的研究；

（六）為許多舊的長篇小說寫序、作考證，一直到新紅學、《白話文學史》和《哲學史》等。

這六大類約莫可以概括他的學術研究範圍。

我對以上六大類都不一一做細緻的論述和分析。我只根據我在上面劃分中國近百年學術史的階段時提出來的三條線索或者三條脈絡，來籠統地加以概括。第一類中的三篇文章，明顯地表現出來了，它們一方面受到了乾嘉考據的影響，另一方面又受到了西方語言研究的影響，特別是「吾」、「我」、「爾」、「汝」這幾個人稱代詞。漢字是沒有曲折變化的，完全不像西方那樣。在西方語言中，人稱代詞有四格——主格、賓格、所有格和受事格——從字形上來看，涇渭分明，而漢字則不然，格變只能表現在字變上。這一點很容易為不通西語者所疏忽。胡適至少通英語，對此他特別敏感，所以才能寫出這樣的文章。胡適自己說：

> 我那時對歸納法已經發生了興趣，也有所瞭解，至少我已經知道了「歸納法」這個辭彙了。同時我也完全掌握了以中國文法與外國文法作比較研究的知識而受其實惠。（《胡適口述自傳》頁120-121）

可以看出他自己的認識。

談到國學研究，先要澄清一個誤解。我往往聽到有人懷疑：胡適是新文化運動的領袖，怎麼會一變而整理起國故來？這是不瞭解全面情況的結果。胡適說：

中國文藝復興運動有四重目的：

（1）研究問題，特殊的問題和今日迫切的問題；

（2）輸入學理，從海外輸入那些適合我們作參考和比較研究用的學理；

（3）整理國故（把三千年來支離破碎的古學，用科學方法做一番有系統的整理）；

（4）再造文明，這是上三項綜合起來的最後目的。（上引書，頁203）

原來胡適是把整理國故或國學研究納入他的「中國文藝復興」的範疇之內的，同平常所理解不同。

胡適對中國近三百年來的學術研究做了幾點總結。在成就方面，他認為有三項：第一項是「有系統的古籍整理」；第二項是發現古書和翻刻古書；第三項是考古──發現古物。同時，他也指出了三大嚴重的缺點：第一個缺點是研究範圍太狹窄；第二個缺點是太注重功力，而忽略了理解；第三個缺點是缺少參考比較的材料。他針對這三大缺點，提出了復興和提倡國學研究的三點意見：第一，用歷史的方法來儘量擴大研究的範圍；第二，注意有系統的整理；第三，「專史式」的整理──諸如語言文字史、文學史、經濟史、政治史、國際思想交流史、科技史、藝術史、宗教史、風俗史等等。（上引書，頁 204-207）

以上就是胡適對整理國故的意見和貢獻。

至於《胡適論學近著》中《說儒》那一篇長達數萬言的論文，確

是他的力作。他認為，「儒」字的原意是柔、弱、懦、軟等等的意思。孔子和老子都屬於被周滅掉的殷遺民的傳教士。由於他們是亡國之民，他們不得不採取那種柔順以取容的人生觀。唐德剛（美籍華人，著名學者。1948 年赴美留學，就讀於美國哥倫比亞大學，獲史學、哲學博士。後任哥倫比亞大學教授、紐約市立大學亞洲學系主任。曾發表《胡適口述自傳》、《胡適雜憶》、《李宗仁回憶錄》、《顧維鈞回憶錄》、《張學良世紀傳奇》等著作。──本書編者）先生對《説儒》這篇文章給予了至高無上的評價。他説：「適之先生這篇《説儒》，從任何角度來看，都是我國國學現代化過程中，一篇繼往開來的劃時代的著作。」

他又説：「胡氏此篇不但是胡適治學的巔峰之作。也是中國近代文化史上最光輝的一段時期，所謂『三十年代』的巔峰之作。我國近代學術，以五四開其端，到 30 年代已臻成熟期。那時五四少年多已成熟，而治學干擾不大，所以宜其輝煌也。這個時期一過以至今日，中國再也沒有第二個『三十年代』了。適之先生這篇文章，便是三十年代史學成就的代表作。」（上引書，頁 273-274）我個人認為，唐先生對《説儒》的評價和對三十年代學術的估價，是頗值得商榷的。《説儒》意見雖新穎，但並沒有得到學術界的公認。郭沫若就有文章反駁。所謂「三十年代」的學術成就，不知何所指。當時日寇壓境，舉國同憤，也不能説「干擾不大」。

關於適之先生的神會和尚的研究和《水經注》的研究，他的確用力很勤，可以説是半生以之。前者的用意在研究中國禪宗史，後者的用意

在為戴震平反昭雪，其成績都應該説是在《説儒》之上。

　　為舊小説寫序，作考證，在這方面胡適的貢獻是很大的，而影響也很大。在舊時代，小説不能登大雅之堂。由於胡適和其他一些學者的努力，小説公然登上了文學的殿堂，同其他昔日高貴的文學品種平起平坐。他對《紅樓夢》的研究，我個人覺得是合情合理的。至於與此有聯繫的《白話文學史》，我認為是失敗之作。因為白話同淺顯的文言並無涇渭分明的界限，反不如用模糊理論來解釋——可惜當時這個理論還沒有產生。胡適有時牽強附會，甚至捉襟見肘，不能自圓其説。《中國哲學史》始終沒有寫完，晚年雖立下宏願大誓，要把它寫完，可惜他過早地逝去，留下了一部「未完成的傑作」。適之先生在學術問題上有時候偏激得離奇，比如對中國的駢文，他説「有欠文明」。他認為「四六」體起標點符號的作用，他把中國中古期文章體裁説成「鄙野」或「夷化」，因為它同古代老子和孔子所用的體裁完全不同，同後來唐宋八家的古文，也迥然有別。他拿歐洲「修道士的拉丁」和印度的「沙門梵文」來相比，前者我不懂，後者則完全不是這麼一回事。我認為這是一位極其謹嚴的學者的極其可怪的偏見。這一點，唐德剛先生也是完全不同意的。（上引書，頁 274-275）

## 作為思想家的胡適

　　胡適不喜歡「哲學史」這個詞兒，而鍾愛「思想史」這個詞兒。因

此，我不稱他為「哲學家」，而稱他為「思想家」。

不管是哲學，還是思想，他都沒有獨立的體系，而且好像也從來沒有想創立什麼獨立的體系，嚴格地講，他不能算是一個純粹的思想家。我給他杜撰了一個名詞：行動思想家，或思想行動家。他畢生都在行動，是有思想基礎的行動。大名垂宇宙的五四運動，在中國學術史上，中國文學史上，甚至中國政治史上，是空前的，而執大旗作領袖的人物，不能不說是胡適，這是他在既定的思想基礎上行動的結果。一個純粹的思想家是難以做到的。

說到思想，胡適的思想來源是相當複雜的，既有中國的傳統思想，又有西方的古代一直到近代的思想，以後者為主。中國「全盤西化」的思想和他有密切的關係。年輕時候信仰世界主義、和平主義和國際主義。在這方面影響他的有中國的老子。老子主張「不爭」說：「夫惟不爭，故天下莫能與之爭。」還有墨子的《非攻》。此外還有西方的耶穌教的《聖經》，講什麼人家打你的右頰，你把左頰再轉過去要他打。他這樣的信仰都是歷四五十年而不衰的。胡適的行動看起來異常激進，但是他自己卻說，自己是保守分子。（上引書，頁 138-161）表面上看，他是「打倒孔家店」的急先鋒，他卻不但尊崇孔子，連儒家大儒朱熹也尊崇。唐德剛先生甚至稱他為「最後的一位理學家」。

胡適的意見有時候也流於偏激，甚至偏頗。他關於駢文的看法，上面已經介紹過了。與此有關聯的是他對於文言的看法。他說：

死文字不能產生活文學。我認為文言文在那時已不止是半死，

事實已全死了；雖然文言文之中，尚有許多現時還在用的活字，文言文的文法，也是個死文字的文法。（上引書，頁161）

那麼，胡適真正的主要的思想究竟是什麼呢？一言以蔽之，曰實驗主義。我現在根據胡適的自述，簡略地加以介紹。實驗主義是19世紀末葉至20世紀初葉流行於美國的有影響的大哲學派別之一。當時最主要的大師是查理·皮爾士（Chanler Pierce）、威廉·詹姆士（William James）和約翰·杜威（John Dewey）。第一人逝世於1914年，第二人逝世於1910年。胡適不可能從他們受學。只有杜威還健在，胡就成了他的學生。胡適自己說，杜威對他有「終身影響」。

什麼又叫做「實驗主義」呢？必須先介紹一點歐洲哲學史，特別是古希臘的哲學，才能知道杜威一些說法的來源。這要從蘇格拉底（Socrates，470-399 B.C.）講起。我現在根據唐德剛先生的注釋（上引書，頁108-114）極其簡略地加以說明。蘇格拉底對「知識」這個概念有特殊看法。人性是本善的，之所以有不善，是由於「無知」的緣故。「知」是「行」的先決條件。「知」中有善而無惡，有惡之「知」，不是真「知」，無「知」則「行」無準則。要瞭解什麼是「知」，必須瞭解什麼是「不知」。所有的事物和概念都有真「知」，一般人不瞭解真「知」而自以為「知」。所以都是糊塗一輩子。他十分強調「自知之明」。他之所以拚命反對「民主」，就是因為他認為芸芸眾生都是無「知」之輩，他們不能「主」，「主」者只能是有德者，「德」只是「知」的表現。有「知」自有「德」。從「無知」到「有知」，有一個從無到有的過程和

方法，這就是「蘇格拉底法則」。蘇格拉底認為，天下任何事物和概念都各有其「普遍界說」（universal definition），比如說，貓的「普遍界說」就是「捉老鼠」。世界上的事物和概念，都將由其本身的「普遍界說」而形成一個單獨的「形式」（form），這個「形式」有其特有的「次文化」（subculture）。

上述這種推理法，就是所謂「蘇格拉底法則」。杜威對這個法則極為讚賞，胡適亦然。他們認為，「法則」只是一種法則，是一種尋求真理，解決問題的方法，並不是替任何「主義」去證明那種毫無討論餘地的「終極真理」（ultimate truth）。他們實驗主義者是走一步算一步的，不立什麼「終極真理」。

蘇格拉底的再傳弟子——柏拉圖的弟子亞里斯多德（384-322 B.C.），批評他的師祖和老師的推理雜亂無章，他搞了一個「三段論法」。所謂「三段」，指的就是大前提、小前提和結論。這可以稱為「演繹推理法」（deductive method）。這方法的核心是「證明真理」，而不是「尋求真理」。後來它為中世紀的耶穌教神學所利用。這種神學已經有「終極真理」和「最後之因」，只需要證明，而不需要探求，這與亞里斯多德的三段論法一拍即合，所以就大行其道了。

胡適經常講他的方法是「歸納法」，就是針對這種演繹法而發的。

既然講到了方法，我現在就來談一談胡適的「實證思維術」。胡適說：

　　　我治中國思想與中國歷史的各種著作，都是圍繞着「方法」這

一觀念打轉的。「方法」實在主宰了我四十多年來所有的著述。從基本上說,我這一點實在得益於杜威的影響。(上引書,頁94)

這是「夫子自道」,由此可見他畢生重視方法,在思想方面和治學方面的方法,而這方法的來源則是杜威的影響。

根據胡適的論述,杜威認為人類和個人思想的過程都要通過四個階段:

第一階段,固定信念階段。

第二階段,破壞和否定主觀思想的階段。這第二個階段杜威稱之為討論階段。

第三階段,是從蘇格拉底法則向亞里斯多德的邏輯之間發展的階段。杜威用溢美之辭讚揚蘇格拉底,而對亞里斯多德的三段論法,則頗有微辭。

第四階段,也就是最後階段,是現代的歸納實證和實驗邏輯。(上引書,頁93-94)

杜威在另一本舉世聞名的著作《思維術》中,認為有系統的思想通常要通過五個階段:

第一階段,為思想之前奏(antecadent),是一個困惑、疑慮的階段,導致思想者去認真思考。

第二階段,是決定這疑慮和困惑究在何處。

第三階段,為解決這些困惑和疑慮,思想者自己會去尋找一個解決問題的假設,或面臨一些現成的假設的解決方法,任憑選擇。

第四階段，思想者只有在這些假設中，選擇其一作為對他的困惑和疑慮的可能解決的辦法。

第五階段，也是最後階段。思想者要求證，他把大膽選擇的假設，小心地證明出來，哪個是對他的疑慮和困惑最滿意的解決。（上引書，頁 96）

我想，大家一看就能夠知道，胡適有名的「大膽的假設，小心的求證」，來源就在這裏，是他從杜威那裏學來而加以簡化和明確化了的。

根據我個人膚淺的分析，在對外方面，在對西方的反應方面，胡適這個思想的來源還不僅限於杜威，一定還有尼采的影響在，他那「重新評估一切價值」的名言，影響了整個世界。在對內方面，胡適也受到了影響，最突出的是宋代哲學家張載。張載說：「在可疑而不疑者，不曾學；學則須疑。」（《大學·原下》）他又說：「無徵而言，取不信。啟詐妄之道也。杞宋不足徵吾言，則不言；周足徵，則從之。故無徵不信，君子不言。」（《正蒙·有德篇》）（以上引文都見上引書，頁 20。參看同書，頁 12，胡適自己的說法）

多少年來，我就認為：「大膽的假設，小心的求證」，這十個字是胡適對思想和治學方法最大最重要的貢獻。胡適自己在《口述自傳》中「青年期逐漸領悟的治學方法」這一節裏說：

我的治學方法似乎是經過長期琢磨，逐漸發展起來。……我十幾歲的時候，便已有好懷疑的傾向，尤其是關於宗教方面。

下面他講到「漢學」，又說：

近三百年來學術方法上所通行的批判研究實自北宋開始，中國考古學興起的時候。古代的文物逐漸發展成歷史工具來校勘舊典籍，這便是批判的治學方法的起源。「考據學」或「考證學」於焉產生。

胡適在十九歲前讀中國經書，發現了漢、宋注疏之不同，企圖自己來寫點批判性的文章。這種以批判法則治學的方法，胡適名之為「歸納法」。（上引書，頁118-119）

在這同一節中，胡適又說：

我舉出了這些例子，也就是說明我要指出我從何處學得了這些治學方法，實在是很不容易的。我想比較妥當的方法，是我從考據學方面着手逐漸地學會了校勘學和訓詁學。由於長期鑽研中國古代典籍，而逐漸的（應作「地」——羨林）學會了這種治學方法。所以我要總結我的經驗的話，我最早的資本或者就是由於我有懷疑的能力。（上引書，頁125）

最瞭解自己的老師的胡適的學生唐德剛說，胡適的治學方法只是集中西「傳統」方法之大成，他始終沒有跳出中國的「乾嘉學派」和西洋中古僧侶所搞的「聖經學」（biblical scholarship）的窠臼。（上引書，頁133）唐又本着「吾愛吾師，吾尤愛真理」的精神說，胡適「不成一套！」（上引書，頁111）

唐德剛先生的話不無道理，胡適的「治學方法」確實是中西合璧的。但是，我認為，決不能就因此貶低了胡適的「大膽的假設，小心的

求證」。我在上面已經提到，這是胡適最大的貢獻之一。無論是人文社會科學家，還是自然科學家，真想做學問，都離不開這十個字。在這裏，關鍵是「大膽」和「小心」。研究任何一個問題，必先有假設，否則就是抄襲舊論，拾人牙慧。這樣學問永遠不會有進步。要想創新，必有假設，而假設則是越大膽越好。在神學統治的重壓下，哥白尼敢於假設地球圍着太陽轉，膽子可真夠大的了。但是，大膽究竟能夠或者應該大到什麼程度，界限很難確定，只好說「存乎一心」了。有了假設，只是解決問題第一步。這種假設往往是出於懷疑，很多古聖先賢都提倡懷疑，但是懷疑了，假設了，千萬不要掉以輕心，認為輕而易舉就能得到結論，必須求證，而求證則是越小心越好。世界上，萬事萬物都異常複雜，千萬不要看到一些表面就信以為真，一定要由表及裏，多方探索，慎思明辨，期望真正能搔到癢處。到了證據確鑿，無懈可擊，然後才下結論。有的學者甚至認為，孤證難信。這做起來比較難。如果真正只有一個孤證，你難道就此罷手嗎？

胡適畢生從事考據之學，迷信考據之學。他在《齊白石傳》中說過幾句話：「白石先生用『瞞天過海』的迷信方法，來隱瞞自己的年齡，卻瞞不過考據學。」可見他對考據學信仰之虔誠。我再重複說一句：十字訣是胡適重大貢獻之一，對青年學者有深遠的影響。

## 作為政治家和社會活動家的胡適

剛寫上了「政治家」這個詞兒，我就想改為「政治活動家」，或者

由我杜撰的「政治熱心家」或「政治欣賞家」。因為我始終認為，胡適不是一位「政治家」。在胡適所處的時代和地區，同中國歷史上一樣，一個不「厚」不「黑」的人，是不能成為「政治家」，享受高官厚祿的，而胡適所缺乏的正是這兩個要害之點，他僅僅是熱衷政治的書生或者「書呆子」。在這一方面，胡適是缺乏自知之明的。

胡適畢生喜歡政治。他以一個不到二十歲的中國青年，一到美國，立即迷上了美國的政治。他大概認為，政治的最高目標就是「民主」，而美國政治正體現了這個最高目標。其實，美國的「民主」究竟是怎麼一回事，明眼人都能看得清楚。可是適之先生竟一葉障目，偏偏視而不見。根據他的《口述自傳》，他初到美國時，對美國的政治情況並不清楚。但是，當他聽了一位講美國政治的老師的課以後，立即興趣大增。他最初本來是學農的，但興趣全不在農上。美國的總統選舉實與一個想學農的中國青年風馬牛不相及，可是他也積極參加美國人的會議，並佩戴支持什麼候選人的襟章。羅斯福被刺之後，群眾集會，表示同情，並為羅斯福祈禱，好多教授也參加了。他說：

令我驚奇的卻是此次大會的主席，竟是本校史密斯大樓（Goldwin Smith Hall）的管樓工人。這座樓是康大各系和藝術學院的辦公中心。這種由一位工友所主持的大會的民主精神，實在令我神往之至。（上引書，頁33）

他以後還參加了很多政治性的會。他說：

我可以說，由這些集會引起我的興趣也一直影響了我以後一生

的生活。（上引書，頁34）

在「我對美國政治的興趣」這一節最後一段話中，他「夫子自道」地說：

> 我對美國政治的興趣和我對美國政治的研究，以及我學生時代所目睹的兩次美國大選，對我後來對中國政治和政府的關心，都有着決定性的影響。其後在我一生之中，除了一任四年的戰時中國駐美大使之外，我甚少參與實際政治。但是在我成年以後的生命裏，我對政治始終採取了我自己所說的不感興趣的興趣（disinterested interest），我認為這種興趣是一個知識分子對社會應有的責任。
> （上引書，頁36）

這些都是真話，胡適確實是畢生對政治感興趣，他自己所說的「不感興趣」，我卻只能畫一個問號。我現在講一件我親眼目睹的事實。在解放前夕，蔣介石出於政治需要，在南京導演了一幕選舉國大代表和選舉總統的喜劇。不知是出於什麼用心，忽然傳出了一陣流言說，蔣介石要讓胡適當總統。對於這個流言，我們幾個對政治最無經驗，最不感興趣的在適之先生身邊工作的人，都覺得好笑，這是蔣介石的一種政治手法。蔣介石是什麼人，他焉能把即使只是傀儡性的「總統」讓別人幹呢？然而，根據我們的觀察，胡適卻真信以為真。當年他雖是北大校長，但是在南京的時間卻比在北平的時間長。後來，總統選出來了，當然是蔣介石，然而胡先生卻至死未悟。他在美國還有時對唐德剛說，是CC派反對他當總統。有時候又忽然說，CC派贊成他當總統。他讓蔣介

石玩於股掌之上而一點感覺都沒有。我稱他是「書呆子」，難道還算是過分嗎？

　　至於胡適對國共兩黨的態度，那是眾所周知的，他不贊成共產主義。但是，據他自己說，他沒有寫過一篇批判共產主義的文章。這可能是真的。但是，表示不滿的地方卻是多而又多的。對於國民黨，他雖然當過國民黨政府的駐美大使，也算是大官了，平常也與國民黨政府和許多政府要人打交道，競選國民黨政府的國大代表，但是也並沒有賣身依附，唯命是聽，他還經常鬧點獨立性，寫文章提倡「好政府主義」，又說什麼知難行亦不易，是針對「國父」的。因此，國共兩方都不喜歡他。大陸上從 50 年代起對他批判之激烈，之普遍，延續時間之長，是大家都知道的。箇中原因究竟何在呢？我讀過許多批判胡適的文章，臺灣方面的文章由於兩岸隔絕，我沒有讀到過。大陸方面的文章，在當年那種極「左」思潮影響下，滿篇僵硬庸俗的教條，有的竟流於謾罵、污蔑，殊不足以服人。我沒有讀到一篇真正能搔到癢處的文章。我現在斗膽提出一個個人的解釋，請大家指正。我覺得，胡適之所以這樣做，其根源全在他的哲學思想中。我在上面已經講過，胡適追隨他的老師杜威之後，相信「蘇格拉底法則」，而反對亞里斯多德的「三段論法」。前者是歸納的，不立什麼「終極真理」；後者是演繹法，先立一個「終極真理」，然後加以證明。胡適認為，國共兩黨都先立一個「終極真理」，只要求或者只允許人們瞭解和信奉。這與他的哲學思想直接矛盾，所以他才加以反對。

總之，我想說的是，胡適只是一個政治活動和社會活動家，而不是一個政客，說文雅一點就是政治家。在那樣的社會，不厚不黑，焉能從政？

## 作為人，作為「朋友」的胡適

　　我從小就讀胡適的書，從我這一方面來講，我們算是神交已久。從年齡上來看，我們是相差一個輩分。當他在北大教書最輝煌的時期，我還在讀中學，無緣見他，也無緣聽他的課。上大學時，我上的是清華大學，所以始終沒有一面之緣。我在德國待了十年之後，由於我的恩師陳寅恪先生的推薦，當時北大校長正是胡適，代理校長是傅斯年，文學院長是湯用彤，他們接受了我，我才能到北大來任教。作為全國最高學府的北大，門檻是非常高的，學生進北大不容易，教師就更難。而我一進北大，只當了一兩個星期的副教授——這是北大的規定，拿到外國學位的回國留學生只能擔任副教授，為期數年——立即被提為正教授兼東方語言文學系主任。當時我只有三十幾歲。因此，我畢生感激他們幾位先生對我有知遇之恩。

　　我同適之先生共同工作了才短短三年。在這段時間內，他還經常飛往南京，在北平的時間不算太多。但是，做的事情卻真還不少。我是系主任，經常要向他這位校長請示彙報工作。我們又同是北大教授會或校委會（準確的名稱我記不大清楚了）的成員，同是北大文科研究所（有

點像現在的文科研究生院，理科好像是沒有）的導師，同是北京圖書館的評議會的成員。最後這一個職位一直到今天對我還是一個謎。評議會成員只有六七位，都是北平學術界的顯赫人物。為什麼獨獨聘我這個名不見經傳的毛頭小夥子擔任評議員？我是既喜，又愧，又迷惑不解。

適之先生對印度研究，很重視，很感興趣。他對漢譯佛經相當熟悉，他大概讀過不少。尼赫魯派來一位訪問教授師覺月博士，他委託我照顧。印度政府又派來十幾位研究生，他也委託我照顧他們。他安排師覺月作學術報告，親自主持會議，用英文發表歡迎詞。他曾多次會見師覺月和印度留學生，都要我參加。我寫了一篇論文：《列子與佛典》，送給他看。他寫了幾句話説：「《生經》一證，確鑿之至。」這表示他完全同意我那篇論文的結論。

適之先生待人親切、和藹，什麼時候見他，都是滿面笑容，從來不擺教授架子，不擺名人架子，不擺校長架子，而且對什麼人都是這樣，對教授是這樣，對職員是這樣，對學生是這樣，對工友也是這樣。我從來沒有看到他疾言厲色，發脾氣。同他在一起，不會有任何一點局促不安之感。他還不缺乏幽默感。有一次，在教授會上，楊振聲教授新得到了一張異常名貴的古畫，願意與同仁們分享快樂，於是把畫帶到了會上，大家都嘖嘖稱讚。這時胡先生把畫拿起來，做裝入自己口袋裏之狀，引得大家哄堂大笑。

適之先生對學生是非常愛護的。「沈崇事件」發生以後，北京大學和北平其他大學的學生們，懷着滿腔愛國熱情，上街遊行抗議。國民黨

在北平的憲兵三團和其他一些機構，包括特務機構在內，逮捕了不少愛國學生。我第一次看見胡適面有怒容。他乘着他那一輛在北平還極少見的汽車，奔走於國民黨駐北平的各大衙門之間，會見當時一些要人，要他們釋放被捕的愛國學生。震於胡適的威名，特別是在美國的威名，他們不敢不釋放學生。據說現在還能找到胡適當時寫給一些國民黨軍政要員的信。胡適不會不知道，當時的學生運動，如上述的「沈崇事件」，以及反飢餓、反迫害的運動等等背後實有中共地下黨的推動力。但是那時他關心的是學生，而不是什麼黨員。平時我在他那一間相當簡陋的校長辦公室中也有時碰到學生會的領導人去找他，提出什麼請求和意見，這些學生大部分是左派學生，他通通和藹相待，並無所軒輊。

我在上面曾稱胡適為「書呆子」，這決不是無根據的。有一次，記得是在北京圖書館開評議會。會前，他說他有其他約會，必須提前離開。然而，會開着開着就離了題，忽然談起了《水經注》。一聽《水經注》，胡先生的興致勃然而起，座位上彷彿有了膠，把他黏住，侃侃而談，再也不提「走」字，一直到散會為止。他的那個約會早被他忘得無影無蹤了。難道這還不算有點「呆」氣嗎？

我同適之先生總共在一起工作了三年。三年的時間並不算長，但是留給我的印象卻不少，上面所列舉的不過是其中最主要的、最鮮明的而已。我的總印象是：胡適是一個好「朋友」，胡適是一個好人。

我在上面寫了作為學者、作為思想家、作為政治家、作為「朋友」的胡適之。我曾多次引用唐德剛先生的意見。因為，我覺得，唐先生

是《胡適口述自傳》的筆記者和翻譯者，他又博學多能，很有獨到的見解。他最瞭解胡適。但是，他的意見我並不完全贊成，特別是他說「胡適是發展中的學者」，因為他處於發展中國家之中。這種把學術研究與經濟發展等量齊觀的看法，是值得懷疑的。對於自然科學和技術來說，也許還能講得通，因為這些學問需要大量的錢，需要實驗室，錢越多越好。而對人文社會科學來說，則是另外一碼事兒。

唐先生對「發展中的學術」做了解釋，他舉的例子偏偏是機械技術。他認為，發展中國家只能搞初級機械，如小型水力發電機、沼氣燈等等。如果妄想到超發達的國家去採購「精密機器」，不但不適宜，而且會造成浪費和混亂。現代西方搞經濟發展的學者們認為，引進科技，要恰如其分，他們把這種科技叫做「恰當科技」（appropriate technology）。唐先生接着說：「在一個國家的『學術』發展的程式中，亦復如是。在『發展中學術』這個階段裏，他們所能搞的也就是一種『恰當學術』（appropriate scholarship）。換言之，也就是一種不新不舊，不中不西，土洋並舉，風力電力兩用的『機械學術』……老實說，胡適之先生搞了一輩子所謂『科學方法的批判的整理國故』，便是那個時代的『恰當學術』；他老人家本身也就是一位了不起的『恰當學人』（appropriate scholar）。既然我們整個的國家，整個的學術界還停滯在『發展中』階段，胡公受了時代的限制，他也不能單槍匹馬，闖入『已發展』階段了。」（上引書，頁 271）唐先生又說：「胡先生那一套，再向前走一步，就進入社會科學的領域了。」（上引書，頁 272）這真令我有點糊塗，我

不瞭解唐先生所説的「社會科學」指的是什麼。專就我個人比較瞭解的文藝理論和語言理論而言，西方（美國當然也包括在裏面）異説蜂起，日新月異。我再套用趙甌北的詩説：「江山代有才人出，各領風騷數百年。」唐先生所説的「社會科學」，難道就是指這種學問嗎？

一部人類文化史證明，經濟的發展與學術的昌明，往往並不同步。歐洲的許多文化巨人的出現，往往並不在他們國家經濟發展的峰巔時期。這些巨人之所以能成為巨人，依我看，不出三個原因：一是他們個人的天才與勤奮；二是他們國家雄厚的文化積澱；三是靠機遇，這最後一點，英國詩人 Thomas Gray 在他那一首詠鄉村墓地的詩中曾有所暗示。我現在提一個大膽而無偏見的看法：不管美國經濟還要怎樣「超發展」，不管它還能得多少諾貝爾獎金，像歐洲的那些巨人是出不來的，因為美國幾乎沒有什麼文化積澱。真正典型的美國東西，如爵士樂之類，總給人一種膚淺庸俗的感覺。

拿中國文學史來看，真正的偉大作家之出現，多由於他們個人的不幸，比如司馬遷遭宮刑，李後主亡國。中國古人説：「詩必窮而後工。」指的就是這種現象。有些偉大作家遭逢亂離之後，才寫出了不朽的作品，比如杜甫、李清照等等都是這樣。這些文學巨人的出現，決不是由於經濟高度發展，甚至可以説：適得其反，經濟遭到破壞的時期反而能出大文學家。

總之，説胡適是一個「發展中的學者」，只因他出於一個「發展中的國家」，唐先生的這種説法和他的解釋，我都是不能同意的。

這一篇相當長的序就要結束了。回頭再看我在開頭時寫下的那一個副標題：還胡適以本來面目，覺得自己未免太輕率了，太大膽了，太不自量力了。通過我在上面寫的這一些話，就不難看出，胡適是一個非常複雜的人物，是一個充滿了矛盾的人物。我有何德何能，能夠還胡適以本來面目！我看到的現在已經出版的有十幾種論胡適的著作，每一個作者幾乎都有自己心目中的胡適的「本來面目」。有一些書，大概由於作者對胡適和胡適的時代缺乏感性認識，我讀了後只感到他們頗為「隔膜」。我自己不讓他們在我腦海裏跑馬，我自己來跑，看來跑的結果也並不太美妙。唐德剛先生對適之先生是有充分的感性認識的，但他心目中的胡適的「本來面目」也不能令我完全心服。印度古代寓言中有一個瞎子摸象的故事。看來我們在胡適這一位巨人面前，都成了摸象的瞎子。胡適的「本來面目」還隱在一片雲霧中，至少有一部分是這樣的。想要撥雲霧而見青天，還需要進一步去研究、探索。

但是，有一點我們都是應該肯定的：胡適是個有深遠影響的大人物，他是推動中國「文藝復興」的中流砥柱，儘管崇美，他還是一個愛國者。多少年來潑到他身上的污泥濁水必須清洗掉。我們對人，對事，都要實事求是，這是我們從事學術研究的人的起碼的準則。

我現在借安徽教育出版社出版《胡適全集》之機，明確地亮出我的觀點。是為序。

1996 年 12 月 24 日寫畢

# 《紀念陳寅恪先生誕辰百年學術論文集》序

　　近幾年來，寅恪先生的弟子們和弟子的弟子們，以及其他一些朋友，經常談論一件事，想在先生誕辰百周年時，出一本論文集，以資紀念。北京大學中國中古史研究中心主任鄧廣銘教授對此事異常關注。中心成員王永興教授和榮新江副教授實主其事。慘澹經營，幾經周折，終於把稿子集成。北京大學出版社，在當前出版界碰到極大的困難時，不顧經濟損失，毅然承擔出版責任。我們中國史學界的同仁們對上述諸位學者和出版社，決不會吝惜自己由衷的讚美和敬佩。

　　用論文集的形式紀念某一位有造詣有影響的學者，是在東西方一些國家中一種流行的辦法，在日本尤為普遍。我們經常可以看到有「還歷紀念」、「古稀紀念」一類字樣的紀念論文集。紀念對象大都仍然健在。這種辦法在中國比較稀見。但是解放前中央研究院紀念蔡元培先生的論文集，是眾所周知的。

　　我們現在為什麼用這種形式來紀念寅恪先生呢？理由是顯而易見的。寅恪先生為一代史學大師。這一點恐怕是天下之公言，決非他的朋

友們和弟子們的私言。怎樣才能算是一代大師呢？據我個人的看法，一代大師必須能上承前代之餘緒，下開一世之新風，踵事增華，獨闢蹊徑。如果只是拾人牙慧，墨守成規，決不能成為大師的。綜觀寅恪先生一生治學道路，正符合上述條件。他一生涉獵範圍極廣，但又有中心，有重點。從西北史地、蒙藏絕學、佛學義理、天竺影響，進而專心治六朝隋唐歷史，晚年又從事明清之際思想界之研究。從表面上看起來，變幻莫測，但是中心精神則始終如一。他號召學者們要「預流」，也就是王靜安先生和他自己所說的「一個時代有一個時代的新學問」，學者能跟上時代，就算是「預流」。寅恪先生在上述各個方面都能「預流」，這一點必須着重指出。他喜歡用的一句話是發前人未發之覆。在他的文章中，不管多長多短，他都能發前人未發之覆。沒有新義的文章，他是從來不寫的。他有時立一新義，驟視之有如石破天驚，但細按之則又入情入理，令人不禁叫絕。寅恪先生從來不以僻書來嚇人。他引的書都是最習見的，他卻能在最習見中，在一般人習而不察中，提出新解，令人有化腐朽為神奇之感。

寅恪先生繼承了清代樸學考證的傳統，但並沒有為考證所囿。考證學者往往不談義理，換一句現代的話來說，就是不大喜歡探索規律。但是，寅恪先生卻最注意探索規律，並不就事論事。他關於隋唐史的研究成果可以為證。他間或也發一些推崇宋學的議論，原因大概就在這裏。今世論者往往鄙薄考證之學。實際上，研究歷史首先要弄清史實，考證不過是弄清史實的手段，既不必誇大其詞，加以推崇；也不必大張

撻伐，意在貶低。我們歷史學界在過去相當長的時間內，高唱「以論帶史」，卻往往是「以論代史」，其甚者甚至置史實於不顧，而空談教條，這樣的教訓還少嗎？提倡一點考證，可以濟我們歷史研究之窮，不是一件壞事。寅恪先生利用考證達到弄清史實的目的，一直到今天還是值得我們學習的。

我自己學殖瘠薄，實不足以窺寅恪先生之堂奧。妄發議論，貽笑方家。但是，愚者千慮，必有一得，我的這些淺薄的看法也許還有點參考價值吧。

現在紀念論文集即將出版。作為寅恪先生的弟子，我衷心感激海內外學者們惠賜大作為本集增添光輝。我只希望，我們大家能在寅恪先生指出的「預流」的基礎上，昂揚前進，把我們的史學研究的水平再提高一步，願與海內外諸志同道合者共勉之。

1988 年 12 月 5 日

# 《趙元任全集》序

　　趙元任先生是國際上公認的語言學大師。他是當年清華國學研究院的四大導師之一，另有一位講師李濟先生，後來也被認為是考古學大師。在中國現代教育史上，清華國學研究院是一個十分獨特的現象。在全國都按照西方模式辦學的情況下，國學研究院卻帶有濃厚的中國舊式的書院色彩。學生與導師直接打交道，真正做到了因材施教。其結果是，培養出來的學生後來幾乎都成了大學教授，而且還都是學有成就的學者，而不是一般的教授。這一個研究院只辦了幾年，倏然而至，戛然而止，有如一顆火焰萬丈的彗星，使人永遠懷念。教授陣容之強，前無古人，後無來者。趙元任先生也給研究院增添了光彩。

　　我雖然也出身清華，但是，予生也晚，沒能趕得上國學研究院時期；又因為行當不同，終於緣慳一面，畢生沒能見到過元任先生，沒有受過他的教誨，只留下了高山仰止之情，至老未泯。

　　我雖然同元任先生沒有見過面，但是對他的情況從我讀大學時起就比較感興趣，比較熟悉。我最早讀他的著作是他同于道泉先生合譯的《倉洋嘉措情歌》。後來，在建國前後，我和于先生在北大共事，我常從

他的口中和其他一些朋友的口中聽到了許多關於趙先生的情況。他們一致認為，元任先生是一個天生的語言天才。他那審音辨音的能力遠遠超過常人。他學說各地方言的本領也使聞者驚歎不止。他學什麼像什麼，連相聲大師也望塵莫及。我個人認為，趙先生在從事科學研究方面，還有一個很突出的特點或者優勢，是其他語言學家所難以望其項背的，這就是，他是研究數學和物理學出身，這對他以後轉向語言學的研究有極明顯的有利條件。

趙元任先生一生的學術活動，範圍很廣，方面很多，一一介紹，為我能力所不逮，這也不是我的任務。這一點將由語言學功底遠遠超過我們的陳原先生去完成，我現在在這裏只想談一下我對元任先生一生學術活動的一點印象。

大家都會知道，一個學者，特別是已經達到大師級的學者，非常重視自己的科學研究工作，理論越鑽越細，越鑽越深，而對於一般人能否理解，能否有利，則往往注意不夠，換句話說就是，只講陽春白雪，不顧下里巴人；只講雕龍，不講雕蟲。能龍蟲並雕者大家都知道有一個王力先生——順便說一句，了一先生是元任先生的弟子——他把自己的一本文集命名為《龍蟲並雕集》，可見他的用心之所在。元任先生也是龍蟲並雕的。講理論，他有極高深堅實的理論。講普及，他對國內，對世界都做出了卓有成效的貢獻。在國內，他努力推進國語統一運動。在國外，他教外國人，主要是美國人漢語。兩方面都取得了極大的成功。當今之世，中國國際地位日益提高，世界上許多國家學習漢語的勢頭日益

增強，元任先生留給我們的關於學習漢語的著作，以及他的教學方法，將會重放光芒，將會在新形勢下取得新的成果，這是可以預卜的。

限於能力，介紹只能到此為止了。

而今，大師往矣，留下我們這一輩後學，我們應當怎樣辦呢？我想每一個人都會說：學習大師的風範，發揚大師的學術傳統。這些話一點也沒有錯。但是，一談到如何發揚，恐怕就言人人殊了。我竊不自量力，斗膽提出幾點看法，供大家參照。大類井蛙窺天，頗似野狐談禪。聊備一說而已。

話得說得遠一點。語言是思想的外化，談語言不談思想是搔不着癢處的。言意之辨一向是中國哲學史上的一個重要命題，其原因就在這裏。我現在先離正文聲明幾句。我從來不是什麼哲學家，對哲學我是一無能力，二無興趣。我的腦袋機械木訥，不像哲學家那樣圓融無礙。我還算是有點自知之明的，從來不作哲學思辨。但是，近幾年來，我忽然不安分守己起來，竟考慮了一些類似哲學的問題。豈非咄咄怪事？

現在再轉入正文，談我的「哲學」。首先經過多年的思考和觀察，我覺得東西文化是不同的，這個不同表現在各個方面，只要稍稍用點腦筋，就不難看出。我認為，東西文化的不同紮根於東西思維模式的不同。西方的思維模式的主要特點是分析，而東方則是綜合。我並不是說，西方一點綜合也沒有，東方一點分析也沒有，都是有的，天底下決沒有涇渭絕對分明的事物，起碼是常識這樣告訴我們的。我只是就其主體而言，西方分析而東方綜合而已。這不是「哲學」分析推論的結果，

而是有點近乎直觀。此論一出，頗引起了一點騷動，贊同和反對者都有，前者寥若晨星，而後者則陣容頗大。我一向不相信真理愈辨（辯）愈明的。這些反對或贊成的意見，對我只等秋風過耳邊。我編輯了兩大冊《東西文化議論集》，把我的文章和反對者以及贊同者的文章都收在裏面，不加一點個人意見，讓讀者自己去明辨吧。

什麼叫分析？什麼又叫綜合呢？我在《東西文化議論集》中有詳盡的闡述，我無法在這裏重述。簡捷了當地説一説，我認為，西方自古希臘起走的就是一條分析的道路，可以三段論法為代表，其結果是，只見樹木，不見森林；頭痛醫頭，腳痛醫腳。東方的綜合，我概括為八個字：整體概念，普遍聯繫。有點模糊，而我卻認為，妙就妙在模糊。上個世紀末，西方興起的模糊學，極能發人深思。

真是十分出我意料，前不久我竟在西方找到了「同志」。《參考消息》2000 年 8 月 19 日刊登了一篇文章，題目是：《東西方人的思維差異》，是從美國《國際先驅論壇報》8 月 10 日刊登的一篇文章翻譯過來的，是記者埃麗卡·古德撰寫的。文章説：一個多世紀以來，西方哲學家和心理學家將他們對精神生活的探討建立在一種重要的推斷上，人類思想的基本過程是一樣的。西方學者曾認為，思考問題的習慣，即人們在認識周圍世界時所採取的策略都是一樣的。但是，最近密歇根大學的一名社會心理學家進行的研究已在徹底改變人們長期以來對精神所持的這種觀點。這位學者名叫理查·尼斯比特。本文的提要把他的觀點歸納如下：

東方人似乎更「全面」地思考問題，更關注背景和關係，更多借助經驗，而不是抽象地邏輯，更能容忍反駁意見。西方人更具「分析性」，傾向於使事物本身脫離背景，避開矛盾，更多地依賴邏輯。兩種思想習慣各有利弊。

　　這些話簡直好像是從我嘴裏説出來似的。這裏決不會有什麼抄襲的嫌疑，我的意見好多年前就發表了，美國學者也決不會讀到我的文章。而且結論雖同，得到的方法卻大異其趣，我是憑觀察，憑思考，憑直觀，而美國學者則是憑「分析」，再加上美國式的社會調查方法。

　　以上就是我的「哲學」的最概括的具體內容。聽説一位受過西方哲學訓練的真正的哲學家說，季羨林只有結論，卻沒有分析論證。此言説到了點子上；但是，這位哲學家卻根本不可能知道，我最頭痛的正是西方哲學家們的那一套自命不凡的分析、分析、再分析的論證方法。

　　這些都是閒話，且不去管它。總之一句話，我認為，文化和語言的基礎或者源頭就是思維模式，至於這一套思維模式是怎樣產生出來的，我在這裏先不討論，我只説一句話：天生的可能必須首先要排除。專就語言而論，只有西方那一種分析的思維模式才能產生以梵文、古希臘文、拉丁文等為首的具有詞類、變格、變位等一系列明顯的特徵的印歐語系的語言。這種語言容易分析、組合，因而產生了現在的比較語言學，實際上應該稱之為印歐語系比較語言學的這一門學問。反之，漢語等和藏緬語系的語言則不容易分析、組合。詞類、變格、變位等語法現象，都有點模糊不定。這種語言是以綜合的思維模式為源頭或基礎的，

自有它的特異之處和優越之處。過去，某一些西方自命為天之驕子的語言學者努力貶低漢語，說漢語是初級的、低級的、粗糙的語言。現在看來，真不能不使人嗤之以鼻了。

現在，我想轉一個方向談一個離題似遠而實近的問題：科學方法問題。我主要根據的是一本書和一篇文章。書是《李政道文錄》，浙江文藝出版社，1999 年出版。文章是金吾倫《李政道、季羨林和物質是否無限可分》，《書與人》雜誌，1999 年第五期，頁 41-46。

先談書。李政道先生在本書中一篇文章《水、魚、魚市場》寫了一節叫做「對 21 世紀科技發展前景的展望」。為了方便說明問題，引文可能要長一點：

> 一百年前，英國物理學家湯姆孫（J. Thomson 1856-1940）發現了電子。這極大地影響了20世紀的物理思想，即大的物質是由小的物質組成的，小的是由更小的組成的，找到最基本的粒子就能知道最大的構造。（下略）

> 以為知道了基本粒子，就知道了真空，這種觀念是不對的。（中略）我覺得，基因組也是這樣，一個個地認識了基因，並不意味着解開了生命之謎。生命是宏觀的。20世紀的文明是微觀的。我認為，到了21世紀，微觀和宏觀會結合成一體。（頁89）

我在這裏只想補充幾句：微觀的分析不僅僅是 20 世紀的特徵，而是自古希臘以來西方的特徵，20 世紀也許最明顯，最突出而已。

我還想從李政道先生書中另一篇文章《科學的發展：從古代的中國

到現在》中引幾段話：

> 整個科學的發展與全人類的文化是分不開的。在西方是這樣，在中國也是如此。可是科學的發展在西方與中國並不完全一樣。在西方，尤其是如果把希臘文化也算作西方文化的話，可以說，近代西方科學的發展和古希臘有更密切的聯繫。在古希臘時也和現代的想法基本相似，即覺得要瞭解宇宙的構造，就要追問最後的元素是什麼。大的物質是由小的元素構造，小的元素是由更小的粒子構造，所以是從大到小，小到更小。這個觀念是從希臘時就有的（atom就是希臘字），一直到近代。可是中華民族的文化略有不同。我們是從開始時就感覺到，微觀的元素與宏觀的天體是分不開的，所以中國人從開始就把五行與天體聯繫起來。（頁171）

李政道先生的書就引用這樣多。不難看出，他的一些想法與我的想法頗有能相通之處。他講的微觀與宏觀相結合，用我的話來說就是，分析與綜合相結合。這一點我過去想得不多，強調得不夠。

現在來談金吾倫先生的文章。金先生立論也與上引李政道先生的那一部書有關。我最感興趣的是他在文章開頭時引的大哲學家懷德海的一段話，我現在轉引在這裏：

> 19世紀最大的發明是發明了發明的方法。一種新方法進入人類生活中來了。如果我們要理解我們這個時代，有許多的細節，如鐵路、電報、無線電、紡織機、綜合染料等等，都可以不必談，我們的注意力必須集中在方法的本身。這才是震撼古老文明基礎的真正

的新鮮事物。（頁41）

金先生說，李政道先生十分重視科學方法，金先生自己也一樣。他這篇文章的重點是說明，物質不是永遠可分的。他同意李政道的意見，就是說，當前科學的發展不能再用以前那種「無限可分」的方法論，從事「越來越小」的研究路子，而應改變方略，從整體去研究，把宏觀和微觀聯繫起來進行研究。

李政道先生和金吾倫先生的文章就引徵到這裏為止。他們的文章中還有很多極為精彩的意見，讀之如入七寶樓臺，美不勝收，我無法再徵引了。我倒是希望，不管是研究人文社會科學的學者，還是研究自然科學的學者，都來讀一下，思考一下，定能使目光遠大，胸襟開闊，研究成果必能煥然一新。這一點我是敢肯定的。

我在上面離開了為《趙元任全集》寫序的本題，跑開了野馬，野馬已經跑得夠遠的了。我從我的「哲學」講起，講到東西文化的不同；講到東西思維模式的差異：東方的特點是綜合，也就是「整體概念，普遍聯繫」，西方的特點是分析；講到語言和文化的源頭或者基礎；講到西方的分析的思維模式產生出分析色彩極濃的印歐語系的語言，東方的綜合的思維模式產生出漢語這種難以用西方方法分析的語言；講到 20 世紀是微觀分析的世紀，21 世紀應當是微觀與宏觀相結合的世紀；講到科學方法的重要性，等等。所有這一切看上去都似乎與《趙元任全集》風馬牛不相及。其實，我一點也沒有離題，一點也沒有跑野馬，所有這些看法都是我全面立論的根據。如果不講這些看法，則我在下面的立論就

成了無根之草，成了無本之木。

我們不是要繼承和發揚趙元任先生的治學傳統嗎？想要做到這一點，不出兩途：一是忠實地、完整地、亦步亦趨地跟着先生的足跡走，不敢越雷池一步。從表面上看上去，這似乎是真正忠誠於自己的老師了。其實，結果將會適得其反。古今真正有遠見卓識的大師們都不願意自己的學生這樣做。依稀記得一位國畫大師（齊白石？）說過一句話：「學我者死。」「死」，不是生死的「死」，而是僵死，沒有前途。這一句話對我們發揚元任先生的學術傳統也很有意義。我們不能完全走元任先生走過的道路，不能完全應用元任先生應用過的方法，那樣就會「死」。

第二條道路就是根據元任先生的基本精神，另闢蹊徑，這樣才能「活」。這裏我必須多說上幾句。首先我要說，既然20世紀的科學方法是分析的，是微觀的。而且這種科學方法決不是只限於西方。20世紀是西方文化，其中也包括科學方法等等，壟斷了全世界的時代。不管哪個國家的學者都必然要受到這種科學方法的影響，在任何科學領域內使用的都是分析的方法，微觀的方法。不管科學家們自己是否已經意識到這一點，反正結果是一樣的。我沒有能讀元任先生的全部著作，但是，根據我個人的推斷，即使元任先生是東方語言大師，畢生研究的主要是漢語，他也很難逃脫掉這一個全世界都流行的分析的思潮。他使用的方法也只能是微觀的分析的方法。他那誰也不能否認的輝煌的成績，是他使用這種方法達到盡善盡美的結果。就是有人想要跟蹤他的足跡，使用他

的方法，成績也決不會超越他。在這個意義上來說，趙元任先生是不可超越的。

我閒時常思考漢語歷史發展的問題。我覺得，在過去兩三千年中，漢語不斷發展演變，這首先是由內因所決定的。外因的影響也決不容忽視。在歷史上，漢語受到了兩次外來語言的衝擊。第一次是始於漢末的佛經翻譯。佛經原文是西域一些民族的語言，梵文、巴利文、以及梵文俗語，都是印歐語系的語言。這次衝擊對中國思想以及文學的影響既深且遠，而對漢語本身則影響不甚顯著。第二次衝擊是從清末民初起直至五四運動的西方文化，其中也包括語言的影響。這次衝擊來勢兇猛，力量極大，幾乎改變了中國社會整個面貌。五四以來流行的白話文中西方影響也頗顯著。人們只要細心把《儒林外史》和《紅樓夢》等書的白話文拿來和五四以後流行的白話文一對照，就能夠看出其間的差異。按照西方標準，後者確實顯得更嚴密了，更合乎邏輯了，也就是更接近西方語言了。然而，在五四運動中和稍後，還有人——這些人是當時最有頭腦的人——認為，中國語言還不夠「科學」，還有點模糊，而語言模糊又是腦筋糊塗的表現。他們想進行改革，不是改革文字而是改造語言。當年曾流行過「的」、「底」、「地」三個字，現在只能當做笑話來看了。至於極少數人要廢除漢字，漢字似乎成了萬惡之本，就更為可笑可歎了。

趙元任先生和我們所面對的漢語，就是這樣一種漢語。研究這種漢語，趙先生用的是微觀分析的方法。我在上面已經說到，再用這種方法

已經過時了，必須另闢蹊徑，把微觀與宏觀結合起來。這話說起來似乎極為容易，然而做起來卻真萬分困難。目前不但還沒有人認真嘗試過，連同意我這種看法的人恐怕都不會有很多。也許有人認為我的想法是異想天開，是癡人說夢，是無事生非。「不識廬山真面目，只緣身在此山中」。大家還都處在廬山之中，何能窺見真面目呢？

依我的拙見，大家先不妨做一件工作。將近七十年前，陳寅恪先生提出了一個意見，我先把他的文章抄幾段：

若就此義言之，在今日學術界，藏緬語系比較研究之學未發展，真正中國語文文法未成立之前，似無過於對對子之一方法。（中略）今日印歐語系化之文法，即馬氏文通「格義」式之文法，既不宜施之於不同語系之中國語文，而與漢語同系之語言比較研究，又在草昧時期，中國語文真正文法，尚未能成立，此其所以甚難也。夫所謂某種語言之文法者，其中一小部分，符於世界語言之公律，除此之外，其大部分皆由研究此種語言之特殊現象，歸納為若干通則，成立一有獨立個性之統系學說，定為此特種語言之規律，並非根據某一特種語言之規律，即能推之概括萬族，放諸四海而準者也。假使能之，亦已變為普通語言學音韻學，名學，或文法哲學等等，而不復成為某特種語言之文法矣。（中略）迄乎近世，比較語言之學興，舊日謬誤之觀念得以革除。因其能取同系語言，如梵語波斯語等，互相比較研究，於是系內各種語言之特性逐漸發見。印歐系語言學，遂有今日之發達。故欲詳知確證一種語言之特

殊現象及其性質如何，非綜合分析，互相比較，以研究之，不能為功。而所與互相比較者，又必須屬於同系中大同而小異之語言。蓋不如此，則不獨不能確定，且常錯認其特性之所在，而成一非驢非馬，穿鑿附會之混沌怪物。因同系之語言，必先假定其同出一源，以演繹遞變隔離分化之關係，乃各自成為大同而小異之言語。故分析之，綜合之，於縱貫之方面，剖別其源流，於橫通之方面，比較其差異。由是言之，從事比較語言之學，必具一歷史觀念，而具有歷史觀念者，必不能認賊作父，自亂其宗胤也。（《與劉叔雅論國文試題書》，見《金明館叢稿二編》）

引文確實太長了一點，但是有誰認為是不必要的呢？寅恪先生之遠見卓識真能令人折服。但是，我個人認為，七十年前的寅恪先生的獅子吼，並沒能起到振聾發聵的作用，好像是對着虛空放了一陣空炮，沒有人能理解，當然更沒有人認真去嘗試。整個 20 世紀，在分析的微觀的科學方法壟斷世界學壇的情況下，你縱有孫悟空的神通，也難以跳出如來佛的手心。中外研究漢語語法的學者又焉能例外！他們或多或少地走上了分析微觀的道路，這是毫不足奇的。更可怕的是，他們面對的研究對象是與以分析的思維模式為基礎的印歐語系的語言迥異其趣的以綜合的思維模式為源頭的漢語，其結果必然是用寅恪先生的話來說「非驢非馬」、「認賊作父」。陳先生的言語重了一點，但卻是說到了點子上。到了 21 世紀，我們必須改弦更張，把微觀與宏觀結合起來。除此之外，還必須認真分辨出漢語的特點，認真進行藏緬語系語言的比較研究。只

有這樣，才庶幾能發多年未發之覆，揭發出漢語結構的特點，建立真正的漢語語言學。

　　歸根結底一句話，我認為這是繼承發揚趙元任先生漢語研究傳統的唯一正確的辦法。是為序。

1996 年 12 月 24 日

# 《吳宓先生回憶錄》序

　　雨僧先生離開我們已經十多年了。作為他的受業弟子，我同其他弟子一樣，始終在憶念着他。

　　雨僧先生是一個奇特的人，身上也有不少的矛盾。他古貌古心，同其他教授不一樣，所以奇特。他言行一致，裏表如一，同其他教授不一樣，所以奇特。別人寫白話文，寫新詩；他偏寫古文，寫舊詩，所以奇特。他反對白話文，但又十分推崇用白話寫成的《紅樓夢》，所以矛盾。他看似嚴肅、古板，但又頗有一些戀愛的浪漫史，所以矛盾。他能同青年學生來往，但又凜然、儼然，所以矛盾。

　　總之，他是一個既奇特又有矛盾的人。

　　我這樣説，不但絲毫沒有貶義，而且是充滿了敬意。雨僧先生在舊社會是一個不同流合污、特立獨行的畸人，是一個真正的人。

　　當年在清華讀書的時候，我聽過他幾門課：「英國浪漫詩人」、「中西詩之比較」等。他講課認真、嚴肅，有時候也用英文講，議論時有警策之處。高興時，他也把自己所寫成的舊詩印發給聽課的同學，《空軒》十二首就是其中之一。這引得編《清華週刊》的學生秀才們把他的

詩譯成白話，給他開了一個不大不小而又無傷大雅的玩笑。他一笑置之，不以為忤。他的舊詩確有很深的造詣，同當今想附庸風雅的、寫一些根本不像舊詩的舊詩的「詩人」決不能同日而語。他的「中西詩之比較」實際上講的就是比較文學。當時這個名詞還不像現在這樣流行。他實際上是中國比較文學的奠基人之一，值得我們永遠懷念的。

他坦誠率真，十分憐才。學生有一技之長，他決不掩沒。對同事更是不懂得什麼叫做忌妒。他在美國時，邂逅結識了陳寅恪先生。他立即馳書國內，說：「合古今中外各種學問而論之，吾必以陳寅恪為當今第一人。」也許就是由於這個緣故，他在清華作為西洋文學系的教授而一度兼國學研究院的主任。

他當時給天津《大公報》主編一個《文學副刊》。我們幾個喜歡舞筆弄墨的青年學生，常常給副刊寫點書評一類的短文。因而無形中就形成了一個小團體。我們曾多次應邀到他那在工字廳的住處：藤影荷聲之館去做客，也曾被請在工字廳的教授們的西餐餐廳去吃飯。這在當時教授與學生之間存在着一條看不見但感覺到的鴻溝的情況下，是非常難能可貴的。至今回憶起來還感到溫暖。

我離開清華以後，到歐洲去住了將近十一年。回到國內時，清華和北大剛剛從雲南復員回到北平。雨僧先生留在四川，沒有回來。其中原因，我不清楚，也沒有認真去打聽。但是，我心中卻有一點疑團：這難道會同他那耿直的為人有某些聯繫嗎？是不是有人早就把他看做眼中釘了呢？在這漫長的幾十年內，我只在 60 年代初期，在燕東園李賦寧先

生家中拜見過他。以後就再沒有見過面。

　　在十年浩劫中，他當然不會幸免。聽説，他受過慘無人道的折磨，捱了打，還摔斷了什麼地方。我對此絲毫也不感到奇怪。以他那種奇特的特立獨行的性格，他決不會投機説謊，決不會媚俗取巧，受到折磨，倒是合乎規律的。反正知識久已不值一文錢，知識分子被視為「老九」。在黃鐘毀棄，瓦釜雷鳴的時代，我們又有什麼話好説呢？雨僧先生受到的苦難，我有意不去仔細打聽。不知道反而能減輕良心上的負擔。至於他有什麼想法，我更是無從得知。現在，他終於離開我們，走了。從此人天隔離，永無相見之日了。

　　雨僧先生這樣一個奇特的人，這樣一個不同流合污特立獨行的人，是會受到他的朋友們和弟子們的愛戴和懷念的。現在編集的這一本《吳宓先生回憶錄》就是一個充分的證明。

　　他的弟子和朋友都對他有自己的一份懷念之情，自己的一份回憶。這些回憶不可能完全一樣，因為每一個人都有自己觀察事物和人物的角度和特點。但是又不可能完全不一樣，因為回憶的畢竟是同一個人，我們敬愛的雨僧先生。這一部回憶錄就是這樣一部既不一樣又不太不一樣的匯合體。從這個一樣又不一樣的匯合體中可以反照出雨僧先生整個的性格和人格。

　　我是雨僧先生的弟子之一，在貢獻上我自己那一份回憶之餘，又應主編的邀請寫了這一篇序。這兩件事都是我衷心願意去做的。也算是我獻給雨僧先生的心香一瓣吧。

1989 年 3 月 22 日

# 《湯用彤全集》序

　　國學大師湯錫予（用彤）先生離開我們已經二十多年了。國內外學者翹首以盼先生全集的出版，如大旱之望雲霓。現在河北人民出版社慨賜鉅資，出版先生全集，此真學壇之盛事，藝林之佳話，杜甫詩：「好雨知時節。」出版者當之無愧矣。此舉必能贏得國內外學者的普遍讚譽，可無疑也。

　　一介兄讓我給全集寫個序。初頗惶恐：我何人哉！敢於佛頭著糞耶！繼思有理。我雖不是錫予先生的及門弟子，但自己認為是他的私淑弟子。從上大學起，他的著作就哺育了我，終生受用不盡。來北大工作，又有知遇之感。現在，值《全集》出版之際，難道我真的就無話可說，無話能說，無話要說嗎？

　　我是有話要說的，而且是非說不行的。我並不想，也不敢涉及錫予先生的道德文章。在這方面，我只有學習的責任，而無置喙之餘地。我所要說的與錫予先生有關，但又不限於他一個人。我所要談的是我考慮已久、別人也多有所論列的一個問題：學術大師能不能夠超越？理科的我不談，只談人文社會科學方面的真正的大師。我的重點是「真正的」

三個字。那一些自命為「大師」或者想讓別人把自己捧成大師的人，不在我談論的範圍內。

俗話說：「長江後浪推前浪，世上新人換舊人。」又說：「青出於藍而勝於藍。」還有什麼「雛鳳清於老鳳聲」。類似的俗話和詩句，多得無法一一列舉。意思只有一個，就是後人勝於前人，超越前人。從一般意義上來看，這個意思並沒有錯。隨着人類社會的發展前進，總會不斷有新的發明創造出現，總會不斷有新鮮事物產生，你能說這不是後人勝於前人嗎？至於中國古代的儒者和非儒者迷信堯舜禹湯文武周孔，陶淵明迷信「羲皇上人」，恐怕主要是從倫理道德方面着眼的。我想，談到倫理道德，人類恐怕是越來越差勁，這是題外的話了，這裏且不再談。

我過去對新勝於舊的說法一向深信不疑。使我的信念動搖的是一次偶然的事件。我讀馬克思的一篇文章，其中說：希臘神話具有永恆的魅力。「魅力」而又「永恆」，不能不逼我深思。我理解的馬克思主義總是主張新勝於舊的，主張人類總是前進的。希臘神話當然是舊東西，它怎麼能永恆又有魅力呢？

我對這個問題反覆思考，但自己的悟性不高，終於達不到很高的水平。我覺得，在地球上突出一些高山，僅僅一次出現；但它們將永恆存在，而且是不可超越的。在人類文學史和學術史中，不論中外，有時候會出現一些偉大詩人和學者，他們也僅僅一次出現；但他們也將永恆存在，而且不可超越。論高山，比如喜馬拉雅山、泰山、華山等等都是。

論詩人和學者，中國的屈原、李白、杜甫等等；西方的但丁、莎士比亞、歌德等等都是詩人。中國的孔子、司馬遷、司馬光以及明清兩代的黃宗羲、顧炎武、戴震、王引之父子、錢大昕等等都是學者或思想家。畫家、書法家、音樂家也可以舉出一些來。他們都是僅僅一次出現的，拿他們同高山相比，也是不可超越的。趙甌北的詩：「江山代有才人出，各領風騷數百年。」歷史已經證明了，這個說法是站不住腳的。

我在上面強調了僅僅出現一次和不可超越。希臘神話就符合這個條件。但是僅僅出現一次還不行，僅僅出現一次必須是偉大的精粹的東西，才能不可超越。那些低矮庸陋的人物和事件，也都是僅僅出現一次的，但是他們和它們有什麼值得超越的價值呢？他們和它們自己就會化為塵埃，消跡得無影無蹤。

湯用彤，1893 年生，湖北黃梅人。畢業於清華學校，留學美國。先後在東南大學、南開大學、中央大學、北京大學、西南聯合大學任教。1947 年，曾赴美國加利福尼亞大學講學。解放後，任北京大學校務委員會主席、副校長，中國科學院哲學社會科學學部委員等職，並為全國人民代表大會第一、二、三屆代表，中國人民政治協商會議第一屆全國委員會委員、第三屆常務委員。1964 年逝世。專治哲學史、佛教史，通曉巴利文、梵文。主要著作有《漢魏兩晉南北朝佛教史》、《印度哲學史略》、《魏晉玄學論稿》、《往日雜稿》等。

專就人物而論，他們之後不可超越，是由於他們的偉大。若就對大自然，對人類社會，對人類自身的瞭解而論，古人不管多麼偉大也比

不上現代的人。李白、杜甫、王羲之、貝多芬、達‧芬奇等等，不但不懂電子電腦，他們連原始的火車都沒有見過，他們的偉大決不是靠這些東西，而是靠他們的天才。現在，在即將進入 21 世紀之際，連一個小學生知道的東西，特別是科技方面的東西，都比古代中外大師、大詩人、大學者、大音樂家、大畫家等等要多得多。但是，除非他們是一群瘋子，有誰敢稱超過了李白、杜甫等的詩歌，孔子的思想，貝多芬的音樂，達‧芬奇的繪畫呢？我的意思並不是說，今後不會再有不可超越的大師出現了，大師還會出現的。我想改一改趙甌北的詩：「江山代有大師出，各領風騷無數秋。」

我在上面繞了很大一個彎子，刺刺不休地說了些別人可能認為是夢囈而我自己則認為是真理的話。這些都是楔子，我的目的是在討論中國近現代學術大師的問題。自清末以來，中國學術界由於種種原因，陸續出現了一些國學大師。我個人認為，最主要的原因是西方文化、西方學術思想和哲學思想，以排山倒海之勢湧入中國，中國學壇上的少數先進人物，接受了西文的影響，同時又忠誠地繼承和發展了中國古代優秀的學術傳統，於是就開出了與以前不同的鮮麗的花朵，出現了少數大師，都是一次出現而又不可超越的。我想以章太炎劃界，他同他的老師俞曲園代表了兩個時代。章太炎是不可超越的，王國維是不可超越的，陳寅恪是不可超越的，湯用彤也同樣是不可超越的。

我在上面多次講到「不可超越」，是不是指的是學術到了這些大師手裏就達到了極巔，達到了終點，不能再發展下去了呢？完全不是這

個意思。學術會永遠存在的，學術會永遠發展下去的，只要地球存在，就有學術存在。但是學術發展的道路不是平坦的，不是永遠一樣的，不是均衡的。在這一條大路上，不時會有崇山峻嶺出現，這種情況往往出現在有新材料被發現，有新觀點出現，於時夤緣時會，少數奇才異能之士就會脫穎而出，這就是大師。大師也並不能一下子把所有的問題都看到，又都能解決。大師解決的問題也不見得都能徹底。這就給後人留下了進一步探討的餘地。就這樣，大師一代接一代地傳下去。舊問題解決了，新問題又出現，永遠有問題，永遠有大師。每一個大師都是不可超越的，每一個大師都是一座豐碑。這一些豐碑就代表着學術的進步，是學術發展的道路上的一座座里程碑。

　　湯錫予先生就是這樣一座豐碑，一個里程碑，他是不可超越的。


1999 年 7 月 24 日

# 《平凡而偉大的學者——于道泉》序

　　老友于道泉先生離開我們已經頗有些年頭了。然而，他的音容笑貌至今還不時在我耳邊、眼前飄動。可見他留給我的印象之深刻了。

　　古今中外的學術史、藝術史等裏面都提供了一些例證，證明大凡有天才的人，其言論行動，在平常人眼中都難免有點怪。怪者，和平常人不同也。中國的米顛拜石不是傳為千古佳話了嗎？

　　于道泉先生是一個有天才的人，他的行動也常常被人認為是「怪」。這一點，連他自己都有所感知。記得有一次他親口對我說：「我的腦筋大概是有點問題。」關於這方面的傳聞，那就更多了。據說，他為了學習西藏文和蒙古文，乾脆搬進了雍和宮，同蒙古喇嘛住在一起，因此得了一個綽號「于喇嘛」。他在巴黎時，聽說番茄極有營養，於是天天只吃番茄，一天吃五六斤之多，結果瀉了肚。在倫敦時，適逢陳寅恪先生在那裏治療眼疾。為了給寅恪先生解悶，他天天到醫院裏去給陳先生讀書、讀報。讀的書中就有馬克思的《資本論》。但是同時他在研究「鬼學」，他相信有鬼。離開北大到民族學院以後，他曾研究過無土種植，後來又研究號碼代音字問題。總之，這些行動

都被認為是「怪」的。

為什麼這樣的「怪」會同天才聯繫在一起呢？一個有天才的人，認準了一個問題，於是心無旁騖，精神專注，此時此刻，世界萬物不存在了，芸芸眾生不存在了，是非得失不存在了，飛黃騰達不存在了，在茫茫的宇宙中，只有他眼前的這一個問題，這一件事物。在這樣的情況下，他焉能不發古人未發之覆，焉能不向絕對真理走近一步呢？

但是，在平凡的人類眼中，這就叫做「怪」，于道泉先生就是這樣的一個怪人。

對於于道泉先生，還必須進一步更深入更徹底地挖掘一下。我們平常讚美一個人，說他「淡薄名利」，這已經是很高的讚譽了。然而，放在于道泉先生身上，這是遠遠不夠的。他早已超越了「淡薄名利」的境界，依我看，他是根本不知道，或者沒有意識到，世界上還有名利二字。他的這種超越，同塵世間庸俗之輩的蠅營狗苟的爭名奪利的行徑比較起來，有如天淵。于道泉先生是我們的楷模。

因為于道泉先生留下的學術著作不多，他那學富五車，滿腹經綸的學養，今天很多青年學人都不知道了。這是極可惋惜的事。現在王堯教授編集成了這樣一本書，發潛德之幽光，垂厚愛於未來，使于道泉先生這樣一顆在中國學術界的天空裏的流星又發出了璀璨明亮的光輝。我們都要感謝王堯教授。

2000 年 12 月 13 日

# 《王力先生紀念論文集》序

　　要論資排輩，了一先生應該是我的老師。如果我記憶不錯的話，他是 1932 年從法國回國到清華大學來任教的。我當時是西洋文學系三年級的學生。因為行當不同，我們沒有什麼接觸。只有一次，吳雨僧（宓）教授請我們幾個常給大公報文學副刊寫文章的學生吃飯，地點是在工字廳西餐部，同桌有了一先生。當時師生之界極嚴，學生望教授高入雲天，我們沒能說上幾句話。

　　以後是漫長的將近二十年。1950 年，我隨中國文化代表團訪問印度和緬甸。因為是解放後第一個大型的出國代表團，所以籌備的時間極長。周總理親自過問籌備工作，巨細不遺。在北京籌備了半年多，又到廣州待了一段時間。在此期間，我們訪問了嶺南大學。了一先生是那裏的文學院長，他出來招待我們。由於人多，我們也沒能說上多少話。我同時還拜謁了我的老師陳寅恪先生，他也在那裏教書。那是我第一次到廣州。時令雖已屆深秋，但是南國花木依然蓊鬱，綠樹紅花，相映成趣。我是解放後第一次出國，心裏面欣慰、驚異、渴望、自滿，又有點忐忑不安，說不出是一種什麼滋味，甜甜的，又有點酸澀。在嶺南大學

校園裏，看到了含羞草一類的東西，手指一戳，葉子立即併攏起來，引起了我童心般的好奇。再加上見到了了一先生和寅恪先生，心裏感到很溫暖。此情此景，至今歷歷如在目前。

以後又是二三年的隔絕。到了 1952 年，高等學校進行了院系調整以後，全國所有研究語言理論的系科，都合併到北大來了。了一先生也遷來北京。從此見面的時間就多起來了。

從宏觀上來看，了一先生和我都是從事語言研究的。解放以後，提倡集體主義精神，成立機構，組織學會，我同了一先生共事的機會大大地多了起來。首先是國務院（最初叫政務院）文字改革委員會。了一先生和我從一開始就都參加了。了一先生重點放在制定中文拼音方案方面。我參加的是漢字簡化工作。在相當長的時間內，我們經常在一起開會，常常聽到他以平穩緩慢的聲調，發表一些卓見。其次是中國大百科全書語言文字卷的編纂工作。了一先生是中國語言學界的元老之一。在很多問題上，我們都要聽他的意見。在編纂過程中，我們在一起開了不少的會。了一先生還承擔了重要詞條的編寫工作。智者千慮，必有一失。他寫的詞條別人提出了意見，他一點權威架子也沒有，總是心平氣和地同年輕的同志商談修改的意見。這一件事給我留下了極其深刻的印象，我將畢生難忘。最後是中國語言學會的工作。為這一個重要的學會，他也費了不少的心血，幾次大會，即使不在北京，他也總是不辭辛勞，親自出席。大家都很尊敬他，他在會上的講話或者發言，大家都樂意聽。

通過了這樣一些我們共同參加的工作，我對了一先生的為人認識得越來越具體，越來越清楚了。我覺得，他稟性中正平和，待人親切和藹。我從來沒見他發過脾氣，甚至大聲說話，疾言厲色，也都沒有見過。同他相處，使人如坐春風中。他能以完全平等的態度待人，無論是弟子，還是服務人員，他都一視同仁。北大一位年輕的司機告訴我說：有一次，他驅車去接了一先生，適逢他在寫字，他請了一先生也給他寫一幅，了一先生欣然應之，寫完之後，還寫上某某同志正腕，某某是司機的名字。這一幅珍貴的字條，這位年輕的司機至今還珍重保存。一提起來，他欣慰感激之情還溢於言表。

談到了一先生的學術成就，說老實話，我實在沒有資格來說三道四。雖然我們同屬語言學界，但是研究的具體對象卻懸殊很大。了一先生治語音學、漢語音韻學、漢語史、中國古文法、中國語言學史、漢語詩律學、中國語法理論、中國現代語法、同源字等等。我自己搞的則是印度佛教梵文以及新疆古代語言文字，吐火羅文之類。二者搭界的地方微乎其微。了一先生學富五車，著作等身。我確實讀過不少他的著作，但是並沒有讀完他所有的著作。以這樣一個水平來發表意見，只能算是管窺蠡測而已。可是我又覺得非發表一點意見不行。我現在只能從低水平上說一點個人的意見，至於是否膚淺甚至謬誤，就無法過多地考慮了。

我想用八個字來概括了一先生的學風或者學術成就：中西融會，龍蟲並雕。

什麼叫中西融會呢？我舉一個比較明顯的例子。了一先生治中國音韻學，用力甚勤，建樹甚多。原因何在呢？在中國音韻學史上，從明末清初起，直至20世紀二三十年代，大師輩出，成就遠邁前古。顧炎武、戴東原等啟其端。到了乾嘉時代，錢大昕、段玉裁、王念孫、王引之諸大師出，輝煌如日中天。清末以後，章太炎、黃季剛、王靜安等，追蹤前賢，多所創獲。這些大師審音之功極勤，又師承傳授，漢語古音體系基本上弄清楚了。但是，他們也有不足之處，他們對於發音部位、發音方法缺乏科學的細緻的從生理學上加以審析的方法，因而間或有模糊之處。而這一點正是西方漢學家的拿手好戲。瑞典高本漢研究中國漢語古音，自成體系，成績斐然，受到中國學者如胡適、林語堂等的尊崇，歎為得未曾有。實際上歐洲學者的成就正是中國學者的不足之處。了一先生一方面繼承了中國的優秀傳統，特別是乾嘉大師的衣缽，另一方面又精通西方學者的近代的科學方法，因而在漢語音韻學的研究中走出了一條新路。所以我說他是中西融會。至於他在漢語史等方面的研究上也表現出融會中西兩方的優點的本領，並且取得了重大的成就。

　　什麼叫龍蟲並雕呢？了一先生把自己的書齋命名為龍蟲並雕齋。意思十分清楚：既雕龍，又雕蟲，二者同樣重要，無法軒輊，或者用不着軒輊。他的著作中有《龍蟲並雕齋詩集》、《龍蟲並雕齋文集》、《龍蟲並雕齋瑣語》等。可見了一先生志向之所在。這一件事情，看似微末，實則不然。從中國學術史上來看，學者們大別分為兩類。一類專門從事鑽研探討，青箱傳世，白首窮經，篳路藍縷，獨闢蹊徑，因而名標青

史，舉世景仰。一類專門編寫通俗文章，用現在的話來說，就是做普及工作。二者之間是有矛盾的，前者往往瞧不起後者，古人說：「雕蟲小技，壯夫不為。」可以充分透露其中消息。實際上，前者不樂意、不屑於做後者的工作，往往是不善於做。能兼此二者之長的學者異常地少，了一先生是其中之一。在前者中，他是巨人；對於後者，不但樂意做，而且善於做。他那許多通俗的文章起了很大的作用。他的著作《浙江人怎樣學習普通話》、《廣東人怎樣學習普通話》，對於普及普通話工作所起的推動作用，是難以估量的。從這裏也可以看出了一先生的遠大的眼光和廣闊的胸懷。我認為，這是非常非常難得的，值得我們大家都去學習的。「陽春白雪」，我們竭誠擁護，這是不可缺少的。難道說「國中和者數千人」的「下里巴人」就不重要，就是可以缺少的嗎？

我在上面談了我對了一先生為人和為學的一些看法。在世界和中國學術史上，常常碰到一種現象，那就是：一個學者的為人和為學兩者之間有矛盾。有的人為學能實事求是，樸實無華，而為人則詭譎多端，像神龍一般，令人見首不見尾。另外一些人則正相反，為學奇詭難測，而為人則淳樸坦蕩。我覺得，在了一先生身上，為人與為學則是完全統一的。他真正是文如其人，或者人如其文。在這兩個方面他給人的印象都是本本分分，老老實實，只有實事求是之心，毫無嘩眾取寵之意。大家都會承認，這一點是非常難得的。

多少年來，我曾默默地觀察、研究中國的知識分子，了一先生也包括在裏面。我覺得，中國知識分子實在是一群很特殊的人物。他們的

待遇並不優厚，他們的生活並不豐足。比起其他國家來，往往是相形見絀。在過去幾十年的所謂政治運動中，被戴上了許多離奇荒誕匪夷所思的帽子，磕磕碰碰，道路並不平坦。在十年浩劫中，更是登峰造極，受到了不公正的衝撞。了一先生也沒有能幸免。但是，時過境遷，到了今天，我從知識分子口中沒有聽到過多少抱怨的言談。從了一先生口中也沒有聽到過。他們依然是任勞任怨，勤奮工作，「焚膏油以繼晷，恆兀兀以窮年」。他們中的很多人真正做到了「淡泊以明志，寧靜以致遠」，為培養青年學生，振興祖國學術而拚搏不輟。在這樣一些人中，了一先生是比較突出的一個。如果把這樣一群非常特殊的人物稱為世界上最好的知識分子，難道還有什麼不妥之處嗎？

人們不禁要問：原因何在呢？難道中國知識分子是一群聖人、神人、不食人間煙火的仙人嗎！當然不是。我個人認為，只有在過去是半殖民地半封建的中國，這樣的知識分子才能出現。在這些人身上，愛國主義是根深蒂固、血肉相連的。帝國主義國家的某一些（不是全體）知識分子，不管在國家興旺時多麼高談愛國，義形於色；只要稍有風吹草動，立即遠走高飛，把自己的國家丟到脖子後面，什麼愛國主義，連一點影子都沒有了。在中國則不然。知識分子在舊社會吃過苦頭，受到過帝國主義者的壓迫。今天得到了解放，當然會由衷地歡暢和感激。要說他們對今天當前的情況完全滿意，那也不是事實。但是，只要向前看，就可以看到，不管我們目前還有多少困難和問題，不管還有多少大風大浪，總起來說，我們的社會還是向上的，前途是光明的。因此，中國知

識分子的愛國之情決不會改變。這一點，在了一先生身上，在許多知識分子身上，顯得非常突出。我覺得，這是中國知識分子的最可寶貴的品質，年輕一代人應該永遠保持下去。

　　了一先生離開我們了。但是，他的人品，他的學術卻永遠不會離開我們。他留給我們的千多萬字的學術著作是我們的寶貴財富。我們要認真學習、研究，再從而發揚光大之，使中國的語言研究更上一層樓。這不是我一個人的想法。從這一冊琳琅滿目的紀念論文集中，我彷彿聽到了我們大家的共同的心聲。

　　願了一先生為人和治學的精神永存。

1987 年 11 月 4 日

# 《董秋芳譯文選》序

恩師董秋芳（冬芬）先生離開我們已經頗有些年頭了。我自己到了今天已屆耄耋之年，然而年歲越老，對先生的懷念也就越濃烈。這情景，對別人來說，也許有點難解。但對我自己來說，用不着苦心參悟，就是一目瞭然的。

在我初入世的時候，我們倆走的道路幾乎完全一樣。他是北大英文系畢業的，因為寫了文章，翻譯了書，於是成了作家，而當時的邏輯是，是作家就能教國文，於是他就來到了我的母校濟南省立高中當國文教員，我就是他當時的學生。在這之前的一年，日寇佔領濟南，是我當亡國奴的一年。再前則是山大附設高中的學生。學的是古文，寫的是文言文，老師王崑玉先生給我留下了終生難忘的印象。1928年是我在無意識中飛躍的一年，從《古文觀止》、《書經》和《詩經》飛躍到魯迅和普羅文學，在新文學岸邊上迎接我的正是董秋芳先生，我自己也不知道，是出於什麼原因，我的白話作文竟受到了秋芳先生的激賞，說我是「全班甚至全校之冠」。我是一個平凡的人，受到讚賞，這本是不虞之譽，我卻感到喜悅和興奮。這樣就埋下了我終身寫作的種子。除了在德國十

年寫得很少，十年浩劫根本沒寫之外，我一直寫作未輟。我認為，作家是一個高貴的稱呼，是「人類靈魂的工程師」，區區如不佞者焉能當此稱號！我一直不敢以作家自居。然而，寫作畢竟成為我生活不可或缺的一部分，每有真實感觸，則必寫為文章，不僅是自己怡悅，也持贈別人。所有這一切，都必須歸功於董先生，我稱他為「恩師」，不正是恰如其分嗎？

　　現在來談冬芬先生的翻譯。就目前中國翻譯界來看，翻譯已成為司空見慣的事。幾乎所有世界各國的文學大師的全集都已有了漢文全譯本。對外國當前文藝的情況也可以說是瞭若指掌。據我個人的看法。眼前中國翻譯界的問題不在量，而在質。努力提高翻譯水平，改變求大求全而譯文則極不理想的情況，是當務之急。然而在七八十年前魯迅、董秋芳的時代，情況完全不是這個樣子。當時譯本不多，而且往往只限於幾個大國。魯迅先生完全不是為翻譯而翻譯。他發現了中國固有文化有許多不盡如人意之處，中國的民族性好像也不能令人滿意。因此他提出了「拿來主義」的號召，讓人少讀，或者簡直不讀中國書。現在看起來，這似乎有偏激之處；然而魯迅的苦心是一般有識之士可能理解的。他像古代希臘神話中盜取天火的普羅米修士那樣，想從外國引進一點火種，以改造我們的民族性，為我們國民進行啟蒙教育。他特別重視翻譯國際上弱小民族的文學作品，因為這些國家的處境更與我們的處境接近，從那裏取來的火種更能啟迪我們。

　　冬芬先生是魯迅先生忠實的學生和追隨者，他也決不是為翻譯而翻

譯，他做翻譯工作有自己的理想，有自己的目標。他除了翻譯一些英美文學作品之外，翻譯最多的是俄羅斯作家，兼及西班牙、印度、猶太等地的作家，這些作家有些是在當時不被重視的，或者由於政治原因而被打入另冊的。他翻譯這些作家的作品，決不僅僅是為了拾遺補缺，其真正目的是在盜取天火以濟人世之窮。

冬芬先生這些譯作都是在解放前完成的，到現在已經超過半個世紀了。現在由他的女公子菊仙整理付印，索序於我。這不禁勾起來了我那緬懷師恩之幽情，因而不揣譾陋，略陳鄙見如上。是為序。

2000 年 12 月 3 日

自序篇

# 《季羨林選集》跋

　　我確實從來也沒有想到，竟能在香港出版一本選集。我生長在祖國偏北的省份，小學、中學、大學都是在北方上的。但是，我同極南端的香港卻似乎很有緣。遠在 40 年代中期，當我從歐洲回國的時候，我就曾在香港住過一段時間。隔了四年，在建國初期，我隨着一個文化代表團出國訪問，來去都曾在香港住過。又過了四年，我又經過香港出國。前年春天，我從國外訪問回來，又在香港住了幾天。第一次是住在山下，對香港社會瞭解得比較深入。但這僅僅是香港的一個方面。以後三次，都是住在摩星嶺上，這是香港的又一個方面。兩面加起來，就構成了一個全面的香港。因此，總可以說，我對香港已經有所認識了。

　　我認識的是一個什麼樣的香港呢？

　　在山下面，地小、人多、街道極窄。路上的行人，熙熙攘攘，摩肩接踵。招牌和霓虹燈，五光十色，琳瑯滿目。櫥窗裏陳列的貨品，堆積如山。似乎到處都有飯館子，廣東烤肉、香腸掛滿窗口，強烈地刺激着人們的食慾。留長頭髮穿喇叭褲的男女青年，挺胸昂首，匆匆忙忙地來往走路。在從前的時候，從頭頂上不時還隱約飄來陣陣打麻

將牌的聲音。

在山上面，則另是一番景象。別墅林立，街道光潔，空氣新鮮，環境閴靜。山前是一灣明鏡般的海面。海上氣象萬千，隨時變幻。有時海天混茫，有時微波不起。碧琉璃似的海水有時轉成珍珠似的白色。特別是在早晨，旭日東昇，曉曒淡紅，海面上帆影交錯，微波鱗起，極目處黛螺似的點點青山，我幾疑置身世外桃源。

山上山下，氣象幾乎完全不同。但是各有其特點，各極其妙。我認識的就是這樣一個香港。

這樣一個香港，我心裏是非常喜歡的。因此，讓我自己寫的東西能夠同香港聯繫在一起，能夠在香港出版，我也是非常高興的。

但是，我心裏又有點不踏實：我寫的這一些東西對於香港的讀者，對海外的華僑讀者究竟有什麼用處呢？中國的舊式文人有的有一種非常惡劣的習氣：文章是自己的好。這種習氣，我幸而沾染得不算太濃，我還有一點自知之明。我總懷疑，我這些所謂散文，不會有多大的用處。但是，我當然也不會覺得，自己寫的東西是一堆垃圾，一錢不值。不然我決沒有膽量，也不應該在香港出版什麼選集。

那麼，我究竟想對香港讀者和華僑讀者說些什麼呢？

我從小就喜歡舞筆弄墨。我寫這種叫做散文的東西，已經有五十年了。雖然寫的東西非常少，水平也不高；但是對其中的酸、甜、苦、辣，我卻有不少的感性認識。在生活平靜時情況下，常常是一年半載寫不出一篇東西來。原因是很明顯的。天天上班、下班、開會、學習、上

課、會客，從家裏到辦公室，從辦公室到課堂，又從課堂回家，用句通俗又形象的話來說，就是，三點一線。這種點和線都平淡無味，沒有刺激，沒有激動，沒有巨大的變化，沒有新鮮的印象，這裏用得上一個已經批判過的詞兒：沒有靈感。沒有靈感，就沒有寫什麼東西的迫切的願望。在這樣的時候，我什麼東西也寫不出，什麼東西也不想寫。否則，如果勉強動筆，則寫出的東西必然是味同嚼蠟，滿篇八股，流傳出去，一害自己，二害別人。自古以來，應制和賦得的東西好的很少，其原因就在這裏。宋代偉大的詞人辛稼軒寫過一首詞牌叫做〈醜奴兒〉的詞：

少年不識愁滋味，愛上層樓，愛上層樓，為賦新詞強說愁。

而今識盡愁滋味，欲說還休，欲說還休，卻道天涼好個秋。

要勉強說愁，則感情是虛偽的，空洞的，寫出的東西，連自己都不能感動，如何能感動別人呢？

我的意思就是說，千萬不要勉強寫東西，不要無病呻吟。

即使是有病呻吟吧，也不要一有病就立刻呻吟，呻吟也要有技巧。如果放開嗓子粗聲嚎叫，那就毫無作用。還要細緻地觀察，深切地體會，反反覆覆，簡練揣摩。要細緻觀察一切人，觀察一切事物，深入體會一切。在我們這個林林總總的花花世界上，遍地潛伏着蓬勃的生命，隨處活動着熙攘的人群。你只要留心，冷眼旁觀，一定就會有收穫。一個老婦人佈滿皺紋的臉上的微笑，一個嬰兒的鮮蘋果似的雙頰上的紅霞，一個農民長滿了老繭的手，一個工人工作服上斑斑點點的油漬，一個學生琅琅的讀書聲，一個教師住房窗口深夜流出來的燈光，這些都是

常見的現象，但是倘一深入體會，不是也能體會出許多動人的含義嗎？你必須把這些常見的、習以為常的、平凡的現象，涵潤在心中，融會貫通。彷彿一個釀蜜的蜂子，醞釀再醞釀，直到醞釀成熟，使情景交融，渾然一體，在自己心中形成了一幅「成竹」，然後動筆，把成竹畫了下來。這樣寫成的文章，怎麼能不感動人呢？

我的意思就是說，要細緻觀察，反覆醞釀，然後才下筆。

創作的激情有了，簡練揣摩的工夫也下過了，那麼怎樣下筆呢？寫一篇散文，不同於寫一篇政論文章。政論文章需要邏輯性，不能持之無故，言之不成理。散文也要有邏輯性，但僅僅這個還不夠，它還要有藝術性。古人說：「言之無文，行之不遠。」又說：「不學詩，無以言。」寫散文決不能平鋪直敘，像記一篇流水賬，枯燥單調。枯燥單調是藝術的大敵，更是散文的大敵。首先要注意選詞造句。世界語言都各有其特點，中國的漢文的特點更是特別顯著。漢文的詞類不那麼固定，於是詩人就大有用武之地。相傳宋代大散文家王安石寫一首詩，中間有一句，原來寫的是：「春風又到江南岸。」他覺得不好，改為「春風又過江南岸」。他仍然覺得不好，改了幾次，最後改為「春風又綠江南岸」。自己滿意了，讀者也都滿意，成為名句。「綠」本來是形容詞，這裏卻改為動詞。一字之改，全句生動。這種例子中國還多得很。又如有名的「鳥宿池邊樹，僧敲月下門」，原來是「僧推月下門」，「推」字太低沉，不響亮，一改為「敲」，全句立刻活了起來。中國語言裏常說「推敲」就由此而來。再如詠早梅的詩：「昨夜風雪裏，前村數枝開」，把

「數」字改為「一」字，「早」立刻就突出了出來。中國舊詩人很大一部分精力，就用在煉字上。我想，其他國家的詩人也在不同的程度上致力於此。散文作家，不僅僅限於遣詞造句。整篇散文，都應該寫得形象生動，詩意盎然。讓讀者讀了以後，好像是讀一首好詩。古今有名的散文作品很大一部分是屬於這一個類型的。中國古代的詩人曾在不同的時期提出不同的理論，有的主張神韻，有的主張性靈。表面上看起來，有點五花八門，實際上，他們是有共同的目的的。他們都想把詩寫得新鮮動人，不能陳陳相因。我想散文也不能例外。

我的意思就是說，要像寫詩那樣來寫散文。

光是煉字、煉句是不是就夠了呢？我覺得，還是不夠的。更重要的還要煉篇。關於煉字、煉句，中國古代文藝理論著作中，其中也包括大量的所謂「詩話」，討論得已經很充分了。但是關於煉篇，也就是要在整篇的結構上着眼，也間或有所論列，總之是很不夠的。我們甚至可以說，這個問題似乎還沒有引起文人學士足夠的重視。實際上，我認為，這個問題是非常重要的。

煉篇包括的內容很廣泛。首先是怎樣開頭。寫過點文章的人都知道：文章開頭難。古今中外的文人大概都感到這一點，而且做過各方面的嘗試。在中國古文和古詩歌中，如果細心揣摩，可以讀到不少的開頭好的詩文。有的起得突兀，如奇峰突起，出人意外。比如岑參的《與高適薛據登慈恩守浮圖》開頭兩句是：「塔勢如湧出，孤高聳天宮。」文章的氣勢把高塔的氣勢生動地表達了出來，讓你非看下去不行。有

的紆徐，如春水潺湲，耐人尋味。比如歐陽修的《醉翁亭記》的開頭的一句話：「環滁皆山也。」用「也」字結尾，這種句型一直貫穿到底。也彷彿抓住了你的心，非看下去不行。還有一個傳說歐陽修寫《相州畫錦堂記》的時候，構思多日，終於寫成，派人送出去以後，忽然想到，開頭還不好，於是連夜派人快馬加鞭把原稿追回，另改了一個開頭：「仕宦而至將相，富貴而歸故鄉，此人情之所榮，而今昔之所同也。」這樣的開頭有氣勢，能籠罩全篇。於是就成為文壇佳話。這樣的例子還可以舉出幾十幾百。這些都說明，我們古代的文人學士是如何注意文章的開頭的。

開頭好，並不等於整篇文章都好。煉篇的工作才只是開始。在以下的整篇文章的結構上，還要煞費苦心，慘澹經營。整篇文章一定要一環扣一環，有一種內在的邏輯性。句與句之間，段與段之間，都要嚴絲合縫，無懈可擊。有人寫文章東一榔頭，西一棒槌，前言不搭後語，我認為，這不是正確的做法。

在整篇文章的氣勢方面，不能流於單調，也不能陳陳相因。儘管作者每個人都有自己的獨特的風格，應該加意培養這種風格，這只是就全體而言。至於在一篇文章中，卻應該變化多端。中國幾千年的文學史上，出現了許多不同的風格：《史記》的雄渾，六朝的穠艷，陶潛、王維的樸素，徐陵、庾信的華麗，杜甫的沉鬱頓挫，李白的流暢靈動，《紅樓夢》的細膩，《儒林外史》的簡明，無不各擅勝場。我們寫東西，在一篇文章中最好不要使用一種風格，應該盡可能地把不同的幾種風格

融合在一起，給人的印象就會比較深刻。中國的駢文、詩歌，講究平仄，這是中國語言的特點造成的，是任何別的語言所沒有的。大概中國人也不可能是一開始就認識到這個現象，一定也是經過長期的實踐才摸索出來的。我們寫散文當然與寫駢文、詩歌不同。但在個別的地方，也可以嘗試着使用一下，這樣可以助長行文的氣勢，使文章的調子更響亮，更鏗鏘有力。

文章的中心部分寫完了，到了結束的時候，又來了一個難題。我上面講到：文章開頭難。但是認真從事寫作的人都會感到：文章結尾更難。

為了說明問題方便起見，我還是舉一些中國古典文學中的例子。上面引的《醉翁亭記》的結尾是「太守謂誰？廬陵歐陽修也。」以「也」字句開始，又以「也」字句結尾。中間也有大量的「也」字句，這樣就前後呼應，構成了一個整體。另一個例子我想舉杜甫那首著名的詩篇《贈衞八處士》，最後兩句是「明日隔山嶽，世事兩茫茫」。這樣就給人一種言有盡而意無窮的感覺。再如白居易的《長恨歌》，洋洋灑灑數百言，或在天上，或在地下。最後的結句是：「天長地久有時盡，此恨綿綿無絕期。」也使人有餘味無窮的意境。還有一首詩，是錢起的《省試湘靈鼓瑟》，結句是「曲終人不見，江上數峰青」。對這句的解釋是有爭論的。據我自己的看法，這樣結尾，與試帖詩無關。它確實把讀者帶到一個永恆的境界中去了。

上面講了一篇散文的起頭、中間部分和結尾。我們都要認真對待，

而且要有一個中心的旋律貫穿全篇，不能寫到後面忘了前面，一定要使一篇散文有變化而又完整，謹嚴而又生動，千門萬戶而又天衣無縫，奇峰突起而又順理成章，必須使它成為一個完美的整體。

我的意思就是說，要像譜寫交響樂那樣來寫散文。

寫到這裏，也許有人要問：寫篇把散文，有什麼了不起？可你竟規定了這樣多的清規戒律，不是有意束縛人們的手腳嗎？我認為，這並不是什麼清規戒律。任何一種文學藝術形式，都有自己的一套規律，沒有規律就不成其為文學藝術。一種文學藝術之所以區別於另一種文學藝術，就在於它的規律不同。但是不同種的文學藝術之間又可以互相借鑒，互相啟發，而且是借鑒得越好，則這一種文學藝術也就越向前發展。任何國家的文學藝術史都可以證明這一點。

也許還有人要問：古今的散文中，有不少的是信筆寫來，如行雲流水，本色天成，並沒有像你上面講的那樣艱巨，那樣繁雜。我認為，這種散文確實有的，但這只是在表面上看來是信筆寫來，實際上是作者經過了無數次的鍛煉，由有規律而逐漸變成表面上看起來擺脫一切規律。這其實是另外一種規律，也許還是更難掌握的更高級的一種規律。

我學習寫散文，已經有五十年的歷史了。如果說有一個散文學校，或者大學，甚至研究院的話，從年限上來看，我早就該畢業了。但是事實上，我好像還是小學的水平，至多是中學的程度。我上面講了那樣一些話，決不意味着，我都能做得到。正相反，好多都是我努力的目標，也就是說，我想這樣做，而還沒有做到。我看別人的作品時，也常常拿

那些標準來衡量，結果是眼高手低。在五十年漫長的時間內，我搞了一些別的工作，並沒有能集中精力來寫散文，多少帶一點客串的性質。但是我的興致始終不衰，因此也就積累了一些所謂經驗，都可以說是一得之見。對於專家內行來說，這可能是些怪論，或者是一些老生常談。但是對我自己來說，卻有點敝帚自珍的味道。《列子‧楊朱篇》講了一個故事：

> 昔者宋國有田夫，常衣縕黂，僅以過冬。暨春東作，自曝於日，不知天下之有廣廈隩室，綿纊狐狢。顧謂其妻曰：「負日之暄，人莫知者。以獻吾君，將有重賞。」

我現在就學習那個田夫，把我那些想法寫了出來，放在選集的前面，我相信，我這些想法至多也不過同負暄相類。但我不想得到重賞，我只想得到贊同，或者反對。就讓我這一篇新的野叟曝言帶着它的優點與缺點，懷着欣喜或者憂懼，走到讀者中去吧！

1980 年 4 月 17 日

# 《朗潤集》自序

　　我從中學時代起就開始學習着寫一些東西，到現在已經有將近五十年了。中間曾有幾次機會，能夠編成一個集子。但是由於種種原因，卻沒有編成。一直到今天才把能夠找得到的東西匯總在一起，編成這個集子。對過去將近五十年的回顧，於我來說，簡直成了一個沉重的負擔。而且看了集子中的這些所謂文章，無論從質的方面來看，還是從量的方面來看，都顯得非常單薄。中國俗話說「文章是自己的好」。我卻無論如何也說不出這樣的話來。我臉上直發燒，心裏直打鼓──然而，有什麼辦法呢？

　　當我還年輕的時候，我對散文（有一時期也叫做小品文）這種體裁就特別感興趣，特別喜愛。我覺得它兼有抒情與敍事之長。你可以用一般寫散文的手法來寫。你也可以用寫散文詩的手法來寫。或如行雲，舒卷自如；或如流水，潺湲通暢；或加淡妝，樸素無華；或加濃抹，五色相宜。長達數千字，不厭其長；短至幾百字，甚至幾十個字，不覺其短。靈活方便，得心應手，是表達思想、抒發感情，描繪風景、記述所見的一個最好的工具。然而，當時有學問的教授卻告訴我們這些學生

說，散文這東西可了不得呀！世界上只有英國有散文，什麼查理斯‧蘭姆，什麼喬治‧吉辛；什麼湯瑪斯‧嘉賴爾，什麼得‧昆西。一大串光輝嚇人的名字。可以勉強同英國爭一日之長的只有法國，那裏有蒙泰因。我逖聽之下，悚然肅然，佩服得五體投地。但是隨着年齡的增長，我逐漸發現，我從小就背誦的《古文觀止》之類的書就都是散文，而且是最好的散文；只有一部分可以歸入雜文。我們中國其實是散文最發達的國家。前後《出師表》、《桃花源記》、《陳情表》等等都是百讀不厭的散文。韓愈、柳宗元、歐陽修、蘇軾等所謂唐宋八大家，其實都是上乘的散文作家。連《莊子》中的一些文章，司馬遷的許多文章，都可以歸入此類。《逍遙遊》、《報任少卿書》等等，不是散文又是什麼呢？中國舊時經、史、子、集四部中大部分文章都是散文。近代的魯迅、朱自清也都是優秀的散文作家。無論是從量來看，還是從質來看，世界上哪一個國家的散文也比不上中國。這真叫做踏破鐵鞋無覓處，得來全不費工夫。遠在天邊，近在眼前。我曾經為了這「偉大的發現」而沾沾自喜過。我甚至感到自從文學革命興起以後，到現在已經整整六十年了。詩歌、小說、戲劇、散文等等方面，都有巨大的成績。但是據一般人的意見和我自己的看法，成績最好的恐怕還是散文，這可能同我國有悠久的光輝燦爛的散文寫作的傳統是分不開的。詩歌我們也有悠久的光輝燦爛的傳統，但是為什麼大家幾乎公認新詩的成就並不怎麼樣呢？這可能與詩歌的形式有關。德國大詩人歌德說：「不同的詩的形式會產生奧妙的巨大效果。」（朱光潛譯：《歌德談話錄》第29頁）我覺得，一直到今天，

我們的新詩還沒有找到一個恰當的、大家公認的、比較固定的體裁。現在是八仙過海，各顯神通，從馬雅可夫斯基的所謂樓梯體直到豆腐乾體，應有盡有，詩體很不一致。但是幾乎都不容易上口，不容易背誦。很多詩唸起來索然寡味，同舊詩那一種清新雋永、餘味無窮的詩體和修辭迥乎不同。現在還有很多人能背誦上百首幾百首舊詩。而能背誦一首新詩的人卻不多見。其中消息，耐人尋思。

我自己也曾背誦過不少的中國古代的散文。在寫作我叫它做散文的這種文體的嘗試中，我也曾在有意與無意之間學習或模仿過中國古代的散文作家。對西方的一些散文作家，我也有意或無意地去學習或模仿過。這一點，有個別的同志發現了，曾經對我談過。我原以為，我這樣做，是如人飲水，冷暖自知。不意仍被人發現。我覺得，這個別的同志頗能體會我自己在學習寫作的過程中的一些甘苦，頗有知己之感。可惜的是，我在這兩個方面的修養都很不夠，只能說是淺嘗輒止；又牽於雜務，用心不專，因而成績也就不大。如果說這樣做是正確的、有道理的話，我也只能說是看到了這個方向，還談不到有什麼成績。對別人寫的散文，我也用這個標準來衡量，要求特別高。中國俗話說，「眼高手低」，大概就指的是這種情況吧。

在中國文學史上，詩歌的創作曾有過很多流派。有的詩人主張詩以性靈為主，有的詩人主張詩以神韻為主。還有一些詩人主張別的學說，總之是五花八門，莫衷一是。但是，在散文方面，好像沒有這樣許多流派和理論，儘管古代散文作家也是各人有各人的風格，明眼人一看就能

夠分辨，決不會混淆。唐朝韓柳並稱，而散文風格迴乎不同。宋代歐蘇齊名，而文體情趣，俱臻妙境。他們好像也努力培養自己的風格，努力的痕跡與階段昭然可觀。在這方面，他們又有繼承，又有創新，各具風格，各極其妙。到了明末，公安派和竟陵派各樹一幟，在文壇上平分秋色。當然，除了這些流派外，正統的繼承唐宋八大家的散文作家仍然很有影響。此風沿襲直至清代。到了咸同時期，龔自珍等異軍突起，才給中國散文的創作增添了不少新的色彩。五四以後，六十年來，散文作家如林，既繼承先人，又借鑒異域，光輝燦爛，遠邁前古。如果再回顧中國兩千年的散文創作史，我們就都會感覺到，我們散文的園地，也同詩歌的園地一樣，是百花爭艷，群芳競美，姹紫嫣紅，花團錦簇的。這就使我更加喜愛散文這個文體。每當花前月下，風晨雨夕，在海天渺茫的巨輪上，在蒼穹萬里的飛機中，在緊張的會議之餘，在繁忙的訪問之後，一編在手，如對故人，如飲醇醪。書中的文章，有的雄放，有的流麗，有的記述人物，有的描繪山水，文體不同，各擅千秋，麗詞佳句，紛至沓來。此時我真如行山陰道上，應接不暇：我彷彿能看到泰山的日出，彷彿能聽到洞庭的濤聲；彷彿遊歷了桃花源，彷彿觀賞了柳州奇景；社會主義祖國前進的腳步聲彷彿就響在我的耳際；英雄模範人物的樂觀氣魄彷彿感染着我的內心，可以興，可以立，可以歌，可以泣。我的心潮隨着文章的內容而跳動，我的感情隨着作者的感情而亢奮，胸襟開擴，逸興湍飛，身心疲勞一掃而空。歷史上作者的思想感情，我不一定同意，更談不到什麼共鳴；但是他們那別具一格的文體，奇峰突起的

結構，對祖國自然風光的描繪，對一些正義行為的歌頌，仍然能使我感動，使我興奮。藝術享受，無過此矣。此時我真感到能使用漢文這種文字是一種幸福，作為一個中國人值得驕傲。我不相信，這只是我個人的感受，是一種偏見，廣大的散文的愛好者也一定會同意我的看法，只是他們還沒有機會發表自己的意見而已。

至於我自己寫的散文，那只能算是一些習作，是一種堅持了五十年的習作。因為我喜愛別人寫的散文，不管是今人還是古人，中國人還是外國人。我因而對自己寫的習作也未免有情，好像有一些父母偏愛自己的不一定成器的子女一樣。我就是懷着這樣的心情，編選我自己寫的一些散文的。我現在收在這個集子中的散文都是解放後寫的。我原來還想選幾篇解放前的收入集中。是不是因為這些東西在思想性和藝術性方面有什麼值得保留的東西因而不肯割愛呢？不是的。這些東西，同解放後寫的東西一樣，在這兩個方面都無保留價值。《前漢書》卷八十七下《揚雄傳》中説：

> 劉歆亦嘗觀之，謂雄曰：「空自苦！今學者有祿利，然尚不能明《易》，又如《玄》何？吾恐後人用覆醬瓿也。」

我這些東西也只配蓋醬罐子的。為什麼又想選呢？原因是很簡單的。有的同志曾經對我説過，我解放前寫的東西，調子低沉，情緒幽悽；解放後的東西則充滿了樂觀精神，調子也比較響。我聽了覺得很新鮮，也覺得頗有道理。原因也很簡單。像我這樣的知識分子，解放前在舊社會待了十幾年，在國外又待了十幾年，雖然也有一些愛國的思想，

但陷於個人打算中，不能自拔，認為一切政治都是齷齪的，不想介入。又對當時的情況不很甘心，只覺得前途暗淡，生趣索然。這樣，調子又怎能不低沉，情緒又怎能不幽悽呢！解放後，受到黨的教育，儘管一直到今天覺悟也不高，改造的任務還很重，但是畢竟也有了一些進步。反映到文章上面就產生了那種我自己從未意識到的情況。這就是我想把解放前寫的一些散文編入這個集子的原因。我的用意不外是讓讀者一看就能感覺到新中國的偉大與正確、我們黨的偉大與正確，我這個渺小的個人就成了知識分子的一面鏡子，從中可以照見許多東西，給人許多啟發，這恐怕也是很有意義的吧！但是後來，我還是接受了編輯部的意見，把解放前寫的統統刪掉，不過我認為，我的想法還有可取之處的。文章刪掉並不可惜，想法刪掉我卻真有點割捨不得。所以在這篇序言裏就把那些想法保留下來。

不管怎樣，在寫作散文方面，我的成績是微不足道的；我的這點想法，也許是幼稚可笑的。但是我總覺得在這方面英雄大有用武之地；希望有盡可能多的人到這個園地裏來一試身手，抒發我們大幹社會主義的感情，抒發我們實現四個現代化的意志，抒發我們嚮往人類的最高理想，抒發我們的朋友遍天下的情操，讓祖國的一山一石，一草一木，一人一事，一封一邑，都能煥發光彩，增添情趣。談身邊「瑣」事而有所寄託，論人情世局而頗具文采，因小見大，餘味無窮，兼師東西，獨闢蹊徑。讓我們的散文園地裏真正百花齊放，萬卉爭春，歌頌新風，鼓吹升平。我自己雖然目前還做不到，然而當追隨諸君子之後，努力為之。

我雖然已經有了一把子年紀，但在老人中還算是年輕的，我既不傷春，也不悲秋，既無老之可歎，也無貧之可嗟。生當盛世，唯一的希望就是多活許多年，多做許多事情。魯迅先生晚年，也曾急不可待地想多做點事情。我今天似乎能夠更加具體地理解魯迅的心情。今天中國絕大部分的老年人，包括我自己在內，都是越活越年輕，他們都有信心看到四個現代化的完成，也將盡上自己的綿薄，促其完成，鞠躬盡瘁，老而不已。

　　我在北京大學朗潤園已經住了將近二十年，這是明清名園之一，水木明瑟，曲徑通幽，綠樹蓊鬱，紅荷映日，好像同《紅樓夢》還有過一些什麼關係。我很喜歡這個地方，也很喜歡「朗潤」這個名字。出一本集子照規矩總要起一個名字，而起名字又是頗傷腦筋的事。我想偷懶一下，同時又因為我的許多東西都是在朗潤園寫成的，又似乎還沒有別人用過這個名字，為了討巧起見，就以朗潤名吾集。

1980 年 4 月 7 日

# 《季羨林散文集》自序

我從小好舞筆弄墨，到現在已經五十多年了，雖然我從來沒有敢妄想成為什麼文學家，可是積習難除，一遇機緣，就想拿起筆來寫點什麼，積之既久，數量已相當可觀。我曾經出過三本集子：《朗潤集》、《天竺心影》、《季羨林選集》（香港），也沒能把我所寫的這一方面的文章全部收進去。現在北京大學出版社建議我把所有這方面的東西收集在一起，形成一個集子。我對於這一件事不能說一點熱情都沒有，這樣說是虛偽的；但是我的熱情也不太高：有人建議收集，就收集吧。這就是這一部集子產生的來源。

集子裏的東西全部屬於散文一類。我對於這一種文體確實有所偏愛。我在《朗潤集‧自序》裏曾經談到過這個問題，到現在我仍然保留原來的意見。中國是世界上首屈一指的散文國家，歷史長，人才多，數量大，成就高，這是任何國家都無法相比的。之所以有這種情況，可能與中國的語言有關。中國漢語有其特別優越之處。表現手段最簡短，而包含的內容最豐富。用現在的名詞來說就是，使用的勞動量最小，而傳遞的信息量最大。此外，在聲調方面，在遣詞造句方面，也有一些特

點，最宜於抒情、敍事。有時候可能有點朦朧，但是朦朧也自有朦朧之美。「詩無達詁」，寫抒情的東西，說得太透，反而會產生淺顯之感。

我為什麼只寫散文呢？我有點說不清楚。記得在中學的時候，我的小夥伴們給我起過一個綽號，叫做「詩人」。我當時恐怕也寫過詩，但是寫得並不多，當然也不好。為什麼竟成為「詩人」了呢？給我起這個綽號的那一些小夥伴幾乎都已作古，現在恐怕沒有人能說清楚了。其中可能包含着一個隱而不彰的資訊：我一向喜歡抒情的文字。念《古文觀止》一類的書的時候，真正打動了我的心的是司馬遷的《報任安書》、陶淵明的《桃花源記》、李密的《陳情表》、韓愈的《祭十二郎文》、歐陽修的《瀧岡阡表》、蘇軾的《前赤壁賦》、《後赤壁賦》、歸有光的《項脊軒志》等一類的文字，簡直是百讀不厭，至今還都能背誦。我還有一個偏見，我認為，散文應該以抒情為主，敍事也必須含有抒情的成分。至於議論文，當然也不可缺，卻非散文正宗了。

在這裏，我想談一談所謂「身邊瑣事」這個問題。如果我的理解不錯的話，在解放前，反對寫身邊瑣事的口號是一些進步的文藝工作者提出來的。我覺得，當時這樣提是完全正確的。在激烈的鬥爭中，一切渙散軍心、瓦解士氣的文章都是不能允許的。那時候確實有一些人想利用寫身邊瑣事來轉移人們的注意力，消滅人們的鬥志。在這樣的情況下，反對寫身邊瑣事是無可非議的、順理成章的。

但是，我並不認為，在任何時候，任何情況下，都必須義正詞嚴、疾言厲色地來反對寫身邊瑣事。到了今天，歷史的經驗和教訓都已經夠

多的了，我們對身邊瑣事應該加以細緻分析了。在四人幫肆虐時期，甚至在那個時期以前的一段時間內，文壇上出現了一批假、大、空的文學作品，憑空捏造，很少有事實依據，根據什麼「三突出」的「學說」，一個勁地突出、突出，突得一塌糊塗。這樣做，當然談不到什麼真實的感情。有的作品也曾流行一時。然而，曾幾何時，有誰還願意讀這樣的作品呢？大家都承認，文學藝術的精髓在於真實，古今中外，概莫能外。如果內容不真實，用多麼多的篇幅，寫多麼大的事件，什麼國家大事，世界大事、宇宙大事，辭藻再華麗，氣派再宏大，也無濟於事，也是不能感人的。文學作品到了這個地步，簡直是一齣悲劇。我們千萬不能再走這一條路了。

　　回頭再看身邊瑣事。古今中外都有不少的文章寫的確實是一些身邊瑣事，決不是國家大事，無關大局。但是，作者的感情真摯、樸素，語言也不故意扭捏做作，因而能感動讀者，甚至能讓時代不同、地域不同的讀者在內心深處起着共鳴。這樣寫身邊瑣事的文章能不給以很高的評價嗎？我上面列舉的那許多篇古文，哪一篇寫的不是身邊瑣事呢？連近代人寫的為廣大讀者所喜愛的一些文章，比如魯迅的抒情散文、朱自清的《背影》、《荷塘月色》等名篇，寫的難道都是國家大事嗎？我甚至想說，沒有身邊瑣事，就沒有真正好的散文。所謂身邊瑣事，範圍極廣。從我上面舉出的幾篇古代名作來看，親屬之情佔有極其重要的地位。在錯綜複雜的社會生活中，親屬和朋友的生離死別，最容易使人們的感情激動。此外，人們也隨時隨地都能遇到一些美好的、悲哀的、能撥動人

們的心弦的事物，值得一寫。自然景色的描繪，在古今中外的散文中也佔有很大的比例。讀了這樣的文章，我們的感情最容易觸動，我們不禁就會想到，我們自己對待親屬和朋友有一種什麼感情，我們對一切善良的人、一切美好的事物是一種什麼態度。至於寫景的文章，如果寫的是祖國之景，自然會啟發我們熱愛祖國；如果寫的是自然界的風光，也會啟發我們熱愛大自然，熱愛生活。這樣的文章能淨化我們的感情，陶冶我們的性靈，小中有大，小中見大，平凡之中見真理、瑣細之中見精神，這樣的身邊瑣事難道還不值得我們大大地去寫嗎？

今天，時代變了，我們的視野也應當隨之而擴大，我們的感情不應當圍於像過去那樣的小圈子裏，我們應當寫工廠、應當寫農村，應當寫革新，應當寫進步。但是無論如何也離不開個人的感受，我們的靈魂往往從一些瑣事觸動起。國家大事當然也可以寫，但是必須感情真摯。那一套假、大、空的東西，我們再也不能要了。

這就是我瞭解的身邊瑣事。收在這一個集子裏面的文章寫的幾乎都是這樣的身邊瑣事。我的文筆可能是拙劣的，我的技巧可能是低下的。但是，我捫心自問。我的感情是真實的，我的態度是嚴肅的，這一點決不含糊。我寫東西有一條金科玉律：凡是沒有真正使我感動的事物，我決不下筆去寫。這也就是我寫散文不多的原因。我決不敢說，這些都是好文章。我也決不說，這些都是垃圾。如果我真認為是垃圾的話，當然應當投入垃圾箱中，拿出來災禍梨棗，豈非存心害人？那是虛偽的謙虛，也為我所不取。

我的意思無非是說，我自己覺得這些東西對別人也許還有一點好處。其中一點，可能是最重要的一點，我在《朗潤集‧自序》中已經談到過了，那就是，我想把解放前後寫的散文統統搜集在這一個集子裏，讓讀者看到我在這一個巨大的分界線兩旁所寫的東西情調很不一樣，從而默思不一樣的原因而從中得到啟發。可惜我這個美好的願望格於編輯，未能實現。但是，我並沒有死心，現在終於實現了。對我自己來說，這是一件非常可喜的事情。可喜之處何在呢？就在於，它說明了，像我們這些從舊社會過來的知識分子，不管是「高級」的，還是其他級的，思想都必須改造，而且能夠改造。這一點，我認為是非常有意義的。今天，人們很少再談思想改造了，好像一談就是「極左」。但是我個人認為，思想改造還是必要的。客觀世界飛速前進，新事物層出不窮，我們的思想如果不改造，怎麼能跟得上時代的步伐呢？這是我的經驗之談，不是空口白話。我相信，細心的讀者會從這一本集子裏體察出我的思想改造的痕跡。他們會看出我在《朗潤集‧自序》裏寫的那一種情況：解放前看不到祖國和人民的前途，也看不到個人的前途，寫東西調子低沉，情緒幽淒。解放後則逐漸充滿了樂觀精神，寫東西調子比較響。這種細微的思想感情方面的轉變是非常有意義的。它至少能證明，我們的社會主義國家確實有其優越之處，確實是值得我們熱愛的。它能讓一個人的思想感情在潛移默化中發生變化，甚至像南北極那樣的變化。現在有那麼一些人覺得社會主義不行了，優越性看不出來了，這個了，那個了。我個人的例子就證明這些說法不對頭。這也可以說是我的

現身説法吧！

　　細心的讀者大概還可以從書中看到一種情況：解放前寫的文章中很有一些不習見的詞兒，這是我自己創造出來的。在這一方面，我那時頗有一點初生犢子不怕虎的氣概。然而在解放後寫的文章中，特別是在最近幾年的文章中，幾乎沒有什麼新詞兒了。事實上，我現在膽子越來越小，經常翻查詞典；往往是心中想出一個詞兒，如果稍有懷疑，則以詞典為據；詞典中沒有的，決不寫進文章。簡直有點戰戰兢兢的意味了。這是一個好現象呢，還是一個壞現象？我説不清楚。我不敢贊成現在有一些人那種生造新詞兒的辦法，這些詞兒看上去非常彆扭。但是，在幾千年漢語發展的歷史上，如果一個新詞兒也不敢造，那麼漢語如何發展呢？如何進步呢？可是話又説了回來，如果每一個人都任意生造，語言豈不成了無政府主義的東西？語言豈不要大混亂嗎？我現在還不知道怎樣來解決這個問題。我眼前姑且把我解放前文章中那一些比較陌生的詞兒一股腦兒都保留下來，讓讀者加以評判。

　　我在上面拉拉雜雜地寫了一大篇，我把自己現在所想到的和盤托了出來。所有這一些想法，不管別人看上去會覺得多麼離奇，甚至多麼幼稚，但是，我自己卻認為都是有道理的，否則我也不會寫了出來。不過，我也決不強迫讀者一定要認為是有道理的。

　　回顧五十多年的創作過程，看到自己筆下產生出來的這些所謂文章今天能夠收集起來，心裏不能不感到一點快慰。就算是雪泥鴻爪吧，這總是留下的一點痕跡。過去的五十年，是世事多變的五十年。我們的民

族，還有我自己，都是既走過陽關大道，也走過獨木小橋。這種情況在集子中約略有所反映。現在我們的國家終於撥雲霧而見青天，我自己也過了古稀之年。我還沒有制定去見馬克思的計劃。今後，我積習難除，如果真有所感——我強調的是一個「真」字，我還將繼續寫下去的。我們的國家、我們的民族，不管目前還有多少困難，總的趨向是向上的、是走向繁榮富強的。我但願能用自己這一支拙劣的筆鼓吹升平，與大家共同欣賞社會主義建設的鈞天大樂。

1985 年 10 月 10 日初稿於煙台
1985 年 11 月 7 日抄畢於燕園

# 《燕南集》自序

出過《天竺心影》和《朗潤集》兩個散文集以後寫的東西，有幾篇已經刊印在香港出版的《季羨林選集》中。我曾經想把這些東西收集起來，出一個集子，而且還給這一本始終並沒有出來的集子想好了幾個名字：首先是想叫《今昔集》，意思是把解放前寫的東西——昔，和最近幾年寫的東西——今，集攏在一起，形成一個集子，用今昔對照的方式，給人以啟發，給自己豎立一面鏡子；其次是想叫《勝春集》，我已經忘記了「勝春」這兩個字的來源，反正覺得這兩個字不錯，可以名吾集；最後決定叫《燕南集》，意思是援用《朗潤集》的先例，借用我原想搬去住的燕南園這個名字；雖然我始終沒有搬過去，想搬也算是一段因緣，「燕南」這個名字我也頗為喜歡；即使集子沒有出，這一段因緣似乎不應當抹掉，現在出這樣一本散文集，就讓原來想集在一起的文字還保留在一個整體內，保留在一個集子內，連名字也保留下來吧。

收在這一個集子裏的文章，最早的幾篇是《朗潤集》沒有收的。其中之一是 1979 年在昆明寫成的《春城憶廣田》，是懷念我的老友李廣田的，原來發表在雲南出的《邊疆文藝》上。我本來準備收在《朗潤集》

中的，可是不知道犯了什麼忌諱，編輯沒有取。我這個人有點牛勁：你不取，我偏要發表，而且盡可能廣泛地發表，我首先就把這篇文章收入《季羨林選集》；現在又放在這一本《燕南集》裏面，作為一個紀念。

其餘的文章都是在 1959 年以後寫的。其中有幾篇是我在 1982 年回老家臨清時醞釀寫成的。我原想寫成一本書，定名為《還鄉十記》。但是，只寫了幾篇，就牽於雜事，擱筆不寫。只把寫成的幾篇收在這裏。至於其餘的幾「記」，今後能否寫成，殊無把握。還有幾篇文章，情況同《還鄉十記》差不多，這就是《下瀛洲》、《唐大招提寺》等幾篇。這些都是我在 1980 年漫遊日本時寫成的。當時記得自己也有一個想法，想寫成一本《日本遊記》之類的書。後來也格於他事，因循未能寫成。這兩本小冊子，有朝一日，心血來潮，也許還會動筆寫出來，——但那是以後的事情，現在就先不談了。

所有這些文章，我並不全都喜歡。另一方面，我也並不全都不喜歡，正如做父母的對自己的子女喜歡的程度可能有所不同那樣。有個別的篇章，我原來不一定很喜歡，但是，它在無意中經歷過一番坎坷，受過那麼一點挫折，我反而對它有了偏愛，對它特別喜歡起來。我想舉的例子就是《登黃山記》。1979 年，我登上了黃山。山影雄奇巍峨，氣象變化萬千，迥非其他名山可比。五嶽獨尊的泰山，也只有南天門可稱天險，相比之下，氣象就顯得單調平庸。「五嶽歸來不看山，黃山歸來不看嶽」，確是實話。要想寫這樣一座名山，必須有相適應的文體。我常常想到，寫遊記一類的文章，應該根據遊的對象而改變文體，利用文體

來表現對象的特點。文體完全是形式，但形式如果能同思想感情的內容配合好，則更能起到相得益彰互相輝映的效果。文體決不能千篇一律。柳宗元描繪柳州景色的文章小巧玲瓏，與柳州山水完全適應。而蘇軾寫《石鐘山記》等文章，就沒有用柳宗元的筆調。因為對象變了，文體，文章的格調也必須相應而變。這一點意思好像前人還沒有明確說出來過，但是實踐卻正是這個樣子。如果老是用一種文體和格調，則必然收不到好效果。姚鼐的《登泰山記》是一篇名文，但是我總覺得，它有點小家子氣。原因是桐城派的文章格局太小，寫點小玩意兒，文采頗有可觀。一碰到泰山這樣雄偉的對象，他們就束手無策。歸有光是明代散文大家，但是他的文體同桐城派差不多，只適合寫《項脊軒志》等一類的文字。寫的對象都是十分細微的「身邊瑣事」。文字雖生動可喜，但是格局也細弱無力。用這種文字來寫泰山、黃山，必然是不倫不類，甚至滑稽可笑。因此，我在寫黃山時，有意利用文章的結構的凝重、複雜、多層次、多重點，來描繪黃山的山重水複、奇峰時出的景象。可惜的是，大概是由於我的寫作技巧不足以表達我的用意，一個雜誌的編輯部就寫信教導我說：寫散文不能這樣去寫。我沒有讀過《散文入門》這一類的書，不知道散文的標準寫法。但是，我卻知道，如果認為散文只有一個固定的模子，不按照這個模子去寫，就算是離經叛道，這肯定是有問題的。我於是又來了牛勁。我在敬謹聞命之餘，偏偏要偏愛《登黃山記》。我先把它收入香港出版的《選集》中，現在又收在這裏，順便還發一點牢騷。

我在上面曾談到，《還鄉十記》和《日本遊記》都沒有寫完。不但成本的書是這樣子，連一些單篇的文章也是這樣子。在我的紙夾子裏可以找到許多只寫了一兩頁還沒有寫完的稿子，甚至一些只寫了幾句的稿子，好像是沒有肚子的蜻蜓。這些都是我想寫但是由於種種原因沒有寫完的文章。將來是不是準備寫完了呢？這實在很難說。我過去也有過這種情況：有的文章在很短的時間內，甚至短到半小時，就可以寫完；有的則拖上幾年，甚至十幾年才終於寫成。眼前這些沒有肚子的蜻蜓的命運怎樣呢？它好像是掌握在我的手中，又好像是不是這樣子。這個問題現在先不談了。總而言之，收在這個集子的文章是頗為龐雜的。從整個來看，就好像是一篇沒有寫完的文章。按道理，結成一個集子的時機好像是還沒有來到。但是，既然現在要出一本散文集，也就只好把這些似乎是殘缺不全的東西收集在一起，形成一個集子。但願我能夠把上面沒有完成的兩個小集子完成，把那些沒有寫完的東西寫完。欲知後事如何，且聽下回分解。

1985 年 11 月 29 日

# 《懷舊集》自序

《懷舊集》這個書名我曾經想用過，這就是現在已經出版了的《萬泉集》。因為集中的文章懷念舊人者頗多。我記憶的絲縷又掛到了一些已經逝世的師友身上，感觸極多。我因此想到了《昭明文選》中潘安仁的《懷舊賦》中的文句：「霄輾轉而不寐，驟長歎以達晨；獨鬱結其誰語，聊綴思於斯文。」我把那一個集子定名為《懷舊集》。但是，原來應允出版的出版社提出了異議：「懷舊」這個詞兒太沉悶，太不響亮，會影響書的銷路，勸我改一改。我那時候出書還不能像現在這樣到處開綠燈。我出書心切，連忙巴結出版社，立即遵命改名，由「懷舊」改為「萬泉」。然而出版社並不賞臉，最終還是把稿子退回，一甩了之。

這一段公案應該說是並不怎樣愉快。好在我的《萬泉集》換了一個出版社出版了，社會反應還並不壞。我慢慢地就把這一件事忘記了。

最近，出我意料之外，北大出版社的老友張文定先生一天忽然對我說：「你最近寫的幾篇悼念或者懷念舊人的文章，情真意切，很能感動人，能否收集在一起，專門出一個集子？」他隨便舉了一個例子，就是悼念胡喬木同志的文章。他這個建議過去我沒有敢想過，然而實獲我

心。我首先表示同意，立即又想到：《懷舊集》這個名字可以復活了，豈不大可喜哉！

懷舊是一種什麼情緒，或感情，或心理狀態呢？我還沒有讀到過古今中外任何學人給它下的定義。恐怕這個定義是非常難下的。根據我個人的想法，古往今來，天底下的萬事萬物，包括人和動植物，總在不停地變化着，總在前進着。既然前進，留在後面的人或物，或人生的一個階段，就會變成舊的，懷念這樣的人或物，或人生的一個階段，就是懷舊。人類有一個缺點或優點，常常覺得過去的好，舊的好，古代好，覺得當時天比現在要明朗，太陽比現在要光輝，花草樹木比現在要翠綠，總之，一切比現在都要好，於是就懷，就「發思古之幽情」，這就是懷舊。

但是，根據常識，也並不是一切舊人、舊物都值得懷。有的舊人，有的舊事，就並不值得去懷。有時一想到，簡直就令人作嘔，棄之不暇，哪裏還能懷呢？也並不是每一次懷人或者懷事都能寫成文章。感情過分地激動，過分悲哀，一想到，心裏就會流血，到了此時，文章無論如何是寫不出來的。這個道理並不難懂，每個人一想就會明白的。

同絕大多數的人一樣，我是一個非常平常的人。人的七情六慾，我一應俱全。儘管我有不少的缺點，也做過一些錯事；但是，我從來沒有故意傷害別人；如有必要，我還伸出將伯之手。因此，不管我打算多麼謙虛，我仍然把自己歸入好人一類，我是一個「性情中人」。我對親人，對朋友，懷有真摯的感情。這種感情看似平常，但實際上卻非常不平

常。我生平頗遇到一些人，對人毫無感情。我有時候難免有一些腹誹，我甚至想用一個聽起來非常刺耳的詞兒來形容這種人：沒有「人味」。按說，既然是個人，就應當有「人味」。然而，我積八十年之經驗，深知情況並非如此。「人味」，豈易言哉！豈易言哉！

懷舊就是有「人味」的一種表現，而有「人味」是有很高的報酬的：懷舊能淨化人的靈魂。親故老友逝去了，或者離開自己遠了。但是，他們身上那一些優良的品質，離開自己越遠，時間越久，越能閃出異樣的光芒。它彷彿成為一面鏡子，在照亮着自己，在砥礪着自己。懷這樣的舊人，在惆悵中感到幸福，在苦澀中感到甜美。這不是很高的報酬嗎？對逝去者的懷念，更能激發起我們「後死者」的責任感。先死者固然能讓我們哀傷，後死者更值得同情，他們身上的心靈上的擔子更沉重。死者已矣，他們不知不覺了。後死者卻還活着，他們能知能覺。先死者的遺志要我們去實現，他們沒有完成的工作要我們去做。即使有時候難免有點想懈怠一下，休息一下。但一想到先人的聲音笑貌，立即會振奮起來。這樣的懷舊，報酬難道還不夠高嗎？

古代希臘哲人說，悲劇能淨化（katharsis）人們的靈魂。我看，懷舊也同樣能淨化人們的靈魂。這一種淨化的形式，比悲劇更深刻，更深入靈魂。

這就是我的懷舊觀。

我慶幸我能懷舊，我慶幸我的「人味」支持我懷舊，我慶幸我的《懷舊集》這個書名在含冤蒙塵十幾年以後又得以重見天日。我樂而為之序。

1994 年 10 月 22 日

# 《賦得永久的悔》自序

　　我向不敢以名人自居，我更沒有什麼名作。但是當人民日報出版社的同志向我提出要讓我在《名人名家書系》中佔一席地時，我卻立即應允了。原因十分簡單明瞭：誰同冰心、巴金、蕭乾等我的或師或友的當代中國文壇的幾位元老並列而不感到光榮與快樂呢？何況我又是一個俗人，我不願矯情說謊。

　　我畢生舞筆弄墨，所謂「文章」，包括散文、雜感在內，當然寫了不少。語云：「當局者迷，旁觀者清。」自己的東西是好是壞，我當然會有所反思；但我從不評論，怕自己迷了心竅，說不出什麼符合實際的道道來。別人的評論，我當然注意；但也並不在意。我不願意像外國某一個哲人所說的那樣「讓別人在自己腦袋裏跑馬」。我只有一個信念、一個主旨、一點精神，那就是：寫文章必須說真話，不說假話。上面提到的那三位師友之所以享有極高的威望，之所以讓我佩服，不就在於他們敢說真話嗎？我在這裏用了一個「敢」字，這是「畫龍點睛」之筆。因為，說真話是要有一點勇氣的，有時甚至需要極大的勇氣。古今中外，由於敢說真話而遭到惡運的作家或非作家的人數還算少嗎？然而，歷史

是無情的。千百年來流傳下來為人所欽仰頌揚的作家或非作家無一不是敢說真話的人。說假話者其中也不能說沒有，他們只能做反面教員，被釘在歷史的恥辱柱上。

但是，只說真話，還不能就成為一個文學家。文學家必須有文采和深邃的思想。這有點像我們常說的文學的思想性和藝術性的問題。我說「有點像」，就表示不完全像，不完全相等。說真話離不開思想，但思想有深淺之別，有高下之別。思想浮淺而低下，即使是真話，也不能感動人。思想必須是深而高，再濟之以文采，這樣才能感動人，影響人。我在這裏特別強調文采，因為，不管思想多麼高深，多麼正確，多麼放之四海而皆準，多麼超出流俗，仍然不能成為文學作品，這一點大家都會承認的。近幾年來，我常發一種怪論：談論文藝的準則，應該把藝術性放在第一位。上面講的那些話，就是我的「理論根據」。

談到文采，那是同風格密不可分的。古今中外，有成就的作家都有各自的風格，涇渭分明，決不含混。杜甫詩：「清新庾開府，俊逸鮑參軍」。這是杜甫對庾信和鮑照風格的評價。而杜甫自己的風格，則一向被認為是「沉鬱頓挫」，與之相對的是李白的「飄逸豪放」。對於這一點，自古以來，幾乎沒有異議。這些詞句都是從印象或者感悟得來的。在西方學者眼中，或者在中國迷信西方「科學主義」的學者眼中，這很不夠意思，很不「科學」，他們一定會拿起他們那慣用的分析的——「科學的」解剖刀，把世界上萬事萬物，也包括美學範疇在內肌分理析，解剖個淋漓盡致。可他們忘記了，解剖刀一下，連活的東西都立即

變成死的。反而不如東方的直覺的頓悟、整體的把握，更能接近真理。

這話說遠了，就此打住，還來談我們的文采和風格問題。倘若有人要問：「你追求的是一種什麼樣的文采和風格呢？」這問題問得好。我舞筆弄墨六十多年，對這個問題當然會有所考慮，而且時時都在考慮。但是，說多了話太長，我只簡略地說上幾句。我覺得，文章的真髓在於我在上面提到的那個「真」字。有了真情實感，才能有感人的文章。文采和風格都只能在這個前提下來談。我追求的風格是：淳樸恬澹，本色天然，外表平易，秀色內涵，形式似散，經營慘澹，有節奏性，有韻律感，似譜樂曲，往復回還，萬勿率意，切忌顢頇。我認為，這是很高的標準，也是我自己的標準。別人不一定贊成，我也不強求別人贊成。喜歡哪一種風格，是每一個人自己的權利，誰也不能干涉。我最不贊成刻意雕琢，生造一些極為彆扭，極不自然的詞句，顧影自憐，自以為美。我也不贊成平板呆滯的文章。我定的這個標準，只是我追求的目標，我自己也做不到。

我對文藝理論只是一知半解，對美學更是門外漢。以上所言，純屬野狐談禪，不值得內行一顧。因為這與所謂「名人名作」有關，不禁說了出來，就算是序。

1995 年 11 月 3 日

# 《牛棚雜憶》自序

　　《牛棚雜憶》寫於 1992 年，為什麼時隔六年，到了現在 1998 年才拿出來出版。這有點違反了寫書的常規。讀者會懷疑，其中必有個說法。

　　讀者的懷疑是對的，其中確有一個說法，而這個說法並不神秘，它僅僅出於個人的「以小人之心度君子之腹」的一點私心而已。我本來已經被「革命」小將——其實並不一定都小——在身上踏上了一千隻腳，永世不得翻身了。可否極泰來，人間正道，浩劫一過，我不但翻身起來，而且飛黃騰達，「官」運亨通，頗讓一些痛打過我，折磨過我的小將們膽戰心驚。如果我真想報復的話，我會有一千種手段，得心應手，不費吹灰之力，就能夠進行報復的。

　　可是我並沒有這樣做，我對任何人都沒有打擊、報復、穿小鞋、耍大棒。難道我是一個了不起的寬容大度的正人君子嗎？否，否，決不是的。我有愛，有恨，會妒忌，想報復，我的寬容心腸不比任何人高。可是，一動報復之念，我立即想到，在當時那種情況下，那種氣氛中，每個人，不管他是哪一個山頭，哪一個派別，都像喝了迷魂湯一樣，異化為非人。現在人們有時候罵人為「畜生」，我覺得這是對畜生的污蔑。

畜生吃人，因為牠餓。牠不會説謊，不會耍刁，決不會先講上一大篇必須吃人的道理，旁徵博引，洋洋灑灑，然後才張嘴吃人。而人則不然。我這裏所謂「非人」，決不是指畜生，只稱他為「非人」而已。我自己在被打得「一佛出世，二佛升天」的時候還虔信「文化大革命」的正確性，我焉敢苛求於別人呢？打人者和被打者，同是被害者，只是所處的地位不同而已。就由於這些想法，我才沒有進行報復。

但是，這只是冠冕堂皇的一面，這還不是一切，還有我私心的一面。

瞭解十年浩劫的人們都知道，當年打派仗的時候，所有的學校、機關、工廠、企業，甚至某一些部隊，都分成了對立的兩派，每一派都是「唯我獨左」、「唯我獨尊」。現在看起來兩派都搞打、砸、搶，甚至殺人，放火，都是一丘之貉，誰也不比誰強。現在再來討論或者辯論誰是誰非，實在毫無意義。可是在當時，有一種叫做「派性」的東西，摸不着，看不見，既無根據，又無理由，卻是陰狠、毒辣，一點理性也沒有。誰要是中了它，就像是中了邪一樣，一個原來是親愛和睦好端端的家庭，如果不幸而分屬兩派，則夫婦離婚者有之，父子反目者有之，至少也是「兄弟鬩於牆」，天天在家裏吵架。我讀書七八十年，在古今中外的書中還從未發現過這種心理狀況，實在很值得社會學家和心理學家認真探究。

我自己也並非例外。我的派性也並非不嚴重。但是，我自己認為，我的派性來之不易，是拚着性命換來的。運動一開始，作為一系之主，我是沒有資格同「革命群眾」一起參加鬧革命的。「革命無罪，

造反有理」，這呼聲響徹神州大地，與我卻無任何正面的關係，最初我是處在「革命」和「造反」的對象的地位上的。但是，解放前，我最厭惡政治，同國民黨沒有任何粘連。大罪名加不到我頭上來。被打成「走資派」和「資產階級反動學術權威」，是應有之義，不可避免的。這兩陣狂風一過，我又恢復了原形，成了自由民，可以混跡於革命群眾之中了。

如果我安分守己，老老實實的話，我本可以成為一個逍遙自在的逍遙派，痛痛快快地混上幾年的。然則，幸乎？不幸乎？天老爺賦予了我一個強勁，我敢於仗義執言。如果我身上還有點什麼值得稱揚的東西的話，那就是這一點強勁。不管我身上有多少毛病，有這點強勁，就頗值得自慰了，我這一生也就算是沒有白生了。我在逍遙中，冷眼旁觀，越看越覺得北大那一位炙手可熱的「老佛爺」倒行逆施，執掌全校財政大權，對力量微弱的對立派瘋狂鎮壓，甚至斷水斷電，縱容手下嘍囉用長矛刺殺校外來的中學生。是可忍，孰不可忍！我並不真懂什麼這路線、那路線，然而牛勁一發，拍案而起，毅然決然參加了「老佛爺」對立面的那一派「革命組織」。「老佛爺」的心狠手毒是有名的。我幾乎把自己一條老命賠上。詳情書中都有敍述，我在這裏就不再囉唆了。

不加入一派則已，一旦加入，則派性就如大毒蛇，把我纏得緊緊的，說話行事都失去了理性。十年浩劫一過，天日重明；但是，人們心中的派性仍然留下了或濃或淡的痕跡，稍不留意，就會顯露出來。同我一起工作的同事一多半是十年浩劫中的對立面，批鬥過我，誣衊

過我，審訊過我，踢打過我。他們中的許多人好像有點愧悔之意。我認為，這些人都是好同志，同我一樣，一時糊塗油蒙了心，幹出了一些不太合乎理性的勾當。世界上沒有不犯錯誤的人，這是大家都承認的一個真理。如果讓這些本來是好人的人知道了，我抽屜裏面藏着一部《牛棚雜憶》，他們一定會認為我是秋後算賬派，私立黑賬，準備日後打擊報復。我的書中雖然沒有寫出名字——我是有意這樣做的——但是，當事人一看就知道是誰，對號入座，易如反掌。懷着這樣惴惴不安的心理，我們怎麼能同桌共事呢？為了避免這種尷尬局面，所以我才雖把書寫出卻秘而不宣。

那麼，你為什麼不乾脆不寫這樣一部書呢？這話問得對，問得正中要害。

實際上，我最初確實沒有寫這樣一部書的打算。否則，十年浩劫正式結束於 1976 年，我的書十六年以後到了 1992 年才寫，中間隔了這樣許多年，所為何來？這十六年是我反思、觀察、困惑、期待的期間。我痛恨自己在政治上形同一條蠢驢，對所謂「無產階級文化大革命」這一場殘暴、混亂，使我們偉大的中華民族蒙羞忍恥，把我們國家的經濟推向絕境、空前、絕後——這是我的希望——至今還沒人能給一個全面合理的解釋的悲劇，有不少人早就認識了它的實質，我卻是在「四人幫」垮臺以後腦筋才開了竅。我實在感到羞恥。

我的腦筋一旦開了竅，我就感到當事人處理這一場災難的方式有問題。粗一點比細一點好，此話未必毫無道理。但是，我認為，我們粗過了

頭。我在上面已經說到，絕大多數的人都是受蒙蔽的。就算是受蒙蔽吧，也應該在這個千載難遇的機會中受到足夠的教訓，提高自己的水平，免得以後再重蹈覆轍。這樣的機會恐怕以後再難碰到了。何況在那些打砸搶分子中，確有一些禽獸不如的壞人。這些壞人比好人有本領，「文化大革命」中有一個常用的詞兒：變色龍，這一批壞人就正是變色龍。他們一看風頭不對，立即改變顏色。有的偽裝成正人君子，有的變為某將軍、某領導的東床快婿，在這一張大傘下躲避了起來。有的鼓其如簧之舌，施展出縱橫捭闔的伎倆，暫時韜晦，窺探時機，有朝一日風雷動，他們又成了人上人。此等人野心大，點子多，深通厚黑之學，擅長拍馬之術。他們實際上是我們社會主義社會潛在的癌細胞，遲早必將擴張的。我們當時放過了這些人，實在是埋藏了後患。我甚至懷疑，今天我們的國家和社會，總起來看，是安定團結的，大有希望的。但是社會上道德水平有問題，許多地方的政府中風氣不正，有不少人素質不高，若仔細追蹤其根源，恐怕同十年浩劫的餘毒有關，同上面提到的這些人有關。

上面是我反思和觀察的結果，是我困惑不解的原因。可我又期待什麼呢？

我期待着有人會把自己親身受的災難寫了出來。一些元帥、許多老將軍，出生入死，戎馬半生，可以說是為人民立了功。一些國家領導人，也是一生革命，是人民的「功臣」。絕大部分的高級知識分子、著名作家和演員，大都是勤奮工作，赤誠護黨。所有這一些好人，都被莫名其妙地潑了一身污水，羅織罪名，無限上綱，必欲置之死地而後快。

真不知是何居心。中國古來有「飛鳥盡，良弓藏；狡兔死，走狗烹」的說法。但幹這種事情的是封建帝王，我們卻是堂堂正正的社會主義國家。所作所為之殘暴無情，連封建帝王也會為之自慚形穢的。而且涉及面之廣，前無古人。受害者心裏難道會沒有憤懣嗎？為什麼不抒一抒呢？我日日盼，月月盼，年年盼；然而到頭來卻是失望，沒有人肯動筆寫一寫，或者口述讓別人寫。我心裏十分不解，萬分擔憂。這場空前的災難，若不留下點記述，則我們的子孫將不會從中吸取應有的教訓，將來氣候一旦適合，還會有人發瘋，幹出同樣殘暴的蠢事。這是多麼可怕的事情啊！今天的青年人，你若同他們談十年浩劫的災難，他們往往吃驚地又疑惑地瞪大了眼睛，樣子是不相信，天底下竟能有這樣匪夷所思的事情。他們大概認為我在說謊，我在談海上蓬萊三山，「山在虛無縹緲間」。雖然有一段時間流行過一陣所謂「傷痕」文學。然而，根據我的看法，那不過是碰傷了一塊皮膚，只要用紅藥水一擦，就萬事大吉了。真正的傷痕還深深埋在許多人的心中，沒有表露出來。我期待着當事人有朝一日會表露出來。

此外，我還有一個十分不切實際的期待。上面的期待是對在浩劫中遭受痛苦折磨的人們而說的。折磨人甚至把人折磨至死的當時的「造反派」實際上是打砸搶分子的人，為什麼不能夠把自己折磨人的心理狀態和折磨過程也站出來表露一下寫成一篇文章或一本書呢？這一類人現在已經四五十歲了，有的官據要津。即使別人不找他們算賬，他們自己如果還有點良心，有點理智的話，在燈紅酒綠之餘，清夜捫心自問，你能

夠睡得安穩嗎？如果這一類人──據估算，人數是不老少的──也寫點什麼東西的話，拿來與被折磨者和被迫害者寫的東西對照一讀，對我們人民的教育意義，特別是我們後世子孫的教育意義，會是極大極大的。我並不要求他們檢討和懺悔，這些都不是本質的東西，我只期待他們秉筆直書。這樣做，他們可以說是為我們民族立了大功，只會得到褒揚，不會受到譴責，這一點我是敢肯定的。

就這樣，我懷着對兩方面的期待，盼星星，盼月亮，一盼盼了十六年。東方太陽出來了，然而我的期待卻落了空。

可是，時間已經到了 1992 年。許多當年被迫害的人已經如深秋的樹葉，漸趨凋零；因為這一批人年紀老的多，宇宙間生生死死的規律是無法抗禦的。而我自己也已垂垂老矣。古人說：「俟河之清。」在我的人壽幾何兩個期待中，其中一個我無能為力，而對另一個，也就是對被迫害者的那一個，我卻是大有可為的。我自己就是一個被害者嘛。我為什麼竟傻到守株待兔專期待別人行動而自己卻不肯動手呢？期待人不如期待自己，還是讓我自己來吧。這就是《牛棚雜憶》的產生經過。我寫文章從來不說謊話，我現在把事情的原委和盤托出，希望對讀者會有點幫助。但是，我雖然自己已經實現了一個期待，對別人的那兩個期待，我還並沒有放棄。在期待的心情下，我寫了這一篇序，期望我的期待能夠實現。

1998 年 3 月 9 日

# 《漫談人生：季羨林》自序

　　百花文藝出版社準備出版我在上海《新民晚報》「夜光杯」這一版上陸續發表的〈人生漫談〉。這當然是極令我欣慰的事。出版這樣一個小冊子，本來是用不着寫什麼「自序」的，寫了反而像俗話的那樣「六指子划拳，多此一指。」但是，我想來想去，似乎還有一些話要說，這一指是必須多的。

　　約摸在三年前，我接到上海《新民晚報》「夜光杯」版的編輯賀小鋼（我不加「同志」、「女士」、「小姐」、「先生」等敬語，原因下面會說到的）的來信，約我給「夜光杯」寫點文章。這實獲我心。專就發行量來說《新民晚報》在全國是狀元，而且已有將近七十年的歷史，在全國有口皆碑，誰寫文章不願意讓多多益善的讀者讀到呢？我立即回信應允，約定每篇文章一千字，每月發兩篇。主題思想是小鋼建議的。我已經是一個耄耋老人，人生經歷十分豐富，寫點〈人生漫談〉（原名〈絮語〉，因為同另一本書同名，改）之類的千字文，會對讀者有些用處的。我認為，這話頗有道理。我確已經到了望九之年。古代文人（我非武人，只能濫竽文人之列）活到這個年齡的並不多。而且我還經歷了中

國幾個朝代，甚至有幸當了兩個多月的宣統皇帝的臣民。我走遍了世界三十個國家，應該説是識多見廣，識透了芸芸眾生相。如果我倚老賣老的話，我也有資格對青年們説：「我吃過的鹽比你們吃的麵還多，我走過的橋比你們走過的路還長。」因此，寫什麼「人生漫談」，是頗有條件的。

這種千字文屬於雜文之列。據有學問的學者説，雜文必有所諷刺，應當鋒利如匕首，行文似擊劍，在這個行當裏，魯迅是公認的大家。但是，魯迅所處的時代是陰霾蔽天，黑雲壓城的時代，諷刺確有對象，而且俯拾即是。今天已經換了人間，雜文這種形式還用得着嗎？若干年前，中國文壇上確實討論過這個問題。事不干己，高高掛起。我並沒有怎樣認真注意討論的進程和結果。現在忽然有了這樣一個意外的機會，對這個問題我就不能不加以考慮了。

自從改革開放以來，二十年內，原先那一種什麼事情都要搞群眾運動，一次搞七八年，七八年搞一次的十分令人費解的時代，已經一去不復返了。光天化日，乾坤朗朗，在政治、經濟、文化、教育等各個方面都有了顯著的進步和變化。人民的生活有了提高，人們的心情感到了舒暢。這個事實是誰也否定不了的。但是，天底下閃光的不都是金子。上面提到的那一些方面，陰暗面還是隨處可見的。社會的倫理道德水平還有待於提高。人民的文化素質還有待於改善。醜惡的行為比比皆是。總之一句話，雜文時代並沒有過去，匕首式的雜文，投槍式的抨擊，還是十分必要的。

談到匕首和投槍，我必須做一點自我剖析。我舞筆弄墨，七十年於茲類。但始終認為，這是自己的副業。我從未敢以作家自居。在我眼目中，作家是一個十分光榮的稱號，並不是人人都能成為作家的。我寫文章，只限於散文、隨筆之類的東西，無論是抒情還是敍事，都帶有感情的色彩或者韻味。在這方面，自己頗有一點心得和自信。至於匕首或投槍式的雜文，則決非自己之所長。像魯迅的雜文，只能是我崇拜的對象，自己決不敢染指的。

　　還有一種文體，比如隨感錄之類的東西，這裏要的不是匕首和投槍，而是哲學的分析，思想的深邃與精闢。這又非我之所長。我對哲學家頗有點不敬。我總覺得，哲學家們的分析細如毫毛，深如古井，玄之又玄，眾妙無門，在沒有辦法時，則乞靈於修辭學。這非我之所能，亦非我之所願。

　　悲劇就出在這裏。小鋼交給我的任務，不屬於前者，就屬於後者。俗話說：揚長避短。我在這裏卻偏偏揚短避長。這是我自投羅網，奈之何哉！

　　小鋼當然並沒有規定我怎樣怎樣寫，這一齣悲劇的產生，不由於環境，而由於性格。就算是談人生經歷吧，我本來也可以寫「今天天氣哈，哈，哈」一類的文章的。這樣誰也不得罪，讀者讀了晚報上的文章，可以消遣，可以催眠。我這個作者可以拿到稿費。雙方彼此彼此，各有所獲，心照不宣，各得其樂。這樣豈不是天下太平，宇宙和合了嗎？

然而不行。我有一股牛勁，有一個缺點：總愛講話，而且講真話。謊話我也是説的；但那是不得已而為之的，更多的還是講真話。稍有社會經歷的人都能知道，講真話是容易得罪人的，何況好多人養成了「對號入座」的習慣，完全像阿 Q 一樣，忌諱極多。我在上面已經説到過，當前的社會還是有陰暗面的，我見到了，如果悶在心裏不説，便如骨鯁在喉，一吐為快。我的文字雖然不是匕首，不像投槍。但是，説不定什麼時候就會碰到某一些人物的瘡疤。在我完全不知道的情況下，就樹了敵，結了怨。這是我咎由自取，怪不得他人。

　　至於另一種文體，那種接近哲學思辨的隨感錄，本非我之所長，因而寫得不多。這些東西會受到受過西方訓練的中國哲學家們的指責。但他們的指責我不但不以為恥，而且引以為榮。如果受到他們的讚揚，我將齋戒沐浴，痛自懺悔，搜尋我的「活思想」，以及「靈魂深處的一閃念」，堅決、徹底、乾淨、全部地痛改前非，以便不同這些人同流合污。講到哲學，如果非讓我加以選擇不行的話，我寧願選擇中國古代哲學家的表達方式，不是分析，分析，再分析，而是以生動的意象，凡人的語言，綜合的思維模式，貌似模糊而實頗豁亮，能給人以總體的概念或者印象。不管怎麼説，寫這類的千字文，我也決非內行裏手。

　　把上面講的歸納起來看一看，寫以上説的兩類文章，都非我之所長。幸而其中有一些文章不屬於以上兩類，比如談學習外語等的那一些篇，可能對讀者還有一些用處。但是，總起來看，在最初階段，我對自己所寫的東西信心是不大的，有時甚至想中止寫作，另闢途徑。

常言道，實踐是檢驗真理的唯一標準。出我意料，社會上對這些千字文反應不錯。我時常接到一些來信，贊成我的看法，或者提出一些問題。從報刊雜誌上來看，有的短文——數目還不是太小——被轉載，連一些僻遠地區也不例外。這主要應該歸功於《新民晚報》的威信。但是，自己的文章也不能說一點作用都沒有起。這情況當然會使我高興。於是堅定了信心，繼續寫了下去，一寫就是三年，文章的篇數已經達到了七十篇了。

對於促成這一件不無意義的工作的《新民晚報》「夜光杯」欄的編輯賀小鋼，我從來沒有對於性別產生疑問，我也從來沒有考慮過這個問題。我想鋼是很硬的金屬，即使是「小鋼」吧，仍然是鋼。賀小鋼一定是一位身高丈二的趄趄武夫。我的助手李玉潔想的也完全同我一樣，沒有產生過任何懷疑。通信三年，沒有見過面。今年春天，有一天，上海來了兩位客人。一見面當然是先請教尊姓大名，其中有一位年輕女士，身材苗條，自報名姓：「賀小鋼。」我同玉潔同時一愣，認為自己的耳朵出了問題，連忙再問，回答仍然是：「賀小鋼」，為了避免誤會，還說明了身份：上海《新民晚報》「夜光杯」的編輯。我們原來認為是男子漢大丈夫的卻是一位妙齡靚女。我同玉潔不禁哈哈大笑。小鋼有點莫名其妙。我們連忙解釋，她也不禁陪我們大笑起來。古詩《木蘭辭》中說：「同行十二年，不知木蘭是女郎。」這是古代的事，無可疑怪。現在是資訊爆炸的時代，上海和北京又都是通都大邑，竟然還鬧出了這樣的笑話，我們難道還能不哈哈大笑嗎？這也可能算是文壇——如果我們可

能都算是在文壇上的話──上一點花絮吧。

　　就這樣，我同《新民晚報》「夜光杯」的文字緣算是結定了，我同小鋼的文字緣算是結定了。只要我還能拿得起筆，只要腦筋還患不了癡獃症，我將會一如既往寫下去的。既然寫，就難免不帶點刺兒。萬望普天下文人賢士千萬勿「對號入座」，我的刺兒是針對某一個現象的，決不針對某一個人。特此昭告天下，免傷和氣。

1999 年 8 月 31 日

# 《千禧文存》自序

　　這一本小冊子是周奎傑女士、張世林先生和李玉潔女士共同策劃的。它收集了我在 2000 年所寫的除了《龜茲焉耆佛教史》以外全部散文、雜文、序等等文章。他們的用意是，給我在世紀轉折的一年中的筆墨生涯留下點痕跡，並對我今年的九十壽辰表示點慶祝之意。所有這一切，我都是感激的。

　　去年這一年可以分為兩大階段，五月中下旬以前是「目中無人」的階段，以後是「大放光明」的階段，轉捩點就在眼睛上。在前一階段，我那動過白內障手術的右眼又長出了一層薄膜，把眼球蒙住了，幾乎完全失明。沒有動過手術的左眼視力只有 0.2。我走在路上看不見人，看不清腳下的臺階。在家裏，我就靠這點微弱的視力同稀奇古怪的文字拚命，探討龜茲和焉耆佛教傳入和發展的情況。同人們打交道，對面相距二尺，才能識得廬山真面目，窘態可掬，心中鬱悶。忍到五月下旬，下決心來一個「二進宮」，再次住進了同仁醫院，右眼打鐳射，左眼動手術。二者進行得都非常順利，於是「大放光明」了。

　　這就是《千禧文存》產生的時代背景。

交代完了時代背景，我似乎就無話可說了，因為，要說的話在《文存》中，特別是在《九十述懷》中已經說了個淋漓盡致了，再說就難免有蛇足之嫌，自己寫起來無聊，讀者讀起來乏味，費力不討好，何苦為之！

　　抬頭看窗外，荷塘裏的冰雖然還沒有全溶化，嫩柳鵝黃仍然要等一些時候；但是，春意已經迎面撲來，玉蘭花的菁葵越來越大，我彷彿看到荷塘裏淤泥中沉睡了一個冬天的荷花也已睜開惺忪的睡眼，打着哈欠，一旦頭上的冰層溶掉，就長出嫩葉，筆傲春風。我自己雖然不會冬眠，但也深切感到春意盎然。我今天已屆九旬高齡。一個人的壽夭基本上不由自己來決定，我能夠活到如此高齡，畢竟難得。同去年比較起來，缺一個「目中無人」的階段，這是好事。所以，雖然增長了一歲，卻覺得身心兩健。希望在今年結束時，在舞筆弄墨方面能夠有更大更好的成績，庶不致辜負這個新千年的第一年。

2001 年 3 月 1 日

# 《新紀元文存》自序

　　今年春天，新世界出版社的周奎傑女士、張世林先生和我的助手李玉潔女士，共同想出了一個新招：把我在 2000 年所寫的文章，除了《焉耆龜茲佛教史》以外，都搜集在一起，出一個集子，名之曰《千禧文存》。我在過去已經出過不少書了，但是這樣做還是第一次，這可以說是一次新的嘗試吧。以後的實踐證明了，這一次嘗試是異常成功的。春末交稿，出版社以最快的速度付印，發行。初版六千冊，在不太長的時間內即銷售一空。立即加印了五千冊。這在我一生出版的書中，除了《牛棚雜憶》以外，是絕無僅有的。

　　山有根，水有源，大千世界中萬事萬物無不有其根源。《千禧文存》走紅的根源是什麼呢？難道是因為書中的文章字字珠璣，句句夢筆生花嗎？否，決不是的，有的文章連我自己都不喜歡，遑論讀者。想來想去，根源只能有一個，就是文章新，都是在最近一年中製造出來的，不像我那些大量的散文選集，東選一篇，西選一篇，雜湊成集，重複在所難免。我個人認為，這樣的選本出多了，是對讀者的愚弄，是不道德的行為。可是這種不道德的行為我竟犯過多次。決不是為名為利，而是

抵擋不住組稿者的如簧之舌，只有敗下陣來。我在一本散文集的自序中竟寫出了這樣的話：「如果讀者認為集中文章重複過多，可以不買這一本書，只看一看自序就夠了。」這有點像美國香煙盒上印上了 dangerous（危險）這樣的字樣，多麼可笑！又是多麼可悲！不管怎樣說，《千禧文存》沒有這種現象，於是就獲得了讀者的青睞了。

我還想在這裏給自己評點功，擺點好。這一本小書引起了一些連鎖反應。小書一出，許多年高德劭的著名學者，比如鍾敬文、張岱年、侯仁之、何茲全、周一良、任繼愈等先生，他們都早已功成名就，是出書的「消極分子」，輕易不肯把自己的著作拿出來出版的。這一次也都參加到「隨喜」的隊伍中來，為中國學壇增添了一些奇花異卉。為了這一件事，至少應該給我記一個六等功吧。

《千禧文存》小小的勝利，給三位策劃者帶來了頗大的欣慰。他們想依樣畫葫蘆，把今年，也就是 2001 年我所寫的文章收集在一起，編成一個集子出版。徵求我的意見，我當然不會有異議的。事情就這樣決定了。準備工作並不難。我先請李玉潔把我今年所寫的全部文章的手稿搜集在一起。我今年寫的最長的一篇文章《故鄉行》，長達兩萬五六千字，稿子寫完，還沒有來得及再看上一遍。我只需再看上一遍，同其他稿子加在一起，便大功告成了。事情看上去就是這樣簡單。

然而，正如俗話所說的那樣，「天有不測風雲」。我倉促住進了醫院。既然「倉促」，當然是急症。但是，請讀者諸君放心，我得的決不是「虎來拉」一類的急症，只不過是沉澱既久，一旦暴發而已，總

之，來勢頗為迅猛。看到馬桶裏鮮紅的顏色，我一時目瞪口呆，大為吃驚。我在今年十二月七日的日記中寫道：「早晨一起來，在不太長的時間內，就便血四五次。這可能是一個不祥之兆。但是我卻處之泰然，心情極為平靜。文章照寫不誤。」實際上，我當時想了很多很多，浮想聯翩，也想到了那一種最可怕的病。這種想法像是一團魔影縈繞在我的腦際，一直陪我到了西苑醫院，又住進了 301 醫院。即使是這樣，我確實做到了日記中所說的「處之泰然」。這一點頗令我自己感到無限的欣慰。

近幾十年以來，我成了陶淵明的忠實的崇拜者。首先我當然崇拜他的詩歌。其次我對他那帶有道家色彩的人生觀和世界觀興趣也越來越濃。他的四句詩：「縱浪大化中，不喜亦不懼。應盡便須盡，無復獨多慮。」實際上已經成為我的座右銘。但是，話雖然說得很容易，關鍵是能不能身體力行。這就需要有真正的考驗。對我來說，從突然發病一直到住進 301 醫院，就是一次真正考驗的過程。

我曾在北京幾個最著名的大醫院中查過體，比如北京醫院、友誼醫院等。後者是眾所周知的北大合同醫院。實際上，這個說法是不全面的。北大只有十幾位一二級教授和學校領導的醫療關係是在友誼醫院，其餘都在北醫三院。這十幾個人在友誼醫院享受的是高幹待遇，每年查體一次。最初幾年，我還有點積極性，遵照規定到醫院去檢查身體。為時既久，忽然萌生了厭煩的情緒。每次檢查，先得餓上半天肚子，到了醫院以後，敲敲打打、推推拿拿，到頭來一切 OK，一無所獲。於是我

就開始逃學。我已經有五年沒有到友誼醫院去查體了。

這一次，鬼使神差，來到了 301 醫院。第一道關口仍然是檢查身體。我原以為不過仍然是友誼醫院那一套，不會有什麼花樣翻新的，因此我十分鎮定，無動於衷。友誼醫院那一套這裏確實全有。可是不久我就發現，這裏不但花樣翻了新，而且翻得很厲害。許多體檢設備我不但沒有見過，連聽說也沒有聽說過。我彷彿劉姥姥進了大觀園，見了世面，開了眼界。我在這裏必須補充一句話：我見到的友誼醫院的體檢設備，可能只是一部分，而不是全部。

但是，我現在的身份是一個病人，不是記者，不是一個旁觀者。所有的這一切體檢的設置，我當然不能，也沒有必要一一嘗試。但是其中有一些我要「以身試法」的。試過幾次法以後，我才恍然大悟：這裏的體檢同友誼不一樣。雖然同是高幹待遇；但那裏是在一年以內集中在一天檢查，是大批量生產。門門俱到，科科都全，每個門口都排成了長龍。因此每個人所需要的時間必須大大壓縮，有時難免草草了事。從早晨九點到十二點，十幾個檢查都完整無缺地做完。打道回衙，萬事大吉，再等第二年了。

在 301 醫院卻完全不是那個樣子。我住在醫院裏，查體往往是單獨進行的。我曾在許多部門裏檢查過身體，這裏沒有必要一一詳細敍述。

我只舉兩個印象特深的例子。一次是檢查頭部，專門名稱我沒有記住，以前也從來沒有做過。檯子上擺滿了稀奇古怪的儀器，熒屏上閃出了耀眼的光芒，上面顯示出一些數位或者弧線什麼的，閃爍不定。大

夫手裏拿着什麼東西，按在我腦袋的許多部位上，一按熒屏上就出現弧線，是什麼意思，我完全不懂。這一次體檢用了將近一個小時。坐輪椅回到房間裏，渾身疲憊不堪。另一次是檢查肺活量，以前也從來沒有做過。我原以為這玩意兒不會太麻煩。事實上還是真麻煩。我要遵照大夫的口令，或呼或吸。有時還要用盡全力去呼或吸，有時又要緩慢地呼或吸。大夫的口令不停，我的呼或吸也不停。原來認為不起眼的一次體檢，竟用了一個多小時，結果是弄得我竟在寒冬中渾身上下大汗淋漓。

最傷腦筋的，經過反覆思考甚至嚴重的思想鬥爭的，有過一次大反覆的是膀胱鏡的試驗。我患的病屬於泌尿科。據說，在泌尿科中膀胱鏡是最高的最後的檢查方式。具體的過程是把一面極小的鏡子通過尿道口送進去，一直進入膀胱。如此則膀胱內部的情況平常無論如何是看不到的此時卻瞭若指掌，如果其中有什麼病變，輕的可以用鐳射消滅之，重的則需要動大手術了。我這一個外行，只是浮光掠影地一想，就覺得這玩意兒決不輕鬆，決不會毫無痛苦的，問題只在：痛苦大到什麼程度。正在這時候，許多來病房看我的人，其中也有大夫，一提到膀胱鏡，他們異口同聲地說：痛苦。這引起了我的激烈的思想鬥爭。第一次鬥爭的結果是徹底的失敗。我想到，自己已經活到九十一歲，離畫句號的時間不太長了。這次體檢的結果無論是沒有問題，還是有嚴重的問題，我都泰然處之。不管怎樣，胡亂對付上幾年，不就可以涅槃了嗎？我現在又何必忍受極大的痛苦搞什麼勞什子膀胱鏡呢？這完全是消極、悲觀、蒼涼的思想，一個健康的人是不應該有的。但我是一個不愛說謊話的人，

我把我的想法竹筒倒豆子一般的全部告訴了我的主治大夫，並遞上了一份申請不做膀胱鏡的信。大夫看我情真意切，勉強同意了，也有一份文件，讓我在上面簽了字。事情好像是就這樣決定了。但是那一位年輕的大夫仍然沒有放棄對我進行說服工作的努力。他從各個方面擺事實，講道理，總之是勸我要做，免得留下後患，那樣則悔之晚矣。他說，他不敢說做膀胱鏡痛苦，也不敢說不痛苦，因為他自己沒有做過。這些話樸實無華，平凡得像真理一樣。卻深深地打動了我的心。我竊自思念，如果到了 301 醫院而不做膀胱鏡，那不就像是唐僧到了西天印度卻不登靈山那樣了嗎？中國有一個現成的詞兒：功虧一簣。最後，我還是下定了決心去做膀胱鏡手術，不管多痛，都在所不惜。當我坐上輪椅被推往手術室去的時候，心裏面大有「風蕭蕭兮易水寒，壯士一去兮不復還」的氣概。結果膀胱鏡手術終於做了，十分順利，除了有時候有點小小的痛苦外，總起來說是沒有痛苦的。我自己除了大大地鬆了一口氣之外，忍不住暗自嘲諷：你已經活到了九十高齡，自謂博古通今，識多見廣，無所不能，無所畏懼；然而一次微不足道的考驗，竟把你嚇得像見了貓的耗子，你不覺得自己膚淺，你不覺得臉紅嗎？是的，我確實感到了自己的膚淺，確實覺得臉紅。我還要進一步加強自我修養，加強讀書養氣。一個人一生的修養是無窮無盡的。

在這個漫長的體檢之旅中，膀胱鏡是最高的一次，也是最後的一次。我在上面提到的那一團魔影陪我住進了醫院。隨着體檢的前進，魔影逐漸消失。等到膀胱鏡一做完，魔影也消失得無影無蹤了。只是到了

此時，我的心情才有餘裕來觀察和思考我周圍的環境和所遇到的人物。我的總印象是：這裏畢竟是解放軍醫院，氣氛肅穆活潑，個人職責清楚，而紀律嚴明。所有超出自己職責範圍的事情，無論大小，都必須請示彙報。那種令不行，禁不止的作風，這裏是找不到的。我在醫院的兩週，成了我「學軍」的兩週。

至於我所遇到的人，首先應當提到是副院長牟善初大夫。他是我六十多年前在省立濟南高中教書時的學生。我雖然是清華西洋文學系畢業，但教的卻是國文。牟善初在全班四十來名學生中是國文狀元。他寫的文章不但文從字順，通暢流利，而且有自己的風格，這對一個只有十六七歲的孩子來說，是十分難得的。我常想，如果牟善初在高中畢業後考入某一個名牌大學的中文系，他會成為一個非常優秀的作家。然而，一個人的命運並不總是掌握在自己手中的。「世事紛紜果造因」。一個微不足道的因素就可能改變一個人一生的行程。牟善初不知怎樣一來參了軍，在解放軍醫科大學裏受到了嚴格的訓練，成了一名醫術精通的大夫，曾為一些國家領導人擔任過保健醫生。又焉知在幾十年以後，我在海外漂泊十餘年又回到了祖國。我壓根兒不會想到牟善初這個名字的。可能是在十年浩劫之後，有一天，他帶着兒女來到我家，拜見一別數十年的老師。我也曾帶着孫子和孫女到 301 醫院去回訪過一次。從那以後，除了在一次同學會上見過一次面以外，再也沒有見面，因為我根本不生病，同 301 醫院從來沒有打過交道。這一次，我突然發病，之所以最終選擇了 301 醫院，雖然不是直接通過善初，但與他也不無關聯。

善初為人淳樸厚道，不善言辭；雖然年已八十五歲，每天仍然穿上白大褂，履行一個大夫的職責。在我住院期間，他常常由周大夫陪伴着到我的病房裏來探視，聊天。我一生沒有離開過學校，門生遍天下。能有牟善初這樣一個學生，我認為是一種驕傲。

我在 301 醫院裏的病房，具體全面地說應該是：南八樓二區 13 床。在這裏負責的是一位盧主任，盧曉行大夫，一位和藹可親的中年女大夫。還有一位聶道海大夫，是一位精明強幹，很有才華的人，是不是什麼「主任」，我始終沒有弄清楚。我初入院時，有幾天我們天天見面。後來聽說他們休假了，再沒有見面，直到我出院前夕，才又見到他們，我們彼此都感到像老友似地親切了。最初我的主治醫師好像是張玉玲大夫，只見過幾次面，聽說是休假了，再也沒有見面，接她的班的是史軍大夫，才三十多歲，頭腦明敏，善於思辨，分析問題，有條有理。書好像讀得很多，文醫兼備。我認為，這是一位有光輝前途的年輕的大夫。我在上面提到過關於膀胱鏡的風波時講到的那位年輕的大夫就是史軍。現在回想起來，如果沒有他的勸說，我堅持不做，那將是我終身的憾事。我將永遠感謝他。

我在病房裏認識了李炎唐大夫，他是泌尿科的大專家，也曾擔任過中央最高領導人的保健醫生。因為我患的病與泌尿科有關，王曉棠將軍就將李炎唐介紹給我的，我入院後不久就見到了他。他這個人一身豪氣，滿腔熱誠。交談沒有多久，他立即履行了醫生的職責，他用手在我的肛門裏摸了許久，摸得很仔細，然後大聲告訴我說：「決沒毒瘤的危

險！我的手比 B 超還要可靠。」他這幾句簡單的話正碰到要害處，我所最擔心的正是毒瘤。他的話像是一股仙風吹散了我腦袋中的愁雲慘霧。當時他就做了決定，要親手給我做膀胱鏡檢查，怕我翻案，他用有力的右手緊緊地跟我握手，好像小孩子相互勾小手指一樣。後來我果然想翻案，詳情上面已經談過了。到了做手術的那一天，李炎唐大夫在手術室門口等我，我的第一句就是：「李大夫！我向你投降來了。」李炎唐大夫最終勝利了。

　　我在醫院裏還結識了很多給我會診的大夫，比如王思讓大夫，孟書禮大夫，蓋魯粵大夫等等。因為接觸不多，沒有多少好談的。但是，不久我就發現，這裏的大夫幾乎都喜歡文學，他們都讀過或多或少的文學作品。我的那一位老學生牟善初能寫出那麼漂亮的文章，我當年並沒有問過他。現在問到了，他告訴我，他當年讀過許多文學作品，這個謎才解開。眼前各位大夫中最突出的是史軍。我曾同他幾次談到文學。我做膀胱鏡的那一天，他在值夜班一夜沒有睡的情況下，堅持送我到李炎唐大夫的手術室。在通過長長的地下室的時候，有時候他竟親自推我坐的輪椅。他一直等到我手術完畢回到病房才回家休息。此情此景，什麼人能不感動呢？在坐輪椅的過程中，我又同他談起了現當代的中國文學，他娓娓談來，瞭若指掌，真使我吃驚不已。我認為，當一名大夫，或做任何非文學性的工作，讀一點文學書，總會有好處的。這樣做能使人得到美感享受，高之則能淨化人的靈魂，提高人的素質，有百利而無一弊，實在值得大大提倡的。

在醫院裏，我除了認識了一些大夫之外，還認識了一些護士。實際上，她們同我的接觸要比大夫多得多。每天，從早晨八點開始一直到晚上八點，她們經常要到我的病房裏來，取尿樣、試體溫、量血壓，以及其他我不大懂的措施。最後幾天，連續輸液，又離開她們不行。她們是一群年齡不到二十歲的小丫頭片子，個個活潑伶俐，認真敬業，說話時天真淳樸，幹活兒時卻一絲不苟。她們有時稱我為「爺爺」，我也把她們當做孫女來看待，實際上我恐怕比她們祖父的年齡還要大。她們中我能記住名字的有張文娟、顏娜、楊英等人。她們都喜歡文學。在寂靜肅穆的病房裏，憑空添了這樣一群小白衣天使，頓覺其樂融融。

話雖然這樣說，到了住院的最後幾天裏，一股強烈的煩躁情緒突然在我胸中翻滾騰湧，怎樣也抑制不住。出院無日，而後顧有憂。我在外面兼職頗多，掛名主編着幾個大型的叢書或全集。現在到了年終歲尾，大概總有些事情要處理吧。我卻被困在醫院中，有力無處使。我交遊遍天下，到了此時，海內外的朋友們總應該有信或書寄來吧。我在醫院裏卻是看不到的。我還反反覆覆想到一些瑣細的事情。門前的玉蘭花長了多少骨朵兒了？池塘中的季荷今年遭受了嚴重的乾旱。有很長的時間，塘中一滴水也沒有。可萬沒有想到，季荷居然開出了不少的花，依然紅艷耀目。我離開燕園時，水還沒有灌。校中別的湖泊已經結了冰，這裏依然是赤地一片。不知道現在灌水了沒有。對面島上中國經濟中心新建起了一片樓房，雕樑畫棟，美輪美奐。其中最高的樓名曰萬眾樓，扁額是我題寫的。我從來不是什麼書法家。既然寫了，就掛了出來。通過我

臥房中書桌前的玻璃窗子，抬頭正好看到那金光閃閃的「萬眾樓」三個大字，頗覺得有趣。現在我在醫院裏也看不到了，生活中好像缺了點什麼。我最想念的還是那一隻渾身雪白的長毛的長得像一個小獅子似的波斯貓。牠是我故鄉臨清的特產，名流全國。這隻貓已經三歲了，極為頑皮聰明。牠對我特別親昵。我一坐下，牠立即跳上來躺在我的懷抱裏。我出門散步，牠也跟着，我行牠行，我止牠止。等到我坐在湖邊的椅子上時，牠當即跳上椅子，臥在我的身旁。每天同小貓玩耍一會兒，成了我在吃飯睡覺之外每天不可或缺的活動。可我現在幾乎兩週沒有見到牠了，沒有聽到牠的叫聲了，我忍受不住！我甚至想到了養在山東大學校友張衡送給我的仿古大瓷缸裏的幾隻烏龜。烏龜的智商大概遠不如貓，牠們是不會認識我的。可是我是認識牠們的。也許有人認為我這是庸人自擾。我寧願做一個對所有動物都有感情的庸人，也不願做一個對一切生物都麻木不仁的聰明人。

現在，我終於在 2001 年的最後一天，又回到了我在燕園的老房子裏來了。只睡了一夜，就換了一個年頭，現在已經是 2002 年了。「天增歲月人增壽，春滿乾坤福滿門」。天確實增了一歲，我當然也增了一歲。春滿乾坤，自然規律。福滿門，相信也會實現的。至少我的小貓依然頑皮，對我依然親昵，我一坐下，立即跳入我的懷中，一藍一黃的兩隻大眼睛彷彿在問：「老朋友！你這一陣子到哪裏去了？」門外的玉蘭花樹上結了不少骨朵兒，今春會開出潔白的花朵。荷塘裏結滿的冰，大概在我住院期間灌過一次水。我為季荷感到慶幸。它們忍受了半年多的

乾旱，終於又有了源頭活水。它們現在在淤泥深處做着夏天的夢，夢到夏天來臨時大幹一場，使香飄十里，綠蓋擎天。我坐在書桌前，抬頭通過玻璃窗又看到了萬眾樓。我寫的那三個大字在夕陽的餘暉中發出了閃閃的金光。室中那些插架一直到屋頂的書籍，窗臺上、桌子上擺着的那些奇石和玉器，看上去依舊令人心曠神怡、歡愉滿懷。總之，我現在看什麼都稱心、如意。即使是現在就說我是「福滿門」，那也決不過分的。我對今年一年以及以後的若干年的「福滿門」完全有信心的，我頗有點手舞足蹈之意了。

這一篇《新紀元文存自序》本意只想寫上千把字，把問題交代明白就算了。沒想到中間插入住院這一段經歷，是非寫不行的。如果沒有這一段過程，說不定我還會受舊習慣勢力逼促寫一篇《九十一歲述懷》之類的文章。人一病，「懷」都倉皇逃遁，想「述」也沒有了。只剩下了病房裏的感受，我都寫在《自序》中了。

這一篇《自序》，從北大寫到醫院，又從醫院寫回到北大。可以算是我去年的最後一篇文章，也可以算是今年的第一篇文章。寫得冗長拉雜，請讀者原諒則個。

2002 年 1 月 4 日寫畢

# 《病榻雜記》序

　　此書原擬定名為《新生集》，後來張世林兄建議改為《病榻雜記》。我稍一尋思，立即欣然贊同，我認為，世林兄不愧是內行，能點鐵成金。「新生」二字乾癟無味，不知所云，經這樣一改，則全書皆活矣。此書編纂過程中，我的助手李玉潔女士、楊銳女士付出了頗多的勞動，謹致謝意。為了保存歷史原狀，《新生集序》可作一單獨的文章，仍然保留下來。

2006 年 9 月 10 日

# 附：《新生集》序

　　事前同張世林同志達成了君子協定，2002 年文章的結集就叫做《新紀元文存》（續編）。我原來以為，這也頗為順理成章，並無異議。但

是，不知從什麼時候起，我也學會了一點生意經。我覺得，《新紀元文存》已經出版問世，大家是熟悉的，在封面上，這五個字特別大，赫然昭如日月，而「續編」二字只能頗小，暗淡若晨星。讀者如果不細心，是很容易忽略的。他們會認為，此書已經買過，不必再買了。這對做生意是很不利的。

於是我就想改一個名。大家都知道，給新書起名是煞費周章的。我想來想去，想出了「新生」二字。這兩個字太平庸了，太一般了。如果想在上面撒一點檀香末的話，有大文豪但丁的名著在。

可是我並不想撒檀香末，對我來講，這是親身的經歷。2001-2002年，我運交華蓋，注定了是我的生病年。我曾三次住進 301 醫院，其中有兩次是搶救。在一篇文章中我寫過，我曾到閻王爺殿前去報到。大概是因為手續不全，圖章沒有敲夠數，或者是紅包不豐，我被拒收。只好又溜達回來，躺在 301 的病床上。

常言道，天佑善人。我是個善人嗎？不管怎樣，兩次搶救都奇跡般地成了功。我是不折不扣地獲得了新生。

我就以「新生」名吾集，志喜也。

2003 年 1 月 13 日

# 《胭脂井小品》序、跋

## 序

不知怎麼一來，自己的生活竟然安靜下來。四五個月以來輪車的勞頓，現在一想，竟像回憶許久許久以前的事情，同現在隔了一段很久的距離；這一段是這樣渺遠，連自己想起來，都有點吃驚了。

然而，這也只是最近的事；說清楚一點，就是自從移到朋友這裏來住以後，才有這樣的感覺。從那以後，自己居然有了一張桌子，上面堆了書同亂紙。我每天坐在這桌旁邊寫些什麼；有些時候，什麼也不寫，只把幻想放出去，上天下地到各處去飛。偶爾一回頭，就可以看到朋友戴了大眼鏡伏在桌子上在努力寫着，有的時候，他手裏拿着一支紙煙，煙紋嫋嫋地向上飄動。我的眼也不由地隨着往上看，透過窗子就可以看到在不遠的地方有一段頹殘的古牆，上面爬滿了薜荔之類的東西。再往上看，是一堆樹林，在樹林的濃綠裏隱約露出一片紅牆。

但這些東西在眼前都彷彿影子似的，我心裏想到朋友。朋友是老

朋友，在倒數上去二十多年的時候，我們已經認識了。那時候我們都在國民小學，歲數都在十歲以下。我不知道他怎麼樣，我當時還沒有離開渾沌時期，除了吃喝玩樂以外，什麼都不懂。現在一轉眼就過了二十多年。在大學裏我們又是同學，從那時到現在也已經十幾年了。我從那個遼遠的國度裏回來。我們又聚在一起。難道這就是所謂「緣」麼？現在回想起那小學校來，頗有隔世之感，彷彿是另外一個人的事情，與自己無關了，一閉眼也真的就看到自己的影子在小學校的長長的走廊裏晃動。只有在朋友的嘴裏，我還是我，還是一個活人。當他說到我同別的小孩打架時閉緊了眼睛亂揮拳頭的情景的時候，連我自己也笑起來了。

在這時候我往往停止了幻想，站起來同朋友談幾句閒話，朋友也開了話匣子，一談就是半天。在談話的間隙裏，兩人都靜默的時候，在有意與無意之間，抬頭又看到遠處長滿了薜荔的古牆，古牆上面的樹林，樹林裏隱約露出來的紅牆。但這次卻看得清楚了：在我住的地方同那古牆中間，有幾條小路蜿蜒在竹籬茅舍邊，看上去就像一條條的白痕。園子裏的青菜，菜畦裏徘徊着的雞鴨都歷歷在目。

我現在才想到問朋友這紅牆是什麼地方。朋友告訴我，這長滿了薜荔的古牆是歷史上有名的台城，再遠的古廟就是更有名的雞鳴寺。

但又隔了好久，我才有機會到雞鳴寺去玩，同我去的仍然是我的朋友。我們在大殿裏徘徊了會兒，看了看佛像，又到大殿裏去喝茶。從窗子裏看出去，看到玄武湖。這時是六月，正是蓮葉接天、荷花映日的時候，遠處的水洲，湖裏的荷花，荷花叢裏的小船，都清清楚楚映入我們

的眼中。我們的心也不由地飛到湖中去了。

第二次再去的時候，只有我自己，我看了看佛像，看了看湖。覺得無聊了，又到各處去逛。我忽然發現半山裏有一個亭子。旁邊一口古井。探頭看下去，黑洞洞看不到底，上半透光的地方長滿了青草。再轉到亭子那一面，就看到一個躺在那裏的古碑，上面四個大字：胭脂古井。我才知道，這口井就是有名的胭脂井。回到亭子裏，靠中間的大石頭桌子坐下，清風從四面襲過來，令我忘記是夏天。不遠處看到城牆，城牆上面是一片片的白雲。透過城牆我想像到玄武湖，湖上的荷花。我拿出帶去的書，讀一段，又出一會兒神。想到現在，不知怎麼一來，自己的生活竟然安靜下來了。四五個月來輪車的勞頓，現在一想，不但像回憶許久許久以前的事情，簡直不多不少正像回憶一個夏天的夢，自己現在也彷彿正在夢中了。

在這樣的夢境裏，十年來壓下去的寫點什麼的慾望驀地又燃了起來，我於是用幻想在眼前的空地處寫了五個字：胭脂井小品。

我又走到井旁，探頭向裏面看。雖然依然是黑洞洞看不見什麼，但井卻彷彿忽然活了起來，它彷彿能瞭解我，告訴我許多東西。這使我有點不安，我究竟能寫出什麼東西來呢？連我自己也不敢說。我只希望我真的能寫出點東西來，不要玷污了這井的名字，又可以紀念我這次同朋友的重逢。如此而已。是為序。

1946 年 7 月 14 日

# 跋

今年夏天在南京的時候，忽然心血來潮寫了上面這一篇小序。當時心頭確是堆滿了感觸，要想寫點什麼。但還沒等到能動筆，我又不得不離開南京重登旅途了。九月底到了故都，這半年來走過地球一半的長途旅行才算告一段落。現在轉眼又是一個多月，以前從窗子裏望出去，那一片濃綠的樹頂已經漸露黃意了。當時堆滿心頭的感觸也都消逝得如雲如煙，不但難再追寫，即便寫出來，恐怕也與當時真正想寫的有不少的出入了。所以現在就不再動筆，只把這小序拿出來發表了，紀念南京的小住。至於這對別人有什麼意義呢，我有點說不上來。反正我自己看了，還能依稀追索出那些消逝得如雲如煙的感觸的影子，因而引起點渺遠的回憶，彷彿看一片夾在書裏的紅葉。

1946 年 11 月 1 日故都

# 《還鄉十記》前言

　　經過了長期的反覆的考慮，我終於冒着溽暑，帶着哮喘，回到一別九年的家鄉來了。六七天以來，地委的個別領導同志、聊城師院的個別領導同志，推開了一切日常工作，親自陪我參觀訪問，每天都要驅車走上三五百里路。在極短的時間內，我總共參觀了四個縣，佔聊城地區的一半。真是聞所未聞，見所未見；所見所聞，觸目快意。我的心有時候激動得似乎想要蹦出來。我一向熱愛自己的家鄉，熱愛自己的祖國。一想到自己的家鄉的窮困，一想到中國農民之多、之窮，我就憂從中來，想不出什麼辦法，讓他們很快地富裕起來。我為此不知經歷了多少不眠之夜。

　　但是，好像一個奇跡一般，用一句西洋現成的話來說，就是：我一個早上一睜眼，忽然發現，我的家鄉的，也可以説是全中國的農民突然富起來了，我覺得自己的家鄉從來沒有這樣可愛過，自己的祖國從來沒有這樣可愛過。濃烈的幸福之感油然傳遍了全身。對我來説，粉碎了「四人幫」以後，喜事很多，多得數不過來。但是，像這樣的喜事還沒有過。無以名之，姑名之為喜事中的喜事吧。

我原來絲毫也沒有打算寫什麼東西。九年前回家時，我就連半個字也沒有寫。當時，我還處在半打倒的狀態。個人的前途，祖國的未來，都渺茫得很。我只是天天捱日子過，哪裏還有什麼興致動筆寫東西呢？這次回來，原來也想照老皇曆辦事：只是準備看一看，聽一聽；看完聽完，再回到學校，去過那種平板、雜亂而又緊張的日子，如此而已。

　　但是，為什麼又終於非寫不行、欲罷不能了呢？難道是我的思想感情改變了嗎？難道是山川土地改變了嗎？都不是的。是我們黨的政策發揮了威力。它像一陣和煦的春風，吹綠了祖國大地，吹開了億萬人民的心。我當然也不例外。我在故鄉所見所聞，逼迫着我要說話，要寫東西。我不能無言，無言就對不起自己的良心，對不起養育過我的故鄉的父老兄弟姐妹，對不起熱情招待我的從大隊黨支部一直到地委的各級領導。

　　寫點東西的想法一萌動，感情就奔騰洶湧，沛然不可抗禦。我本來只想寫一點眼前的感想。但是，一想到當前，過去也就跟着擠了上來；於是浮想聯翩，如懸河瀉水，滔滔不絕，逼得我在車上構思，枕上構思，晨夕構思，午夜構思，隨時見縫插針，在小本子上寫上幾句，終於寫出了草稿。我舞筆弄墨已經幾十年了，寫東西從來沒有這樣快過。我似乎覺得，我本來無意為文，而是文來找我。古人有夢筆生花之說法。我怎敢自比於古人？我夢見的筆，不生鮮花，而生蒺藜。蒺藜當然並不美，但是它能刺人。現在它就刺激着我，讓我不能把筆放下。我就這樣把已寫成的速寫式的草稿，修改了又修改，寫成了接近完成的草稿。

要想寫出我那些激動的感情，二十記、一百記，比一百更多的記，也是不夠的。但那是不可能的。我總不能無休無止地寫下去的，總應該有一條界線啊。可這界線要劃在哪裏呢？古人寫過《浮生六記》，近人又有《幹校六記》，都是極其美妙的文字。我現在想效顰一下，也來個「還鄉幾記」。六是一個美妙的數字，但我不想照抄。中國古時候列舉什麼東西，往往以十計，什麼十全十美，十全大補等等，不一而足。我想改一句古人的話：十者，數之極也。我現在就偷一下懶，同時也想表示，我想寫的東西很多，決定採用「十」這個字，再發揮一下十字的威力，按照參觀時間的順序，寫了十篇東西，名之曰《還鄉十記》。

1982 年 9 月 17 日初稿於聊城
1982 年 10 月 19 日修改於北京

# 代　序
## ——漫談皇帝

在歷史上，中國有很多朝代，每一個朝代都有一些皇帝。對於這些「天子」們，寫史者和讀史者都不能避開不寫不讀。其中有一些被稱為「聖君」、「英主」，他們的文治武功彪炳史冊。有一些則被稱為「昏君」、「暴君」，他們的暴虐糜爛的行為則遺臭萬年。這都是我們所熟悉的。

但是，對「皇帝」這玩意兒的本質，卻沒有人敢說出來。我頗認為這是一件憾事。我雖不敏，竊願為之補苴罅漏。

首先必須標明我的「理論基礎」。若干年前，我讀過一本辛亥革命前後出版的書，叫做《厚黑學》。我頗同意他的意見。我只覺得「厚」「黑」二字還不夠，我加上了一個「大」字，總起來就是「臉皮厚，心黑，膽子大」。

現在就拿我這個「理論」來分析歷代的皇帝們。我覺得，皇帝可以分三類：開國之君，守業之君，亡國之君。

開國之君可以中國歷史上僅有的兩個馬上皇帝為代表：一個是劉

邦，一個是朱元璋。二人都是地痞、流氓出身。起義時，身邊有一批同樣是地痞、流氓的哥們兒。最初當然都是平起平坐。在戰爭過程中，逐漸有一個人凸現出來，成了頭子，哥們兒當然就服從他的調遣、指揮。一旦起義勝利，這個頭子就登上了寶座，被尊為皇帝。最初，在金鑾殿上，流氓習氣還不能全改掉，必須有叔孫通一類的「幫忙」或「幫閒」者（魯迅語）出來訂朝儀。原來的哥們兒現在經過「整風」必須規規矩矩，三跪九叩，三呼萬歲，不許亂說亂動。這個流氓頭子屁股坐穩了以後，一定要用種種莫須有的藉口，殺戮其他流氓，給子孫除掉障礙。再大興文字獄，殺害一批知識分子，以達到同樣的目的；然後才能安心「龍馭賓天」，成為什麼「祖」。

他們之所以能成功，靠的是什麼呢？厚、黑、大也。

他們的子孫繼承王位，往往也必須經過一場異常殘酷激烈的宮廷鬥爭，才能坐穩寶座。這些人同他們的流氓先人不一樣，往往是生長於高牆宮院之內，養於宮女宦豎之手，對外面的社會和老百姓的情況，有的根本不知道，或者知之甚少。因此才能產生晉惠帝「何不食肉糜？」的笑話。有些守成的皇帝簡單接近白癡。統治人民，統治國家，則委諸一批「幫忙」或「幫閒」的大臣。到了後來，經過了或短或長的時間，這樣的朝廷必然崩潰，此不易之理。中國歷史上之改朝換代，其根本原因就在這裏。

這些守成之主中，也有厚、黑、大的問題。爭奪王位，往往就離不開這三個標準。

至於末代皇帝，承前輩祖先多少年來留下之積弊，不管他本人如何，整個朝廷統治機構已病入膏肓，即使想厚、想黑、想大，事實上已無迴旋的餘地，只有青衣小帽請降或吊死煤山了。

　　一部中國史應當作如是觀。

　　文章引完，任務本已完成；但是我還必須加上一點補充。我這一篇千字文的目的是在解釋一個歷史現象：為什麼中國在幾千年的奴隸和封建社會的歷史上總在經常地改朝換代？眾多的史家有的已經對此做出了解釋。但我總覺得沒能搔着癢處。我是一個半吊子史學工作者，本來是不能登大雅之堂的，卻偏好發怪論。怪論有時候也能含有一星半點的真理。我對這個中國歷史現象的解釋，就屬於這一類。可是，大大地出我意料，聽説有人，有超人知覺和敏感的特殊的人，有「特異功能」的人，又從中發現了微言大義。杯弓蛇影，自古有之，於今未絕。這本來是用不着解釋的。但是，為了息事寧人計，我還是解釋一下。如果用現在的話來解釋，恐怕會使弓更長，蛇影更明顯。因此，我請大家參考我另一篇文章《記宣統皇帝》。可惜這篇文章尚未發表。但原稿具在，不容蒙混。

2000 年 5 月 31 日

# 《糖史》自序

　　經過了幾年的拚搏，《糖史》第一編國內編終於寫完了。至於第二編國際編，也已經陸續寫成了一些篇論文，刊登在不同時期的不同雜誌上。再補寫幾篇，這一部長達七十多萬字的《糖史》就算是大功告成了。

　　書既已寫完，最好是讓書本身來說話，著者本來用不着再畫蛇添足、刺刺不休了。然而，我總感覺到，似乎還有一些話要說，而且是必須說。為了讓讀者對本書更好地瞭解，對本書的一些寫作原則，對本書的寫作過程有更清楚的瞭解，我就不避囉唆之嫌，寫了這一篇序。

　　我不是科技專家，對科技是有興趣而無能力。為什麼竟「膽大包天」寫起來看來似乎是科技史的《糖史》來了呢？關於這一點，我必須先解釋幾句，先集中解釋幾句，因為在本書內還有別的地方，我都已做過解釋。但只不過是輕描淡寫，給讀者的印象恐怕不夠深刻。在這裏再集中談一談，會有益處的。不過，雖然集中，我也不想過分煩瑣。一言以蔽之，我寫《糖史》，與其說是寫科學技術史，毋寧說是寫文化交流史。既然寫《糖史》，完全不講科技方面的問題，那是根本不可能的。

但是，我的重點始終是放在文化交流上。在這一點上，我同李約瑟的《中國科學技術史》是有所不同的。

我之所以下定決心，不辭勞瘁，寫這樣一部書，其中頗有一些偶然的成分。我學習了梵文以後，開始注意到一個有趣的現象：歐美許多語言中（即所謂印歐語系的語言）表示「糖」這個食品的字，英文是 sugar，德文是 Zucker，法文是 sucre，俄文是 caxap，其他語言大同小異，不再列舉。表示「冰糖」或「水果糖」的字是：英文 candy，德文 Kandis，法文 candi，其他語言也有類似的字。這些字都是外來語，根源就是梵文的 śarkarā 和 khandaka。根據語言流變的規律，一個國家沒有某一件東西，這件東西從外國傳入，連名字也帶了進來，在這個國家成為音譯字。在中國，眼前的例子就多得很，比如咖啡、可可等，還有啤酒、蘋果派等等，舉不勝舉。「糖」等借用外來語，就說明歐洲原來沒有糖，而印度則有。實物同名字一同傳進來，這就是文化交流。我在這裏只講到印度和歐洲。實際上還牽涉到波斯和阿拉伯等地。詳情在本書中都可以見到，我在這裏就不再細談了。

中國怎樣呢？在先秦時期，中國已經有了甘蔗，當時寫作「柘」。中國可能還有原生蔗。但只飲蔗漿，或者生吃。到了比較晚的時期，才用來造糖。技術一定還比較粗糙。到了 7 世紀唐太宗時代，據《新唐書》卷二二一上的《西域列傳·摩揭陀》的記載，太宗派人到印度去學習熬糖法。真是無巧不成書，到了 20 世紀 80 年代初，有人拿給我一個敦煌殘卷，上面記載着印度熬糖的技術。太宗派人到印度學習的可能就是

這一套技術。我在解讀之餘，對糖這種東西的傳播就產生了興趣。後來眼界又逐漸擴大。擴大到波斯和阿拉伯國家。這些國家都對糖這種東西和代表這種東西的字的傳播起過重要的不可或缺的作用。我的興致更高了。我大概是天生一個雜家胚子，於是我怦然心動，在本來已經夠雜的研究範圍中又加上了一項接近科學技術的糖史這一個選題。

關於《糖史》，外國學者早已經有了一些專著和論文，比如德文有 von Lippmann 的《糖史》和 von Hinüber 的論文；英文有 Deerr 的《糖史》等，印度當然也有，但命名為《糖史》的著作卻沒有。儘管著作這樣多，但真正從文化交流的角度上來寫的，我是「始作俑者」。也正是由於這個原因，我的《糖史》純粹限於蔗糖，用糧食做成的麥芽糖之類，因為同文化交流無關，所以我都略而不談。嚴格講起來，我這一部書應該稱之為《蔗糖史》。

同 von Lippmann 和 Deerr 的兩部《糖史》比較起來，我這部書還有另外一個特點。我的書雖然分為「國內編」和「國際編」，但是我的重點是放在國內的。在國際上，我的重點是放在廣義的東方和拉美上的。原因也很簡單：上述兩書對我國講得驚人地簡單，Deerr 書中還有不少的錯誤。對東方講得也不夠詳細。人棄我取，人詳我略，於是我對歐洲稍有涉及，而詳於中、印、波（伊朗）、阿（阿拉伯國家，包括埃及和伊拉克等地）。我注意的是這些國家和地區間的互相影響的關係。南洋群島在製糖方面起過重要的作用，因此對這裏也有專章敍述，對日本也是如此。

寫歷史，必須有資料，論從史出，這幾乎已成為史學工作者的ABC。但是中國過去的「以論代史」的做法至今流風未息。前幾天，會見一位韓國高麗大學的教授，談到一部在中國頗被推重的書，他只淡淡地說了一句話：「理論多而材料少。」這真是一語破的，我頗訝此君之卓識。我雖無能，但決不蹈這個覆轍。

　　可是關於糖史的資料，是非常難找的。上述的兩部專著和論文，再加上中國學者李治寰先生的《中國食糖史稿》，都有些可用的資料；但都遠遠不夠，我幾乎是另起爐灶，其難可知。一無現成的索引，二少可用的線索，在茫茫的書海中，我就像大海撈針。蔗和糖，同鹽和茶比較起來，其資料之多寡繁簡，直如天壤之別。但是，既然要幹，就只好「下定決心，不怕犧牲」了。我眼前只有一條路，就是採用最簡單最原始最愚笨然而又非此不可的辦法，在一本本的書中，有時候是厚而且重的巨冊中，一行行，一頁頁地看下去，找自己要找的東西。我主要利用的是《四庫全書》，還有臺灣出版的幾大套像《叢書集成》、《中華文史論叢》等等一系列的大型的叢書。

　　《四庫全書》雖有人稱之為「四庫殘書」，其實「殘」的僅佔極小一部分，不能以偏概全。它把古代許多重要的典籍集中在一起，又加以排比分類，還給每一部書都寫了「提要」，這大大地便利了像我這樣的讀者。否則，要我把需用的書一本一本地去借，光是時間就不知要花費多少。我現在之所以熱心幫助編纂《四庫全書存目叢書》，原因也就在這裏。我相信它會很有用，而且能大大地節約讀者的時間。此外，當然

還有保存古籍的作用。這不在話下。

　　然而利用這些大書，也並不容易。在將近兩年的時間內，我幾乎天天跑一趟北大圖書館，來回五六里，酷暑寒冬，暴雨大雪，都不能阻我來往。習慣既已養成，一走進善本部或教員閱覽室，不需什麼轉軌，立即進入角色。從書架上取下像石頭一般重的大書，睜開昏花的老眼，一行行地看下去。古人說「目下十行」，形容看書之快。我則是皇天不負苦心人，養成了目下二十行，目下半頁的「特異功能」，「蔗」字和「糖」一類的字，彷彿我的眼神能把它們吸住，會自動地跳入我的眼中。我彷彿能在密密麻麻的字叢中，取「蔗」、「糖」等字，如探囊取物。一旦找到有用的資料，則心中狂喜，雖「洞房花燭夜，金榜題名時」也不能與之相比於萬一。此中情趣，實不足為外人道也。但是，天底下的事情總不會盡如人意的。有時候，枯坐幾小時，眼花心顫，卻一條資料也找不到。此時茫然，嗒然，拖着沉重的老腿，走回家來。

　　就這樣，我拚搏了將近兩年。我沒有做過詳細的統計，不知道自己究竟翻了多少書，但估計恐怕要有幾十萬頁。我決不敢說沒有遺漏，那是根本不可能的。但是，我自信，太大太多的遺漏是不會有的。我也決不敢說，所有與蔗和糖有關的典籍我都查到了，那更是根本不可能的。我只能說，我的力量盡到了，我的學術良心得到安慰了，如此而已。

　　對版本目錄之學，我沒有下過真功夫，至多只不過是一個半吊子。每遇到這樣的問題，或者借閱北大館藏的善本書，甚至到北京圖書館去借閱善本書，我多得北大善本部張玉範先生、王麗娟先生和劉大軍先

生，以及教員閱覽室岳仁堂先生和丁世良先生之助。在北京圖書館幫助過我的則有李際寧先生等。我想在這裏借這個機會向他們表示我衷心誠摯的感謝。沒有他們的幫助，我會碰到極大的困難。

資料勉強夠用了。但是，如何使用這些來之不易的資料，又是一個必須解決的問題。寫過文章的人都知道，解決這個問題的辦法不外兩個。一個是擬好寫作提綱就動手寫起來。遇到需要什麼資料的地方，就從已經收集到了的資料中選用其中一部分，把問題說清楚。但是，這種做法顯然有其缺點。資料往往都是完整的，從中挖出一段，「前不見古人，後不見來者」，資料的完整性看不出來了，還容易發生斷章取義的現象。另外一種做法就是，先把資料比較完整地條列出來，然後再根據資料對想要探討的問題展開分析和論述，最後得出實事求是的結論。記得在清華讀書時，我的老師陳寅恪先生，每次上課，往往先把資料密密麻麻地寫在黑板上，黑板往往寫得滿滿的，然後才開始講授，隨時使用黑板上寫的材料。他寫文章有時候也用這個方法。經過一番考慮，我決定採用這個辦法。先把材料盡可能完整地抄下來，然後再根據材料寫文章。雖然有時似乎抄得過多了一點，然而，有的材料確實得之不易，雖然有時會超出我使用的範圍，可對讀者會非常有用的。

此外，還有一點我必須在這裏加以說明。我抄資料是按中國歷史上朝代順序的。一個朝代寫成的書難免襲用前代的材料，這是完全順理成章的。前代的材料在後代書中出現，這至少能證明，這些材料在後代還有用，還有其存在的意義。這當然是好的，但也有不足之處，就是容易

重複。這種情況，我在本書儘量加以避免。實在無法避免的，就只好讓它存在了。

在上面，我在本文開頭的部分中已經説過，我寫本書的目的主要在弘揚文化交流的重要意義，傳播文化交流的知識。當然，本書所搜集的其量頗大的中外資料，對研究科技史、農業史、醫藥史等等，也不無用處。但主要是講文化交流。我為什麼對文化交流情有獨鍾呢？我有一個別人會認為是頗為渺茫的信念。不管當前世界，甚至人類過去的歷史顯得多麼混亂，戰火紛飛得多麼厲害，古今聖賢們怎樣高呼「黃鐘毀棄，瓦釜雷鳴」，我對人類的前途仍然是充滿了信心。我一直相信，人類總會是越來越變得聰明，不會越來越蠢。人類歷史發展總會是向前的，決不會倒退。人類在將來的某一天，不管要走過多麼長的道路，不管要用多麼長的時間，也不管用什麼方式，通過什麼途徑，總會共同進入大同之域的。我們這些舞筆弄墨的所謂「文人」，決不應煽動人民與人民，國家與國家，民族與民族之間的仇恨，而應宣揚友誼與理解，讓全世界的人們都認識到，人類是相互依存，相輔相成的。大事如此，小事也不例外。像蔗糖這樣一種天天同我們見面的微不足道的東西的後面，實際上隱藏着一部錯綜複雜的長達千百年的文化交流的歷史。我之所以不厭其煩地拚搏多少年來寫這一部《糖史》，其動機就在這裏。如果説一部書必有一個主題思想的話，這就是我的主題思想。是為序。

# 《印度寓言》自序

　　自己是喜歡做夢的人，尤其喜歡做童年的夢；但自己童年的夢卻並不絢爛。自從有記憶的那一天起，最少有五六年的工夫，每天所見到的只有黃土的屋頂，黃土的牆，黃土的街道，總之是一片黃。只有想到春天的時候，自己的記憶裏才浮起一兩片淡紅的雲霞：這是自己院子裏杏樹開的花。但也只是這麼一片兩片，連自己都有點覺得近於寒磣了。

　　六歲的那一年，自己到城裏去。確切的時間已經忘記了；但似乎不久就入了小學。校址靠近外城的城牆；很寬闊，有很多的樹木，有假山和亭子，而且還有一個大水池。春天的時候，校園裏開遍了木槿花；木槿花謝了，又來了牡丹和芍藥。靠近山洞有一棵很高大的樹，一直到現在我還不知道叫什麼名字，在別的地方也似乎沒看到過。一到夏天，這樹就結滿了金黃色的豆子，纍纍垂垂地很是好看。有幾次在黃昏的時候，自己一個人走到那裏去捉蜻蜓，蒼茫的暮色浮漫在池子上面，空中飛動蝙蝠的翅膀。只覺得似乎才一剎那的工夫，再看水面，已經有星星的影子在閃耀着暗淡的光了。這一切當然不像以前那一片黃色，它曾把當時的生活點綴得很有色彩。

然而現在一想到那美的校園，第一個浮起在記憶裏的卻不是這些東西，而是一間很低而且幽暗的小屋。當時恐怕也有一片木牌釘在門外面，寫着這屋的名字，但我卻沒注意到過。我現在姑且叫它做圖書室吧。每天過午下了課，我就往那裏跑。説也奇怪，現在在我的記憶裏同這小屋聯在一起的，總是一片風和日麗的天氣，多一半在春天，外面木槿花或什麼的恐怕正紛爛着吧，然而這小屋的引誘力量卻大過外面這春的世界。

　　我現在已經忘記了，當時在那間小屋裏究竟讀了些什麼東西。只記得封面都很美麗，裏面插畫的彩色也都很鮮艷，總之不過是當時流行的兒童世界一流的東西。後來知道當時很有些人，當然是所謂學者與專家，對這些東西不滿意過。即使現在再讓自己看了，也許不能認為十分圓滿。但在當時，這些東西卻很給了我一些安慰。它們鼓動了我當時幼稚的幻想，把我帶到動物的世界裏，植物的世界裏，月的國，虹的國裏去翱翔。不止一次地，我在幻想裏看到生着金色的翅膀的天使在一團金色的光裏飛舞。終於自己也彷彿加入到裏面去，一直到忘記了哪是天使，哪是自己。這些天使們就這樣一直陪我到夢裏去。

　　有誰沒從童年經過的呢？只要不生下來就死去，總要經過童年的。無論以後成龍成蛇，變成黨國要人，名流學者，或者引車賣漿之流；但當他在童年的時候，他總是一個小孩子，同一切別的小孩子一樣。他有一個小孩子的要求。但這要求，卻十有八九不能達到，因為他的父母對他有一個對大人的要求。至於他在當時因失望而悲哀的心理，恐怕只

有他一個人瞭解。但是，可憐的人們！人類終是善忘的。對這悲哀的心理，連他自己都漸漸模糊起來，終於忘得連一點痕跡都沒有了。當他由小孩而升為大人的時候，他忘記了自己是小孩子過，又對自己的小孩子有以前他父母對他的要求。自從有人類以來，這悲劇就一代一代地演下來，一直演到我身上，我也不是例外。

　　我真的也不是例外：我也對孩子們有過大人的要求。自從離開那小學校，自己漸漸長大起來。有一個期間，我只覺得孩子們都有點神秘，是極奇怪的動物。他們有時候簡直一點理都不講。（不要忘記，這只是我們成年人的所謂理！）尤其孩子們看童話寓言，我覺得無聊。從那群雞鴨狗貓那裏能學些什麼呢？那間小小的圖書室我忘得連影都沒有了。後來在一本西洋古書裏讀到：「小孩子都是魔鬼」，當時覺得真是「先得我心」，異常地高興。彷彿自己從來沒有這樣過，不，簡直覺得自己從來沒是孩子過。一下生就「非禮勿視，非禮勿聽」，漸漸成了「老成」的少年。一直到現在，十幾年以後了，變成了這樣一個在心靈裏面總覺得有什麼不滿足的我。在這期間，我經過了中學，經過了大學，又來到外國，在這小城裏寂寞地住了六年。似乎才一剎那的工夫，然而自己已經是三十歲的人了。

　　在最後兩年裏，自己幾乎每個禮拜都到一個教授家裏去談一次天，消磨一個晚上。他有兩個男孩子，兩個活潑的天使。小的剛會說話，但已經能耍出許多花樣來淘氣。大的五歲，還沒有入小學，已經能看書。我教過他許多中國字，他在這方面表現出驚人的記憶力。我很高興，他

自己也很驕傲。於是我就成了他的好朋友。每天晚上在上床以前，他母親都唸童話給他聽。我看了他瞪大了眼睛看着他母親嘴動的時候，眼睛裏是一片童稚清輝的閃光，我自己也不禁神往。他每次都是不肯去睡，坐在沙發上不動，母親答應他明天晚上多唸點，才勉強委委屈屈地跳下沙發，走向寢室去。在他幼稚的幻想裏，我知道，他一定也看到了月的國，虹的國；看到了生着金色翅膀的天使，這幸福的孩子！

也許就為了這原因，我最近接連着幾夜夢到那向來不曾來入夢的彷彿從我的記憶消逝掉的小學校。我夢到木槿花，夢到芍藥和牡丹，夢到纍纍垂垂的金黃色的豆子。雖然我沒有一次在夢裏看到那小圖書室；但醒來伏在枕上追尋夢裏的情景的時候，第一個想到的就是它。我知道自己也是個孩子過，知道孩子有孩子的需要。雖然自己的童年並不絢爛，但自己終究有過童年了；而且這間幽暗的小屋，和那些花花綠綠的小書冊子也曾在自己灰色的童年上抹上一道彩虹。對我這也就夠了。生在那時候的中國，我還能要求更多的什麼呢？

但事情有時候也會極湊巧的，正巧在這時候，西園、虎文帶了文文來這小城裏看我。虎文以前信上常講到他倆決意從事兒童教育。現在見了面，他便帶給我具體的計劃。那兩天正下雨，我們就坐在旅館的飯廳裏暢談。屋子裏暗暗的，到處浮動着一片煙霧。窗子外面也只看到一條條的雨絲從灰暗的天空裏牽下來。我自己彷彿到了一個童話的國裏去。雖然虎文就坐在我靠近，但他的聲音卻像從遙遠渺冥的什麼地方飄過來，一聲聲都滴到我靈府的深處，裏面有的是神秘的力量。我最初還意

識到自己，但終於把一切把自己都忘掉了，心頭只氤氳這麼一點無名的歡悅。偶爾一抬頭，才彷彿失神似的看到吹落在玻璃窗子上的珍珠似的雨滴，亮晶晶地閃着光。我當時真高興，我簡直覺得這事業是再神聖不過的了。他們走後，我曾寫給他們一封信説：「我已經把這兩天歸入我一生有數的幾個最痛快的日子裏去」。他們一定能瞭解我的意思，但他們或許想到另外一方面去。友情當然帶給我快樂，但他們的理想帶給我的快樂卻還更大些。

我當時曾答應虎文，也要幫一點忙。但這只是一時衝動説出來的。自己究竟能做什麼，連自己也是頗有點渺茫的。自己在這裏唸了六年語言學，唸過紀元前一千多年的《梨俱吠陀》，唸過世界上最長的史詩之一《摩訶婆羅多》，唸過佛教南宗的巴利文經典，中間經過阿拉伯文的《可蘭經》，一直到俄國的普希金、高爾基。但兒童文學卻是一篇也沒唸過。不過，自己主要研究對象的印度，是世界上無與倫比的寓言和童話國。有一些學者簡直認為印度是世界上一切寓言和童話的來源。所以想來想去，決意在巴利文的《本生經》（Jātaka）裏和梵文的《五卷書》裏選擇最有趣的故事，再加上一點自己的幻想，用中文寫出來，給中國的孩子們看。我所以不直接翻譯者，因為原文文體很古怪。而且自己一想到自己讀中文翻譯的經驗就頭痛，不願意再讓孩子們受這不必要的苦。

但我並沒有什麼不得了的野心，我的願望只是極簡單極簡單的。自己在將近二十年的莫名其妙的生活中，曾一度忘記自己是孩子過；也曾在短時間內演過幾千年演下來的悲劇！後來終於又發現了自己：這對我

簡直是莫大的欣慰。同時老朋友又想在這方面努力，自己也應當幫忙吶喊兩聲。現在就拿這本小書獻給西諦和虎文，同時也想把我學校裏那間很低而且幽暗的圖書室——我受過它的恩惠，然而有一個期間竟被我忘掉的——深深地刻在記憶裏。倘若有同我一樣只有並不絢爛的童年的孩子們讀了，因而在童年的生活上竟能抹上一道哪怕是極小的彩虹，我也總算對得起孩子們，也就對得起自己了。

1941 年 12 月 15 日
德國格廷根

# 《羅摩衍那》全書譯後記

　　我從 1973 年起開始翻譯《羅摩衍那》。一彈指間，已經過去了十年。現在我終於走過了獨木小橋，也走過了陽關大道，把全書最後一篇第七篇的草譯稿整理謄清，這一部二千年來馳名印度和世界的洋洋巨著就算是全部翻譯完了。我輕鬆地舒了一口氣，陡然覺得肩頭上的擔子減輕了許多。

　　經常有一些朋友，對我翻譯這樣一部巨著感到有點驚奇。他們似乎覺得，我做這一件並不輕鬆的工作，一定是十年讀書，十年養氣，做好了充分的準備工作，才動手翻譯的。事實不但不是這個樣子，而且恰恰相反。與其說我有什麼準備，毋寧說我毫無準備。我翻譯這一部書，完全出於一種意外的偶然性。只要想一想 1973 年的情況和我當時的處境，就完全可以瞭解這一點的。

　　當時，「四人幫」還在臺上，耀武揚威，飛揚跋扈，「炙手可熱勢絕倫，慎莫近前丞相嗔」。我雖然不再被「打倒在地，身上踏上一千隻腳，永世不得翻身」；但處境也並不美妙。我處在被打倒與不被打倒之間，身上還揹着不知多少黑鍋。國家的前途，不甚了了；個人的未來，

渺茫得很。只有在遙遠的未來，在我所看不到的未來；也可以說是，在我的心靈深處，還有那麼一點微弱但極誘人的光芒，熠熠地照亮了我眼前的黑暗，支撐着我，使我不至完全喪失信心，走上絕路。其間差距，也不過一頭髮絲寬。現在回想起來，還不寒而慄。我曾相信，這光芒自己一生恐怕很難看到它來到我面前了。我的歸宿大概是到一個什麼邊疆地區或者農村，去接受一輩子「再教育」。我當時對自己的前途只能看到這一點。一切別的想法，都是非分的、狂妄的、不應該的。我當時過的日子，也完全同我的心情相適應。一個月有幾天要到東語系辦公室和學生宿舍所在的樓中去值班，任務是收發信件，傳呼電話，保衛門戶，注意來人。我當時幾乎成為一個「不可接觸者」，出出進進的人很多，但多半都不認識，我坐在那裏也等於尸位素餐，對保衛門戶，起不了什麼作用。不過我仍然準時上班，安心工作，習以為常，並無怨言。我想，這樣平平靜靜地活下去，無風無浪，也還是很愜意的。

是不是我就完全消極而且悲觀了呢？不，不，不是這樣。我上面講到的那一點埋在我內心裏的光芒，雖然我自認為是遙遠到我終生難近，但它畢竟是具體的，是真實的，又是誘人的，我還願意為它盡上我的力量。即使自己見不到，也沒有多大關係。「前人栽樹，後人乘涼」，古有明訓，實屬正常。而且在我過去幾十年來的生活中，我養成了一個閒不住的習慣，我指的是讀書和寫作的閒不住，不管好壞，我總得思考點什麼，寫點什麼，我決不讓自己的腦筋投閒置散。

但是，在那樣的境況下，我還能思考什麼呢？又能寫點什麼呢？創

作已經毫無可能，研究也早已斷了念頭。想來想去，還是搞點翻譯吧。翻譯了而能出版，那是根本不可能的事情，我連想也沒有去想。既然為翻譯而翻譯，為了滿足自己那閒不住的習慣而找點活幹，最好能選一種比較難的、相當長的、能曠日持久地幹下去的書來翻譯，這樣可以避免由於經常考慮這個問題而產生的困難尷尬的局面。我過去翻譯過幾本印度古典文學名著，曾被某一些「左」得幼稚可笑而又確實「天真」的人們稱做「黑貨」與「毒品」。現在再選擇也出不了這個範圍。我反正也不想出版，「黑貨」就「黑貨」、「毒品」就「毒品」吧。結果我就選中了《羅摩衍那》。

這一部史詩的梵文原本，在國內只能找到舊的版本。我從什麼地方知道了，印度新出了一部精校本，是繼《摩訶婆羅多》精校本後的另一個偉大的成就，頗受到國際上梵文學者的好評。但此書國內沒有。我於是抱着一種僥倖的心理和試一試的想法，託北京大學東語系圖書室的同志去向印度訂購。我預料，百分之九十九是訂不到的；即使訂到，也要拖上一年二年。好在那時候時間對我已經沒有多大意義，一年二年就一年二年吧。但是，真正是出我意料之外，沒過了幾個月，書居然來了，裝訂精美的七大巨冊，整整齊齊地排在那裏。我起初簡直有點不敢相信自己的眼睛。我一時吃驚得說不出話來。

這對我當然是一個極大的鼓勵，心裏面那一點猶猶疑疑的念頭為之一掃而空，我決心認真地進行翻譯，我於是就濡筆鋪紙幹了起來。這是一部世界名著，對印度，對南亞，對東南亞，對中國，特別是西藏和

蒙古，甚至對歐洲一些國家，都有極大的影響而且這影響還不僅限於文學、舞蹈、繪畫、雕刻、戲劇、民間傳說等等，無處沒有它的影響。在印度以及南亞、東南亞一些國家，真可以説是家喻戶曉，深入人心。一直到今天，並無減少之勢。意大利文、法文、英文都有了全譯本。據説蘇聯也已出了俄文譯本，在譯本完成時，蘇聯科學院還召開過隆重的慶祝大會。日本也有人正在翻譯並且開始出版。還聽説，美國有一個專門研究《羅摩衍那》的學會。至於研究這部書的著作，不管是在印度國內，還是在印度以外，那就多得不得了，真可以説是汗牛充棟。總之，這是一部非常值得而且必須翻譯的書。在中國歷史上，我們曾在一千多年的長時間內翻譯了大量的佛經。《羅摩衍那》這一部書和書中的故事，漢譯佛典中雖然都提到過；但卻一直沒有翻譯。因此，翻譯這部書就成了刻不容緩的當務之急。此時，我眼前和我內心深處的那一點遙遠的光芒也起了作用，它在無形中督促着我，雖然渺茫，但又具體，它給我增添了力量。

我原以為，《羅摩衍那》的梵文原文，除了個別的章節外，是並不十分難懂的。雖然量極大，翻譯起來會遇到困難，但也不會太多。可是一着手翻譯，立刻就遇到了難題。原文是詩體，我一定要堅持自己早已定下的原則，不能改譯為散文。但是要什麼樣的詩體呢？這裏就有了問題。流行的白話詩，沒有定於一尊的體裁或者格律。詩人們各行其是。所有的形式我都覺得不恰當。我於此道是外行，不敢亂發議論。所謂馬雅可夫斯基體，在這裏更是風馬牛不相及，根本用不上。完全用舊詩來

譯，也有困難，一是不能做到「信」，一是別人看不懂。反覆考慮，我決定譯成順口溜似的民歌體。每行字數不要相差太多，押大體上能夠上口的韻。魯迅先生談到那幾條關於新詩的意見，我認為是完全正確而又可行的。魯迅説：

> 我以為內容且不説，新詩先要有節調，押大致相近的韻，給大家容易記，又順口，唱得出來。但白話要押韻而又自然，是頗不容易的，我自己實在不會做，只好發議論。（1934年致竇隱夫函）

現在，我雖然同意魯迅的意見，卻不能只「發議論」，而要下手去做。魯迅説：「我自己實在不會做。」我至少也應該這樣説，我實際上是更不會做；可是偏又騎虎難下，非做不行，我就只好硬着頭皮來獻醜了。

解決了譯文文體，當然算是闖過了一個難關。俗話説：「萬事開頭難。」我已經開了頭，可以順利前進了。但是緊接着就來了另一個極難回答的問題：我究竟準備譯多少篇呢？究竟要用多長的時間呢？我這個人少無大志，老了也沒有大志。在我當時的那種心情下，別説大志，連小志也不多了。我曾多次在心裏琢磨：我能譯完這一部按出版社計算方法達到將近三百萬字的巨著嗎？我從前讀唐慧立的《大慈恩寺三藏法師傳》卷十，其中有這樣一段記載：

> 麟德元年春正月朔，一日翻經大德及玉華寺眾，殷勤啟請翻《大寶積經》。法師見眾情專至，俯仰翻數行訖，便攝（收）梵本，停住告眾曰：「此經部軸與《大般若》同，玄奘自量氣力不復

辦此。」

我現在自量，氣力完全可以辦此。但心情卻不能辦此。因此，我對自己提出的問題的答覆是完全否定的，一點猶疑也沒有的。我想：如果我能譯出三篇，也就是説，還不到全書的一半，那就很不錯了。我自己也就很滿意，覺得不算虛度下半輩子了。

就這樣，我苦幹了四年。1976 年，「四人幫」被粉碎了。《羅摩衍那》我還譯了不到三篇，也就是説，還沒有達到我預期的指標。然而天日重明，乾坤朗朗，振作了全國人民的精神，也振作了我的精神。從前眼前那一點遙遠的光芒，此時陡然閃耀起來，而且距離我也越來越近起來。但是，就是在這時候，我還沒有明確地想修改我的計劃，沒有完全從「胸無大志」改為「胸有大志」，沒有立下把全書翻譯完的雄心壯志。

但是，由於一個偶然的機會，人民文學出版社的同志們，不知從什麼人那裏聽説我正在翻譯《羅摩衍那》，告訴我，他們準備出版這部書。這是我以前絕對沒有想到的。我上面已經説過，我之所以翻譯，完全是為了滿足自己那種閒不住的習慣。古人説：「不為無益之事，何以遣有涯之生。」我並不認為翻譯《羅摩衍那》完全無益，但是我的想法卻與古人微有相似之處。現在一旦能有出版的機會，自然是喜出望外，對我是一個極大的鼓舞。從這時候起，我才認真考慮這一件工作。此時，我的心情好得多了。但也並非完全清醒，我對「文化大革命」的認識仍然模糊，我還不瞭解它那空前的危害性，對粉碎「四人幫」這一件有偉大歷史意義的大事我還不完全瞭解它的重要性。不管怎樣，國家光明的前

途，我看到了；個人的未來，我也看清楚了。渺茫之感，一掃而空。身上那一些莫名其妙的黑鍋，不知怎麼一來，全都揭掉了。我已經失掉當「活靶子」的資格。大家可以想像，我失掉這個「資格」，決不會感到惋惜與遺憾。就在這樣的心情下，我開始修改我的翻譯計劃，決心把全書譯完。至於能不能譯完，究竟能譯完幾篇，我還不完全清楚。無論如何，雄心已經大了起來，那一個只翻譯三篇的計劃終於放棄了。

此時，有一些朋友，很熟的，見過面的，甚至沒有見過面的，知道我在翻譯《羅摩衍那》，都給我寫了一些信來，對我加以鼓勵。大家也許認為，收到信是一件非常平常的事情，用不着大驚小怪。但是，對我這「曾經滄海」的人來說卻不是這樣。我除了在「文革」初期收到一些「砸爛狗頭」一類的信以外，幾乎有五六年的時間，一封信也沒有收到過。我已經變得不慣於收信，收信後不知所措了。因此，我現在收到的信中的那一些鼓勵的話，便對我這受寵若驚的人起了雙倍鼓舞作用，它推動着我前進。對於這些朋友們的美意，我是永遠感激的。

不管怎樣，《羅摩衍那》漢譯文第一篇終於在 1980 年出版了。印刷精美、裝訂富麗的一巨冊明白無誤地擺在我面前，我心裏當然感到非常喜悅。接着在兩年以內又出版了第二篇、第三篇、第四篇。這已經超出了我原來的「畫地為牢」。再回想自己畫定第三篇為牢的界限，覺得非常可笑了。這時候我又連續收到朋友們的來信，當然都是鼓勵之辭。有的朋友甚至說，這是中國翻譯史上的一件大事。這未免言過其實，我是絕對不敢當的。外國朋友也給了我鼓勵。1980 年夏天我訪問日本時，帶

去了幾本第一篇，送給對《羅摩衍那》有興趣的日本朋友，徵求他們的批評意見。東京大學著名梵文學者原實教授表示出很大的興趣。以後出的幾篇也都送給了他。其他日本朋友，比如湯山明博士等等也似乎很感興趣。同年冬天，我訪問西德，帶去了幾本第一篇。我的老師瓦爾德施密特教授似乎有點責怪我不務正業。他說：「你應該繼續搞你的佛典語言研究嘛！」他哪裏瞭解我的苦衷呀！無論如何，他過去對我的培養，今天對我的期望，我是永遠銘感五內的。此外，美國朋友、意大利朋友和法國朋友，對於我的翻譯也都感到興趣。至於印度朋友，因為《羅摩衍那》畢竟是他們的國寶，不管我的譯文水平如何，他們決不會吝惜自己的讚揚。最近我還接到著名作家韓素音女士的信。她對我的工作表現出極大的興奮。所有這一些朋友，都難免有溢美之詞。好在我還有點自知之明，頭腦還算清醒，從來沒有飄飄然過。

總而言之，由於以上一些不期而獲的嘉獎，我更加鼓起了幹勁。近四五年以來，我的行政工作和社會工作越來越多。我現在究竟有多少兼職，包括掛名的在內，我自己都弄不清楚。但是，在同時，我給自己規定的科研專案，也越來越多，範圍越來越廣。連同我在一起工作了二三十年的同志，看到我的一些課題，都有點吃驚，莫名其妙。我原以為自己被迫成為「雜家」，現在看來，我天生大概就是一個雜家的料子。但是，跟着「雜」而來的就是會多。一位老同志曾慨歎過：「春花秋月何時了？開會知多少！」我深有同感。就是在這樣的情況下，我並沒有放鬆《羅摩衍那》的翻譯工作。到了今天，經過了十年

的漫長時間，我終於把這一部長達兩萬頌，譯成漢文近九萬行的史詩全部翻譯完了。

翻譯這樣一部巨著，除了幾次內心裏的波動以外，其餘的事情是不是就一帆風順了呢？

當然不會的。在翻譯過程中，我曾遇到了不少的困難。約略言之，可以說有以下幾個方面。首先是內容問題。這一部大史詩，雖然如汪洋大海，但故事情節並不複雜。只需要比較短的篇幅，就可以敍述清楚，勝任愉快，而且還會緊湊生動，更具有感人的力量。可是蟻垤或者印度古代民間藝人，竟用了這樣長的篇幅，費了這樣大量的詞藻，結果當然就是拖沓、重複、平板、單調；真正動人的章節是並不多的。有的書上記載着，我也親耳聽別人說過，印度人會整夜整夜地聽人誦讀全部《羅摩衍那》，我非常懷疑這種說法。也有人說，古代民間文學往往就是這樣子，不足為怪。這個說法或許有點道理。不管怎樣，這種故事情節簡單而敍述卻冗長、拖沓的風格，有時讓我非常傷腦筋，認為翻譯它是一件苦事。

其次體裁問題。《羅摩衍那》被稱做史詩，而且是「原始的詩」，我必須譯成詩體，這一點上面已經談過了。這個決心我從未動搖過。但是，既然是詩，就必然應該有詩意，這是我們共同而合理的期望。可在實際上，《羅摩衍那》卻在很多地方不是這個樣子。整個故事描繪純真愛情的悲歡離合，曲折細緻，應該說是很有詩意的。書中的一些章節，比如描繪自然景色，敍述離情別緒，以及戀人間的臨風相憶，對

月長歎，詩意是極其濃烈的，藝術手法也達到很高水準。但是大多數篇章卻是平鋪直敍，了無變化，有的甚至疊床架屋，重複可厭。更令人難以忍受的是把一些人名、國名、樹名、花名、兵器名、器具名，堆砌在一起，韻律是合的，都是輸洛迦體，一個音節也不少，不能否認是「詩」，但是真正的詩難道就應該是這樣子的嗎？我既然要忠實於原文，便只好硬着頭皮，把這一堆古裏古怪、詰屈聱牙的名字一個一個地忠實地譯成漢文。有時候還要搜索枯腸，想找到一個合適的韻腳。嚴復說道：「一名之立，旬月踟躕。」我是「一腳（韻腳也）之找，失神落魄」。其痛苦實不足為外人道也。然而，我知道得很清楚，哪一個讀者也不會有這樣的耐心，真正去細讀這樣的「詩」。我用力最勤，包括腦力與體力都在內的地方，卻正是讀者連看也不看的地方。看到這裏，他們會跳越過去的。嗚呼，哀哉！真是毫無辦法。

這樣的詩，不僅印度有，我們中國也是古已有之的。從前幼兒必讀的《百家姓》、《三字經》、《千字文》之類的書，不也合轍押韻像是詩嗎？可是誰真正把它當做詩呢？《羅摩衍那》自然同這類的書還有很大的不同，不能等量齊觀。但其中也確有一些這樣的「詩」，這是不能否定的。印度古代許多科學著作也採用詩體，目的大概是取其能上口背誦，像是口訣一類的東西。在這一點上，中印是完全相同的。

關於體裁，我在這裏還想補充一點。翻譯原則，我在上面已經講過，我贊成魯迅那幾點對詩的要求。從第一篇開始，我確實也是這樣做的。但是，隨着翻譯工作的進展，我越來越覺得彆扭。我覺得，我使

用的那種每行字數大體上差不多的詩體，還不夠理想；還不如乾脆譯成七言絕句、少數五言絕句式的順口溜，這樣也許更接近中國的民歌。譯到第六篇下半部時，我就毅然改了。整個第七篇也基本上是這樣做的。現在全書已經譯完，我是不是就很滿意了呢？不，不是這樣。我也還是越來越覺得彆扭。這種順口溜也不能保證產生詩意，而且那些人名、地名、花名.、樹名，照樣詰屈聱牙，還不能排得整齊。我有時膩味到想毅然停筆，不再翻譯下去。但害怕功虧一簣，我還是硬着頭皮譯完全書。我雖然不是專業翻譯家，但對翻譯也確實有相當長的歷史。中學時候，我就翻譯過吉卜林的小說。大學時譯過英國散文和美國小說。解放後翻譯德國短篇小說，古典梵文和巴利文，以及吐火羅文的文學作品，還曾譯過俄文論文。我雖然從來沒有自滿過，但從來沒有膩味和彆扭之感。現在已年逾古稀，卻忽然懷疑動搖起來，這實在可以說是一件憾事。然而，事實就是這樣，我只有直白地說了出來。但是，我畢竟還可以自慰：不管怎樣，我總算是把書譯完，沒有讓它成為斷了尾巴的蜻蜓，這一點我的老朋友們恐怕會同意吧。

最後，我再談一談譯名的問題。這個問題我起初認為比較簡單：只需搞出一個譯音表，然後，人名、地名、花名、樹名、兵器名、器具名，都自己對號入座，豈不十分輕鬆愉快？然而實際上卻行不通。有一些名字中國古代已有現成的譯名，行之既久，約定成俗；若再改動，反而不便。這些譯名必須保留。它們一保留，則我那幻想中的譯音表還有什麼意義？連在這一部書中想統一譯音都有困難，何況其他書籍？結果

我只好放棄原來的如意算盤，自創譯名。最初還小心謹慎，後來覺得也沒有什麼必要，索性任意為之。好在我心裏很清楚，決沒有人會根據我的譯名去探討中國音韻發展與演變的歷史。就讓它這樣去吧！

我在上面講了這麼多問題和困難，難道我就時時刻刻都同這些問題和困難拚搏嗎？如果真是這樣的話，那麼，這十年漫長的日子可真是極難熬過來了。事實上，並不是這樣。在過去十年中，我是既有痛苦，又有快樂；既有險阻，又有順利；既有內心的波動，又有外來的鼓勵。何況，我翻譯這一部巨著，並不是單打一。幾十年來的環境，使我養成一個同時搞幾種科研和翻譯工作的習慣。讓我單打一，或者單打一二，或者給我一間清靜的屋子關起門來翻譯或寫作，我會感到非常彆扭，什麼東西也寫不出。在翻譯《羅摩衍那》時，也是這樣。除了這件事以外，我還有許多別的工作，特別是在後期，更是這樣，並且還有許多開不完的會加入進來。這一些繁雜的工作，實際上起了很好的調劑作用。幹一件工作疲倦了，就換一件，這就等於休息。打一個比方說，換一件工作。就好像是把腦筋這一把刀子重磨一次，一磨就鋒利。再換回來，等於又磨了一次，仍然是一磨就鋒利。《羅摩衍那》我就是用這種翻來覆去地磨過的刀子翻譯完畢的。

此外，《羅摩衍那》這一部書儘管長得驚人，但主題思想卻很簡單，一言以蔽之，不外是：正義戰勝邪惡，磨難產生幸福。在「史無前例」的大混亂中，我的心情上面已談了一些。我最初確實擁護這場「革命」，甚至在被打倒被關起來以後，也沒有改變，我對它毫無正確的認

識。在打倒「四人幫」以後，也就是在翻譯的後期，我逐漸認識到，這一場「革命」也是一件邪惡的東西，同《羅摩衍那》中十頭魔王所作所為同屬一個範疇。二者在最後都被挫敗了。《羅摩衍那》的主人公羅摩是一個理想人物。他經受了無數的挫折與磨難，最後終於勝利，終於享受到與愛妻團圓的幸福。本書這個主題思想，表面看來，同我有點風馬牛不相及，實際上，卻頗有相通之處。羅摩的勝利不時帶給我一些安慰，給我這枯燥工作增添了生氣，給我內心也灌入了活力。我也享受到了幸福。

德國 19 世紀抒情詩人呂克特曾寫過幾句關於《羅摩衍那》的詩：

這樣富於幻想的醜怪，這樣不拘形式的激昂而滔滔若懸河般的辭令，像《羅摩衍那》顯示給你的，荷馬無疑曾教給你藐視它；可是這樣高尚的心術和這樣深沉的情感，《伊里亞特》卻不能顯示給你。

呂克特這個意見非常有趣。他可能是把古希臘荷馬史詩同印度古代史詩對比的第一個歐洲詩人。他大概也厭惡我上面說到的《羅摩衍那》那種拖沓繁複文體。可是他提出了兩點荷馬史詩所缺少的東西：一點是「高尚的心術」，一點是「深沉的情感」，卻對我很有啟發。正是這兩點有時候也感動了我。讓我在另外一個方面享受到了幸福。

總而言之，時間經過了十年，我聽過三千多次晨雞的鳴聲，把眼睛熬紅過無數次，經過了多次心情的波動，終於把這書譯完了。我一方面滿意，滿意這件艱巨工作的完成。另一方面又不滿意，不滿意自己工作

的成果。古人説：「如人飲水，冷暖自知。」蘇東坡有句著名的詩：「春江水暖鴨先知。」我的譯文也如春水，我這一隻春水中的鴨，是非常明白水的冷暖的，我覺得，我始終沒有能夠找到一個比較理想的翻譯外國史詩的中國詩體。從我的能力來説，目前也就只能這樣子了。知我罪我，自有解人。後來居上，古今通例。要想真正解決這個問題，還有待於來者。我也並不是説，我做這件工作，一無是處。不管怎樣，我畢竟把這一部名著譯出來了。這會幫助中國讀者更深入地瞭解印度文化，這也會大大地增強中印兩國人民的傳統友誼。如果我這想法不錯的話，我不更應該感到幸福嗎？

我在上面曾多次提到幸福。但是，這幸福卻決不是靠我一個人的力量而獲得的。在十年漫長的翻譯過程中，我應該感謝很多同志，沒有他們的幫助，我是無法完成這件工作的。關於這一點，我在以前的《附記》中也曾談到過一些。現在再歸納起來談一談。我首先要感謝人民文學出版社的一些負責同志，比如孫繩武同志、盧永福同志等等。他們明知道，出版《羅摩衍那》這樣的書是會賠很多錢的，然而為了國家的文化事業，他們毅然承擔了出版的任務，用最精美的裝幀，最優良的印刷，出完了全書。其次是責任編輯劉壽康同志。我們本來是幾十年的老朋友了，我們是互相瞭解的。他並不懂梵文，也不專門研究印度文學。但是他以對朋友、對事業的高度的責任心，有時候用十分謙虛的口吻，對我的譯稿提出了一些問題。我非常尊重他的意見。可是我最初並沒有想到，他提出的意見竟是那樣準確，那樣搔着癢處，那樣中肯。我核對

原文，十有八九是我譯文有問題，或者表達不清楚，或者簡直譯錯了。由於他的工作，我能避免一些錯誤。四五年以來，我們的合作是非常協調的，非常令人滿意的。我在這裏向他表衷心的感謝。此外，搞封面設計、內封圖和插圖的張守義同志、古幹同志、高燕同志等，給我這一堆並不高明的譯文披上了美麗的服裝和飾品，增添了光彩。用一句俗話來表達，可以説是我沾了「光」。我也向他們致謝。北京大學東語系劉安武同志幫助我查閱兩個《羅摩衍那》印地文譯本，費了不少精力。梵文原文有一些地方晦澀難解，只好乞靈於印地文譯文。儘管這兩個印地文本並不高明，有時顯然也有錯誤和矛盾。但畢竟幫助我渡過了一些難關。我也應該向劉安武同志表示謝意。最後但不是最少，我還要提到李錚同志。他從十七歲起就同我一起工作，除了中間有幾年的間斷以外，到現在已經三十多年了。作為我的助手，他幫我查閱資料，借閱書籍，謄清一些稿件。我常開玩笑説他有一種「特異功能」，他能認清別人難以認清的我那一些手稿。但我最初並沒有完全理解他的全部本領。他受的教育並不高。但他是一個聰明人，我逐漸發現他對現代漢語有一種特別靈敏、特別正確的語感，與他同年齡的人很難比得上他，儘管受的教育比他高很多。他這個人勤勤懇懇，兢兢業業，認真努力，一絲不苟。他有時幫我推敲詞句，往往能提出精闢的見解。有時幫我做一些瑣事，給我節約了大量的時間和精力。我常想，他對我的幫助等於延長了我的壽命。如果沒有他的協助，我決不能做現在做的這些工作。只説一句感謝，難以表達出我的心情；但現在也只能這樣説了。還有其他一些同

志，在我翻譯《羅摩衍那》的過程中，給了我這樣那樣的幫助，恕我在這裏不一一列舉了。

我在上面說到，譯完《羅摩衍那》，覺得肩頭上的擔子輕了很多。這是僅僅指《羅摩衍那》而言。其他方面的擔子並沒有減輕，而且我也根本沒有想去減輕。正相反，我在其他方面正在給自己層層加碼。我計劃中想做的工作，看來到 21 世紀開始時也不會做完。這一點我自己是非常清楚的。但對工作的迫切感日益強烈，這一種迫切感我是抑壓不下去的。我從前在一篇文章中曾講到魯迅晚年總想多做點事情。他的「晚年」其實也不過五十多歲，在今天只能算是中年。我現在已年逾古稀，遠遠超過魯迅活的年齡。但是，在今天的中國，人民壽命越來越長，我離開倚老賣老的年齡恐怕還有一段距離。我的許多老師，雖然年登耄耋，還在孜孜不倦，努力工作，我有什麼資格感到自己老呢？我現在恨不能每天有四十八小時，好來進行預期要做的工作。那當然是不可能的。每人每天只能有二十四小時，誰也多不了一分半秒。關鍵在於如何使用這二十四小時。我現在就不敢放鬆一分一秒。如果稍有放鬆，靜夜自思，就感到十分痛苦，好像犯了什麼罪，好像是在慢性自殺。有這種心情的人，恐怕不在少數，我就不再囉唆了。

對自己現在的精神境界，我還算是比較滿意的。解放以來，我總有一種慚愧之感。在中國人民鬥爭最艱苦的時候，我卻住在歐洲，那裏彷彿成了一個避風港，我在那港裏搞自己「名山事業」，沒有能和人民同呼吸、共命運。要說我一點也不想中國人民，那不是事實。我是經

常想到自己的人民的，我的失眠病就從那時開始。但是，不管由於什麼原因，我沒有參加鬥爭，這也是事實。外國侵略者被趕走以後，我才回國。又過了三年，中國解放。我安然享受勝利的果實，成了一個地地道道的摘桃派。因此，我對解放前參加鬥爭的老幹部總是懷着由衷的誠摯的敬意，覺得自己應該努力學習，努力改造，多給人民做點工作。我總覺得人民給我的太多，而我給人民卻是太少了。在十年浩劫中，我雖飽經風雨，但毫無怨尤之意。其根據大概就在這裏。年輕時候，讀了不少談論人生之意義與價值的文章，茫然不得要領。到了今天，我才彷彿真正瞭解了人生的意義與價值。這種瞭解成了推動我向前進的動力。

我在過去七十年漫長的人生的程途上，曾有過求全之毀，也曾有過不虞之譽。這對我已經司空見慣了。但是，到了今天，不虞之譽，紛至沓來，實在是超出了我的一切想望。這更增加了我的慚愧之感，我時刻感到不安。唯有更加嚴厲鞭策自己，更加嚴格要求自己，庶不至辜負黨和人民對我的期望，鞠躬盡瘁，老而不已。

書已經譯完，而且已經出版了，這件事本身就足以說明問題，似乎用不着再來囉哩囉唆寫這樣一大篇了。而且我自己對某一些人的那種懶婆娘裹腳式的文章自來就有反感。比如我在年輕時讀《古史辨》的自序，覺得非常膩味，讀不下去。前幾年讀一個女作家的自傳，敍述在法國求學的情況，絮絮叨叨，囉哩囉唆，把芝麻粒大的一點悲傷或快樂，細細地咀嚼，彷彿其味無窮。我也沒有能讀完。現在我自己為什麼又這樣幹呢？我覺得，我翻譯《羅摩衍那》的這十年，在中國

是非常關鍵的十年。對我們國家的前途來説，是這樣。對知識分子來
説，也是這樣。我是一個從舊社會走過來的知識分子。我所感受的一
切，是有代表性的，有典型意義的。從茫然、木然，精神空虛，到毅
然、決然，精神煥發，這一個過程，對大多數老知識分子來説，好像
是一條必由之路。我好像是一面鏡子，其中可以反映出解放後老知識
分子的內心變化，反映出今天我們黨對知識分子政策的正確與英明。
現在，開創社會主義建設的新局面的偉大任務，已經擺在我們眼前。
黨和人民對知識分子的重視已經家喻戶曉。把我這一面鏡子擺出來，
也許是不無意義吧！我雖然把自己比做一面鏡子，但是，我知道，這
並不是一面非常光亮美妙的鏡子，其中照見的東西有美，也有醜；有
善，也有惡。再來一個「但是」，即使不是一面光亮美妙的鏡子，它
畢竟是一面鏡子。在這一面鏡子裏，有我自己的影子，也有其他老知
識分子的影子。照它一下，對於提高我們的幹勁，促進我們的進步，
也許不無作用吧！顧炎武有兩句詩：

蒼龍日暮還行雨，

老樹春深更着花。

我哪敢自比為蒼龍？比做老樹，也許還是可以的。不管怎樣，我還
是想再行一點雨、再着一點花的。我想，其他老知識分子大概也會這樣
想吧！就在這個意義上，我寫了這一篇《全書譯後記》。

1983 年 2 月 28 日寫畢於桂林灕江飯店
1983 年 3 月 27 日抄畢於北京

# 《家庭中的泰戈爾》中譯本譯者序言

先要對書名做一點解釋。《家庭中的泰戈爾》，根據英文原名，直譯應作《爐火旁的泰戈爾》。二者實際上是一個意思。我們平常認識泰戈爾，一般都是通過他的著作。這些著作真可以說是汗牛充棟。但是，不管他寫每一部作品時所抱的態度怎樣，他總是難免有意為文。書中的泰戈爾不完全是真實的，甚至有點做作。即使有人有短暫的機會能親眼看到泰戈爾，看到的也只能是峨冠博帶、威儀儼然的、不食人間煙火的「聖人」或者「仙人」（ṛṣi）。這是不是泰戈爾呢？當然是的，但這只是他的一面。他還有另外一面，這就是家庭中的泰戈爾。他處在家人中間，隨隨便便，不擺架子，一顰一笑，一喜一怒，自然率真，本色天成。這才是真實的泰戈爾。我們感謝黛維夫人在她這一本書裏給我們描繪了一個真實的泰戈爾。黛維夫人是一個有心人。

在所有的古今外國作家中，印度偉大詩人泰戈爾恐怕是最為中國人民所熟悉的一個作家。從五四運動後期起，我們就開始翻譯他的作品。詩歌、戲劇、長篇小說、短篇小說、演講、回憶錄等等，都大量地翻譯了過來。一直到解放後，這股勁頭並沒有減弱，出版了《泰戈爾作品

集》十卷，就是具體的證明。泰戈爾一生熱愛中國，關心中國人民的命運。他的作品對中國新文學的發展起了比較明顯的作用，這是盡人皆知的事實。一直到最近，他的作品還在影響着我們的青年，推動他們投身於印度古代文化的研究。對於這樣一個泰戈爾，我們中國人民應該有一個深刻的實事求是的瞭解。黛維夫人的這一本書能幫助我們達到這個目的。我們應該誠摯地感謝她，她是一個有心人。

據我所知道的，古今中外所有的比較重要的作家，能像泰戈爾這樣有這一種福氣的人，真如鳳毛麟角。除了泰戈爾以外，我知道的，只有一個德國的大詩人歌德。愛克曼留下了一部《歌德談話錄》。愛好歌德作品的人無不喜歡這一部書，非常感激這一部書。它把歌德的另一方面，通過作品看不到的一個方面，介紹給我們。歌德的許多充滿了機智的想法都通過這一部書透露給我們。我們也都說，愛克曼是一個有心人。

但是，我認為，愛克曼卻無法同黛維夫人相比。他不能算是一個文學家。他的記錄，不管是多麼詳盡、親切、細緻、生動，卻不能說是文學作品。而黛維夫人正相反。她家學淵源，父親是舉世聞名的印度哲學史家達斯古普塔教授。她從小受到父親的熏陶，精通古典梵文文學和孟加拉文學。從很小就開始寫詩，出過幾本詩集。在印度，特別是在孟加拉，廣有名聲。她雖然不是泰戈爾的親屬，但是他們兩家過從極密，親如一家。她從孩提一直到婚後長期親接泰翁謦欬，泰翁把她當自己的孩子看待。在詩人逝世前的三年中，從 1938 年起，他到喜馬拉雅山腳下

蒙鋪她的家中度假共有四次。1940 年是第四次，也就是最後的一次。再過一年，詩人離開了人世。他的聲音笑容人們再也聽不到看不見了。可是這些東西卻被黛維夫人完完整整地、栩栩如生地記錄在這一本書中。在黛維夫人筆下，滿頭白髮、銀鬚飄拂的詩人，原來是一個十分富於幽默感、經常說說笑話、開個玩笑、十分有人情味的老人。他關心周圍所有的人，關心自己祖國的前途，關心中國的抗戰；他熱愛自己的妻子和女兒，為她們甘心做最卑微不足道的事情。所有這一切都表明，他決不是一個逝世的仙人，而是一個富於感情的有血有肉的人。縈繞他頭上的那一圈聖光消逝了，並無損於他的偉大。他同我們中國人民之間的距離反而更近了，我們的關係更密切了。這一切我們都要感謝黛維夫人。

1958 年，我第三次訪問印度，在加爾各答第一次見到了黛維夫人。我們自然而然地談到了泰戈爾。第二天，我離開了加爾各答，到聖諦尼克坦去訪問泰戈爾創辦的國際大學。這是我的第二次訪問，二十多年前我曾經到這裏來過。我清晰地回憶起當年我住在泰戈爾生前居住過的北樓的情景。在古舊高大的屋子裏睡過一夜覺以後，我黎明即起，迎着初升的太陽走到樓外。在一個小小的池塘中，一朵紅色的睡蓮赫然沖出了水面，襯托着東天的霞光，幻出了神異的光輝。我的心一震，我眼前好像出現了什麼奇跡，我潛心凝慮，在那裏站了半天。可是現在一切都變了。我在招待所裏睡了一夜覺以後，又是黎明即起，去尋找那一個小池塘，結果是杳無蹤影。我在惘然之餘，深深地感覺到，世界到處都在變化，這裏當然也不會例外，我又有什麼辦法呢？

但是，也有不變的東西，這就是印度人民對中國人民真摯的友情。這友情在黛維夫人身上也具體地體現了出來。在印度是這樣，到了中國仍然是這樣。我同她在印度會過面以後，前年她到中國來訪問。她邀我到她下榻的北京飯店長談了半天。臨別時她送給我了一本書，這本書原來用孟加拉文寫成，後來又由她自己譯成了英文，這就是《家庭中的泰戈爾》。她問我，願意不願意譯成漢文。我從小就讀泰戈爾的作品，應該說也受了他的影響。解放後又寫過幾篇論泰戈爾與中國的關係和他的短篇小說的文章，對泰戈爾的興趣和尊敬始終未衰。可是黛維夫人這一本書卻是從來沒有聽說過。我相信，出自黛維夫人筆下的這一本書一定會是好的。我立刻滿口答應把它譯成漢文。回來後立刻在眾多會議的夾縫裏着手翻譯起來。原書文字很美，彷彿信手拈來，不費吹灰之力；但是本色天成，宛如行雲流水，一點也不露慘澹經營的痕跡。古人說：狀難寫之景如在眼前，黛維夫人算是做到了。翻譯這樣的書，不是辛苦，而是享受。我很快就譯完了第一章。

有一次，偶然遇到了顧子欣同志，他也收到了黛維夫人送給他的這同一本書，而且他也有意翻譯。子欣是詩人，他在各方面的修養都很深厚，我所深知；如果他翻譯的話，譯文一定會是第一流的。我立刻就告訴他，我已經譯了一章；如果他願意的話，我可以停下不譯，其餘三章由他翻譯，出版時就算是我們兩人合譯。我認為，這是一個很美妙的想法，他也立即同意。

這是三年前的事情了。大概子欣實在太忙了，他沒有能把其餘的三

章翻譯出來。今年夏天，黛維夫人又來華訪問。我在印度朋友沈納蘭先生家裏見到了她。一見面，她就問，她那一本書我們翻譯得怎樣了。我把情況如實地告訴了他。老太太的面色立刻嚴肅起來，氣呼呼地說道：「難道非等到我死了以後你們翻譯的書才出版嗎？」老太太之所以渴望看到自己這一本書的漢譯本，我猜想，倒不一定是完全為了自己；首先是為了泰戈爾，其次是為了中印友誼。她大概覺得，自己的作品，特別是關於泰戈爾的作品，被譯成中文，對她自己，對中印友誼，是一件十分有意義的事，是一件十分值得驕傲的事。我們當時雖然沒能談得很深；但是，她的心情，我認為，我是能夠瞭解的。

可惜的是，子欣同志依然很忙，似乎比以前更忙了；指望他能在短期內將全書譯完，似乎是不可能的了。我於是毅然下定決心，並且徵得了子欣的同意，在八個月以內獨自把剩下的三章譯完，以滿足黛維夫人的願望。是不是我自己就不忙，有這個閒情逸致來翻譯呢？也不是的。我自己也很忙，而且在譯完《羅摩衍那》，看到厚厚的八大卷全部出齊以後，我在鬆了一口氣之餘，暗暗立下決心：以後不再搞翻譯了。自己已年逾古稀，歷年來積存下來的稿子和資料比盈尺還要多，腦子裏的研究題目也有一大堆。現在當務之急是抓緊時間，把這些稿子加以整理，把資料加以排比，把想研究的題目盡可能地弄個水落石出。翻譯之事實在難以再考慮了。

然而現在卻出現了這樣一個新的情況。馬行在夾道內難以回馬，我只有放棄原來立下的決心，再從事一下翻譯工作了。我於是立即動

手，把舊的譯稿翻了出來，擠出一切可以擠的時間，先把第一章的譯稿重新審查了一遍，然後着手翻譯其餘的幾章。此時，適值我有杭州、煙台之行。在杭州時，招待所的樓道裏每天放彩色電視都放到很晚，聲量之大，全樓震動。我當然無法安眠；但是第二天我照樣黎明即起，潛思凝慮，翻譯《家庭中的泰戈爾》。到了煙台，住在一所豪華的賓館裏，條件比杭州有天淵之別。推窗就能夠看到大海。我每天起床後，外面仍然是一片黑暗，海上停泊的萬噸巨輪上卻是燈火輝煌，燦如列星。此外則海天茫茫，引我遐思。此時此刻，我簡直是如魚得水，心情怡悦，翻譯工作進行得異常順利。等我回到北京來時，初譯稿已經完成了。同翻譯《羅摩衍那》一樣，這一次翻譯也帶給我極大的愉快。但是這兩種愉快又多少有所不同。對於《羅摩衍那》，我只是喜愛它的文辭和內容。對於《家庭中的泰戈爾》，則還有一點個人的成分在內。我十三歲時曾在濟南看到過泰戈爾。到了高中階段，又開始讀他的作品，也曾模仿他的體裁寫過一些小詩。到了中年，對他進行過一些研究，寫過論他的詩歌和短篇小説的文章，寫過《泰戈爾與中國》的長文。我同泰戈爾的關係，可以説是六十年來沒有間斷，而今到了垂暮之年，又有幸翻譯有關他的書。我此時的心情是，懷舊與念新並舉，回顧與瞻望齊行，難道是一句套話「感慨萬端」所能完全表達得出來的嗎？我想，如果黛維夫人知道了這一件事，她也會會心一笑吧！

黛維夫人雖然已經有點老態龍鍾，自己認為已經很老了，但是，實際上她還小我三歲。兩國的具體情況不同，對年齡的看法也不一樣。我

遠遠還沒有感到自己在學術上已經到了「退休」的年齡。不過，話又說回來了，我已經算是老人，這一點是無可懷疑的。我現在就以一個中國老人的身份，向雲天萬里之外的一個印度老人致敬，為她祝福，希望她長命百歲，再多為中印友好做些工作。中印友誼的道路，悠久而漫長。我們還有很多工作要做。

　　路漫漫其修遠兮，

　　吾將上下而求索。

1984 年 12 月 25 日寫畢

友序篇

# 《南國華聲——周穎南創作 四十周年》序

　　我年近耄耋，生平閱人多矣，已經成為一個地道的「世故老人」。根據我的「世故經」，我一向認為，企業家和文學家是兩類水火不相容的概念。古人説：「為學日益，為道日損。」企業與文學之間的關係，頗有點類似學與道之間的關係。我生平還沒有遇到過一個既是企業家同時又是文學家的人。

　　有之自周穎南先生始。

　　在會面之前，我已經聽説過穎南先生的大名。他同我們國家一些文化名人有密切的友誼，出過一些通信集一類的書籍。後來又聽説，周先生在新加坡是著名的企業家，又是華文文學的著名作家。更難能可貴的是，周先生對我國懷有深厚的感情，同葉聖陶、俞平伯、劉海粟、巴金、蕭乾等受國人尊敬的文學藝術家，有多年的交往。他同香港的饒宗頤先生也有親密的友誼。這都可以説是文壇佳話，也可以説是商壇佳話吧。

　　最近幾年，我經常考慮經濟與文化的關係問題。我覺得，一部人

類進化史證明了一個歷史事實：經濟離不開文化，文化也離不開經濟。沒有經濟的發展，文化不可能繁榮。沒有文化的繁榮，經濟也不可能發展。二者相輔相成，互為依存。怎樣解釋，也解釋不掉這個歷史事實。認識這一點是異常重要的，對於平民老百姓和當權者，都是重要的。要想國家富強，必須兩方面都抓，偏於一方，後果嚴重。

這話扯得遠了一點。個人與國家畢竟不完全相同。對一個人來說，不兩者來抓，是沒有多大影響的。但是，話又說回來，如果一個人能夠兩者都抓，不也會更好嗎？再來上一個「但是」──我們不能要求，每個人都能做到這一步，這是異常困難的。

而周穎南先生尚矣。

說話繞了這樣多彎子，直白地說吧，在我眼中，周先生是一個畸人，可以入「畸人傳」的。

我就是懷着這一點敬意，寫了這篇短序。


1989 年 12 月 11 日
於北京大學

# 《陳瑞獻選集》序

　　過去和現在，我在新加坡學術界和文藝界，都有一些朋友。有的魚雁傳書，切磋學問；有的過從甚密，結成了深厚的友情。我覺得，這真是人生樂事。

　　陳瑞獻先生是新加坡文藝界的巨擘，仰望大名，心儀已久。但是直至今日，尚無緣識荊，極以為憾。現在忽然偶然得到了一個宛如自天而降的良機——陳先生要在中國出版《選集》了。承蒙垂青，邀我作序。以我庸陋，感愧交加。但我愉快地承擔下來了這一件工作。從此我在新加坡的朋友又增加了一個，豈非樂事中之樂事嗎？

　　我翻看了瑞獻先生的文集，欣賞了他的繪畫，看了一些介紹他的文章，開始構思。按照自己的老習慣，總想先正一正名，給他安上一個什麼家，然後再根據這個家的特點，生發開去，寫成一篇妙（也不一定都妙）文。一般人寫序言，有的也是遵照這個路數。然而，這一次我卻失敗了——生平第一次在這樣場合下失敗——我找不到一頂現成的什麼家的帽子，給他戴在頭上而恰如其分，雖然我的帽子舖裏現成的帽子數目是不算少的。

我迷離模糊地彷彿回到了幾百年前的歐洲的文藝復興時代。那時候，正如眾所周知的，出了一些全面的、多才多藝的、幾乎是無所不包的（universal）人才。我面對的陳瑞獻先生就近乎這樣的人。他是一個詩人、哲學家、畫家、小說家、散文家、劇作家、評論家、學者、書法家、篆刻家、翻譯家、外國文學研究者等等。在藝術範圍內，他是油畫家、中國寫意畫家、版畫家，精通膠彩、紙刻，還是雕塑家。在哲學範圍內，他通佛學、西洋哲學、中國哲學、美學、宗教學等等。此外，他還精通飲食文化、園林藝術，他也搞服裝設計。在語言方面，他精通漢語、英文、法文、馬來語。我列舉了這樣多的「家」，看來還不足以窺陳先生之全豹。即便是這樣，陳先生不是已經能夠讓人目迷五色、眼花繚亂了嗎？

　　陳先生這樣一個 universal 的全才，在新加坡和世界上獲得很高的聲譽，完全是順理成章的。他獲得了很多榮譽稱號和勳章。新加坡一位收藏家為他修築了一座規模龐大的「陳瑞獻藝術館」。一位評論家寫道：「除了稱他為天才之外，就沒有別的稱呼了。」中國當代大畫家吳冠中先生稱他為「東方青年的楷模，傑出的炎黃子孫」。因為陳瑞獻先生，儘管在多方面都有極高的造詣，年齡還不到五十。按中國論法，只能算是中年。

　　怎樣來解釋這個「陳瑞獻現象」呢？

　　近若干年以來，我經常考慮東方文化與西方文化的關係問題。我覺得，要解釋「陳瑞獻現象」，必須從東西方文化關係入手。

在東西方文化關係方面，我的觀點不可能在這裏詳加闡釋。簡短截說，我的主要觀點是：從人類文化的發展過程來看，文化交流是促進或推動人類社會發展的主要動力之一。在歷史上，世界上已經產生了許多文化（有人稱之為文明），但是哪一種文化也沒有，而且也不可能萬歲千秋。東西兩大文化體系的關係是，三十年河西，三十年河東。到了今天，我們正處在一個世紀末中，一個新世紀——21 世紀，就要來到我們眼前。世界上一切有識之士，應該立足於眼前的 20 世紀末，而展望 21 世紀。只有這樣才不至於看不清世界文化的走向，而迷離模糊陷入迷魂陣中。

　　帶着這樣的觀點來看「陳瑞獻現象」，就能理出一個頭緒來。陳瑞獻正是在東西方兩大文化體系激盪衝撞中產生出來的人物，而且他身上也代表着東西方文化發展的未來。

　　陳先生的根雖然是在中國，然而他成長，受教育，接觸社會，接受社會的熏陶感染，卻是在新加坡。而新加坡，無論在地理上，還是在東西文化的衝撞上，正處在兩方面的前沿陣地上。換句話説，新加坡是東西文化交光互影最顯著最劇烈的地方。只有在這樣的地方，才能出陳瑞獻這樣多才多藝幾乎是全能的人物。事情不是非常明顯的嗎？

　　具體一點説，陳瑞獻所受的教育，他受熏陶的文化環境，都是有東也有西。這一點是非常明顯的。我在這裏所講的東方文化，除了包括中國文化以外，還包括印度文化。陳先生不但瞭解中國文化——這是他的根，而且也瞭解印度文化。他的一幅巨型的畫，名字是 Poem on

Suchness。Suchness 這個英文字翻譯的是梵文原文的 Tathata，中國古代佛典譯為「真如」。陳先生以此字命名自己的畫，可見他對印度佛教哲學之理解，之欣賞。而他在學術上的全面發展，於此也可見一斑。

西方文化主宰世界已經有幾百年了。它的光輝成就給世界人民帶來了幸福和繁榮。這一點誰也否定不了。但是，它同時也帶來了麻煩與災難。這一點也是誰也否定不了的，死掉了幾千萬人的兩次世界大戰，不是都從西方爆發的嗎？現在困擾世界人民的許多禍害，比如環境污染、大氣污染、破壞自然界的生態平衡、淡水資源匱乏、新疾病的出現，甚至人口爆炸等等，都直接地或間接地同西方文化是密不可分的。這些禍害威脅着人類生存的前途。

我個人認為，世界上所有的有識之士應該有足夠的明智，應該有足夠的勇氣，來面對這個非常嚴酷的現實。不面對、不承認是不行的。迴避也是沒有出路的。

那麼，我們應該何去何從呢？

唯一的一條出路就是：三十年河東的現象再次出現；東西兩大文化體系溝通融合，而以東方文化的綜合的思維模式濟西方文化的分析的思維模式之窮；在西方文化已經達到了的已經奠定了的基礎上，把人類文化的發展推向一個新的高度。只有這樣，我在上面提到的那一些危害人類未來生存的災害才有可能得到遏制，人類才能順利地生存下去。

我覺得，在陳瑞獻先生身上，這種溝通融合東西文化的傾向已經表現了出來。所以我說，他代表着東西文化發展的未來。

陳先生的國籍雖然是新加坡，而他的文化之根則是中華。為了弘揚中華的優秀文化，為了加強中新兩國人民的友誼與理解，把陳瑞獻先生介紹給中國的文藝界和學術界以及全中國的人民，是非常必要的，是會受到中國人民和新加坡人民的熱烈歡迎的。現在中國的長江文藝出版社出版了這樣一套《陳瑞獻選集》，雖然還不足以窺全豹，然而鼎嘗一臠，豹窺一斑，已足以慰情怡心了。這實在是明智應時之舉，值得我們熱情祝賀。我只希望把陳先生的繪畫和其他方面的成就也能介紹過來。這樣我們就能對陳先生瞭解得更全面一些。能做到這一步，則我在上面引用的吳冠中先生對陳先生讚譽的兩句話：「東方青年的楷模，傑出的炎黃子孫」，才能充分變為事實，中新兩國人民的友誼也從而會更進一步加強。這難道不是非常令人歡欣鼓舞的事情嗎？是為序。

1992 年 11 月 16 日

# 《透過歷史的煙塵》序

　　我認識黛雲已將近半個世紀了。當時我們都還沒有搬出城外，仍在沙灘紅樓。她是一個十幾二十歲的大學生，我是一個還沒有走出青年時期的年輕的大學教師。因為不在一個系，所以並沒有接觸的機會。她認識我，並不奇怪。因為教授的人數畢竟是極少的。我知道她，卻頗有點不尋常。她為人坦誠率真，近乎天真；做事大刀闊斧，決不忸忸怩怩，決不搞小動作。有這樣稟性的人，在解放後三十年來的連綿不斷的政治運動中而能夠不被濺上一身污泥濁水、戴上五花八門的莫須有的帽子，簡直是難以想像的。事實上，她也確實沒有能幸免。這一點在本集的文章中也有所透露。

　　最近幾年以來，我心中萌發了一個怪論：中國知識分子，特別是年紀比較大一點的知識分子，在歷次的政治運動中，被整，被污辱，被損害，是正常的。這證明，他們起碼還是些好人。這樣的人，仰不愧於天，俯不怍於地，他們堂堂正正做人，用不着反躬自思。他們應該以頭上被戴上的帽子為榮，他們可以以此自傲。反過來，如果有的知識分子，平安地走過了歷次政治運動，沒有被濺上任何的污泥濁

水，沒有被戴上任何莫須有的帽子。這樣的人，我認為，反而應該反躬自首：自己在處世做人方面是否有什麼不足之處。不然的話，為什麼能夠在那種黃鐘為輕、蟬翼為重，顛倒黑白，混淆邪正的運動中安穩過關？我不敢說，我這個想法能適用於一切人；但適用於大部分人，則是可以肯定的。

黛雲的前半生，走的道路並不平坦，坎坎坷坷，磕磕碰碰，一直走過了中年。然而，根據我個人的觀察，她依然是坦誠率真，近乎天真；做事仍然是大刀闊斧，決不忸忸怩怩，決不搞小動作，銳氣有盛於當年。就憑着這一股勁，她在研究中國現代文學的基礎上，拓寬了自己的研究範圍，開闊了自己的眼光，為中國比較文學這一門既舊又新的學科的重建或者新建貢獻了自己的力量。比較文學在中國原來是一門比較陌生的學問。最近幾年來，由於許多學者的共同的努力，它已經浸假步入顯學的領域。在這裏，黛雲實在是功不可泯。佛經常說：「功不唐捐。」黛雲之功也不會「唐捐」。張皇比較文學，對中國文學的研究，也起了推波助瀾的作用。有了比較，多了視角，以前看不到的東西能看到了；以前想不到的問題能想到了，這必能促進中國文學的研究，是很顯然的。黛雲不但在中國國內推動了比較文學的研究，而且，更重要的是，她奔波歐美之間，讓世界比較文學界能聽到中國的聲音。這一件事情的重要意義，無論如何也決不能低估。所有這一切，在本書中的許多文章中都有軌跡可尋，我就不再囉唆了。

最值得一提的是，正如我在上面提到過的，黛雲的前半生，屢遭磨

難，透過歷史的煙塵，她看到過極其令人憤懣的東西；然而她那一顆拳拳愛國之心絲毫未改。正當別人晝思夢想使自己在國外的居留證變成了綠色，對於這些人來說，太平洋彼岸就好像是佛經中常描述的寶渚，到處是精金美玉，到處開滿了奇花異卉，簡直是人間的樂園，天上福地。留在這樣一個地方，對黛雲和一介來說，唾手可得。然而他們卻仍然選擇了中國。在中國，本來她也有很多機會，弄上一頂烏紗帽，還可能是一頂令人艷羨不置的駐外的烏紗帽。然而她卻偏偏又選擇了北大，一領青衿，十年冷板凳，一待就是一生。我覺得，在當前的中國，我們所最需要的正是這一點精神，這一點骨氣。我們中華民族所賴以屹立於世界民族之林的也正是這一點精神，這一點骨氣。我們切不可以等閒視之。

黛雲集其近年來所寫之散文為一集，索序於我。我雖譾陋，義不容辭，拉雜寫來，遂成此文。這能算是序嗎？我懷疑。但是序無定型，自古已然。就把它當成一篇序吧。

1997 年 5 月 22 日

# 夢縈未名湖

## ——《精神的魅力》代序

　　北京大學正在慶祝九十周年華誕。對一個人來說，九十周年是一個很長的時期，就是所謂耄耋之年。自古以來，能夠活到這個年齡的只有極少數的人。但是，對一個大學來說，九十周年也許只是幼稚園階段。北京大學肯定還要存在下去的，二百年，三百年，一千年，甚至更長的時期。同這樣長的時間相比，九十周年難道還不就是幼稚園階段嗎？

　　我們的校史，還有另外一種計算方法，那就是從漢代的太學算起。這決非我的發明創造，國外不乏先例。這樣一來，我們的校史就要延伸到兩千來年，要居世界第一了。就算是兩千來年吧，我們的北大還要照樣存在下去的。也許三千年，四千年，誰又敢說不行呢？同將來的歷史比較起來，活了兩千年也只能算是如日中天，我們的學校遠遠沒有達到耄耋之年。

　　一個大學的歷史存在於什麼地方呢？在書面的記載裏，在建築的實物上，當然是的。但是，它同樣也存在於人們的記憶中。相對而言，存在於人們的記憶中，時間是有限的，但它畢竟是存在。而且這個存在更

具體、更生動、更動人心魄。在過去九十年中，從北京大學畢業的人數無法統計，每個人都有自己的對母校的回憶。在這些人中，有許多在中國近代史上非常顯赫的名字。離開這一些人，中國近代史的寫法恐怕就要改變。這當然只是極少數人。其他絕大多數的人，儘管知名度不盡相同，也都在自己的工作崗位上，對祖國的建設事業作出了自己的貢獻。他們個人的情況錯綜複雜，他們的工作崗位五花八門。但是，我相信，有一點卻是共同的：他們都沒有忘記自己的母校北京大學。本書中收集的幾十篇文章完全可以證明這一點。母校像是一塊大磁石吸引住了他們的心。讓他們那記憶的絲縷永遠同母校掛在一起，掛在巍峨的紅樓上面，掛在未名湖的湖光塔影上面，掛在燕園的四時不同的景光上面：春天的桃杏藤蘿，夏天的綠葉紅荷，秋天的紅葉黃花，冬天的青松瑞雪；甚至臨湖軒的修篁，紅湖岸邊的古松，夜晚大圖書館的燈影，綠茵上飄動的琅琅書聲，所有這一切無不掛上校友們回憶的絲縷，他們的夢永遠縈繞在未名湖畔。《沙恭達羅》裏面有一首著名的詩：

你無論走得多麼遠也不會走出了我的心，

黃昏時刻的樹影拖得再長也離不開樹根。

北大校友們不完全就是這個樣子嗎？

至於我自己，我七十多年的一生（我只是說到目前為止，並不想就要做結論），除了當過一年高中國文教員，在國外工作了幾年以外，唯一的工作崗位就是北京大學，到現在已經四十多年了，佔了我一生的一半還要多。我於 1946 年深秋回到故都，學校派人到車站去接。汽車行

駛在十里長街上，淒風苦雨，街燈昏黃，我真有點悲從中來。我離開故都已經十幾年了，身處萬里以外的異域，作為一個海外遊子經常給自己描繪重逢的歡悅情景。誰又能想到，重逢竟是這般淒苦？我心頭不由自主地湧出了兩句詩：「西風凋碧樹，落葉滿長安（長安街也）。」我心頭有一個比深秋更深秋的深秋。

到了學校以後，我被安置在紅樓三層樓上。在日寇佔領時期，紅樓駐有日寇的憲兵隊，地下室就是行刑殺人的地方，傳說裏面有鬼叫聲。我從來不相信有什麼鬼神。但是，在當時，整個紅樓上下五層，寥寥落落，只住着四五個人，再加上電燈不明，在樓道的薄暗處真彷彿有鬼影飄忽。走過長長的樓道，聽到自己的腳音迴蕩，頗疑非置身人間了。

但是，我怕的不是真鬼，而是假鬼，這就是決不承認自己是魔鬼的國民黨特務，以及由他們糾集來的當打手的天橋的地痞流氓。當時國民黨反動派正處在垂死掙扎階段。號稱北平解放區的北大的民主廣場成了他們的眼中釘，肉中刺。紅樓又是民主廣場的屏障，於是就成了他們進攻的目標。他們白天派流氓到紅樓附近來搗亂，晚上還想伺機進攻。住在紅樓的人逐漸多起來了。大家都提高警惕，注意動靜。我記得有幾次甚至想用椅子堵塞紅樓主要通道，防備壞蛋衝進來。這樣緊張的氣氛頗延續了一段時間。

延續了一段時間，惡魔們終於也沒能闖進紅樓，而北平卻解放了。我於此時真正是耳目為之一新。這件事把我的一生明顯地分成了兩個階段。從此以後，我的回憶也截然分成了兩個階段：一段是魑魅橫行，黑

雲壓城；一段是魑魅現形，天日重明。二者有天淵之別、雲泥之分。北大不久就遷至城外有名的燕園中，我當然也隨學校遷來，一住就住了將近四十年。我的記憶的絲縷會掛在紅樓上面，會掛在截然不同的兩個世界上，這是不言而喻的。

一住就是四十年，天天面對未名湖的湖光塔影。難道我還能有什麼回憶的絲縷要掛在湖光塔影上面嗎？別人認為沒有，我自己也認為沒有。我住房的窗子正面對未名湖畔的寶塔。一抬頭，就能看到高聳的塔尖直刺蔚藍的天空。層樓櫛比，綠樹歷歷，這一切都是活生生的現實，一睜眼，就明明白白能夠看到，哪裏還用去回憶呢？

然而，世事多變。正如世界上沒有一條完全平坦筆直的道路一樣。我腳下的道路也不可能是完全平坦筆直的。在魑魅現形、天日重明之後，新生的魑魅魍魎仍然可能出現。我在美麗的燕園中，同一些正直善良的人們在一起，又經歷了一場群魔亂舞、黑雲壓城的特大暴風驟雨。這在中國人民的歷史上是空前的（我但願它也能絕後）！我同一些善良正直的人們被關了起來，一關就是八九個月。但是，終於又像「鳳凰涅槃」一般，活了下來。遺憾的是，燕園中許多美好的東西遭到了破壞。許多樓房外面牆上的「爬山虎」、那些有一二百年壽命的丁香花、在北京城頗有一點名氣的西府海棠、繁榮茂盛了三四百年的藤蘿，都堅決、徹底、乾淨、全部地被消滅了。為什麼世間一些美好的花草樹木也竟像人一樣成了「反革命」，成了十惡不赦的罪犯呢？我百思不得其解。

我自己總算僥倖活下來了。但是，這一些為人們所深深喜愛的花草

樹木，卻再也不能見到了。如果它們也有靈魂的話（我希望它們有！），這靈魂也決不會離開美麗的燕園。月白風清之夜，它們也會流連於未名湖畔湖光塔影中吧！如果它們能回憶的話，它們回憶的絲縷也會掛在未名湖上吧！可惜我不是活神仙，起死無方，回生乏術。它們消逝了，永遠消逝了。這裏用得上一句舊劇的戲詞：「要相會，除非是夢裏團圓。」

到了今天，這場惡夢早已消逝得無影無蹤。我又經歷了一次魑魅現形、天日重明的局面。我上面說到，將近四十年來，我一直住在燕園中、未名湖畔，我那回憶的絲縷用不着再掛在未名湖上。然而，那些剷除的可愛的花草時來入夢。我那些本來應該投閒置散的回憶的絲縷又派上了用場。它掛在蒼翠繁茂的爬山虎上，芳香四溢的丁香花上，紅綠皆肥的西府海棠上，葳蕤茂密的藤蘿花上。這樣一來，我就同那些離開母校的校友一樣，也夢縈未名湖了。

儘管我們目前還有這樣那樣的困難，但是我們未來的道路將會越走越寬廣。我們今天回憶過去，決不僅僅是發思古之幽情。我們回憶過去是為了未來。願普天之下的北大校友：國內的、海外的、男的、女的、老的、少的，什麼時候也不要割斷你們對母校的回憶的絲縷，願你們永遠夢縈未名湖，願我們大家在十年以後都來慶祝母校的百歲華誕。「但願人長久，千里共嬋娟！」

1988 年 1 月 3 日

# 《薄伽梵歌》漢譯本序

　　對於印度哲學，我沒有深入的研究，因此瞭解得不多。但是對於《薄伽梵歌》的重要意義，卻是瞭解的。印度反英鬥爭的偉大領袖甘地的哲學基礎就是《薄伽梵歌》，它在甘地思想中起過多麼大的作用，是眾所周知的。去年，我曾遇到兩位印度國會議員和一位印度著名的物理學家，他們對我説：「聽説你們正在翻譯《薄伽梵歌》，這真是一件有巨大意義的工作！它必能加深中國人民對印度人民的瞭解，我向你們表示熱烈的祝賀！」可見一直到今天，《薄伽梵歌》對印度人民仍然有極大的權威。因此，我們今天出版這樣一個譯本，是有着極大的現實意義和學術意義的。

　　《薄伽梵歌》在印度歷史上，對廣大印度人民為什麼有這樣大的影響呢？

　　這個問題，三言兩語，難以回答。事實是，千百年來印度幾乎所有的教派、所有的哲人，都對這一部聖書發表過意見，做過注釋。但是結果都是：仁者見仁，智者見智，異説紛紜，莫衷一是。我對本書沒有研究，不敢亂發議論，張保勝同志的介紹，可以參閱。我只有一個感覺：

本書的思想內容是比較一致的，沒有什麼突出的矛盾。它批判什麼，宣揚什麼，都講得一清二楚，不會引起人們的猜疑。但是解釋、崇敬、發揚、利用本書的那一些印度哲人卻是矛盾重重的。比如聖雄甘地就是一個非常顯著的例子。甘地畢生反對使用暴力和種姓制度，提倡非暴力和人人平等。但是《薄伽梵歌》中心思想卻正是提倡使用暴力，主張種姓制度。甘地同印度其他哲人一樣，是在《薄伽梵歌》中取其所需，我們不必深究。

　　為了幫助中國讀者閱讀，瞭解這一部印度人民的聖書，我在下面介紹印度近現代幾家研究這部書的學者的意見。他們之中有的試圖用歷史唯物主義的觀點來解釋《薄伽梵歌》。據我所瞭解到的，他們的意見在我們國內還沒有引起足夠的注意與重視。而我認為，我們所重視的正應該是這些學者的意見。我們也不能說，他們的闡釋已經盡善盡美了。但是比起過去和現在那一大批死抱住舊觀點、舊方法不放的學者的意見，完全不可同日而語。舊的解釋，看似玄妙，實際上卻是沒有搔着癢處。結合介紹，我也提出我自己的一些看法，供同道者參考。

　　首先，我想介紹號稱印度馬克思主義史學家一世祖的高善必（D.D. Kosambi）。他在許多歷史著作中都講到《薄伽梵歌》，歸納起來，可以有以下幾點：第一，這部書是西元 3 世紀末以前寫成的；第二，它讚揚非暴力（這一點同 Basham 有矛盾）；第三，黑天是唯一的尊神，他充滿了整個宇宙，天、地、地獄，無所不在。他能調和根本不能調和的東西，他是人們皈依的絕對的神。

其次，我介紹印度歷史學家 Basham 對《薄伽梵歌》的看法。第一，他認為這書所表現的是成熟的有神論，它代表的與其說是婆羅門教，毋寧說是印度教，它把印度教從一個祭祀的宗教轉變為一個虔誠皈依的宗教。這種皈依（bhakti）的思想可能是受到了佛教菩薩的影響。佛教虔誠的皈依早於印度教。第二，它宣傳行動的哲學，人間的正道不是聖人們的無所作為，這毫無用處。上帝是經常不息地行動的，人也應該如此。人的行動不應該帶着執著，帶着個人的慾望和野心。個人是社會中的一員，他必須完成任務，他必須為了神（上帝）的光榮而行動。這本書的教義可以歸結為一句話：你的任務是行動，而不管結果如何。第三，這本書與其說是神學，不如說是倫理學，它的目的是維護舊社會的秩序，抵制新的改革和非信徒的攻擊。

最後，我介紹印度馬克思主義哲學家恰托巴底亞耶（D. Chattopadhyaya）對《薄伽梵歌》的看法。他的看法約略可以歸納為以下幾點：第一，俱盧之戰以後，般度兄弟得勝歸來，成千的婆羅門集合在城門外，為堅戰祝福。斫婆迦派哲人（順世外道，唯物主義者）也在其中。他對堅戰說：「婆羅門聚集在這裏，詛咒你，因為你屠殺了親屬，你一定要死。」婆羅門殺死了斫婆迦。他的倫理價值是部落性的，譴責堅戰屠殺親屬，他代表的不是非暴力，而是代表部落社會的倫理標準。俱盧之戰是兄弟殘殺，部落倫理標準被踐踏。斫婆迦反對之，被焚死。部落倫理標準要重新調整，以適應新的環境。《薄伽梵歌》就完成了這個任務。阿周那在戰場上，面對屠殺親屬和長輩的局面，心裏猶

疑、愁苦。黑天要把他的靈魂提高到崇高的形而上學的高度，只有從這樣的高度來看，這樣的屠殺才能被認為是合理的。但在達到這樣的高度之前，黑天先從面對現實的、世俗的考慮開始。這是一種享樂觀點，或在今世，或在天上，都要去追求享樂。這可能是在印度哲學思想史上真正的享樂哲學的第一次表露。斫婆迦的倫理是反對這個的。第二，恰托巴底亞耶把印度古代哲學分為兩大派：一派他叫作提婆（deva，天，神）觀點，這是唯心的；一派他稱之為阿修羅（asura，魔）觀點，這是唯物的。《薄伽梵歌》屬於第一派，而順世外道則屬於第二派。順世論主張：阿提茫（The Self）除了肉體之外，什麼都不是，因此被稱作肉體論（dehavada）。《薄伽梵歌》書中描繪的阿修羅觀點很可能與密教（tantrism）有關，而密教在印度河流域文明的遺物中已有所表現。

上面我介紹了印度三家的看法，我並不是說，我就完全同意他們的意見，我只是想，他們的意見同平常的不同，頗多新意，極有啟發。我們研究印度問題（別的國家也一樣吧），往往囿於習慣看法，而這些習慣看法又多來自歐美，眼界短淺，故步自封，這樣對研究很不利。這種情況必須改變，我這篇短序只能看作是一點嘗試。

最後，我再講一點我自己對《薄伽梵歌》的看法。我認為，《薄伽梵歌》標誌着由多神論向一神論發展，由祭祀向皈依（bhakti）發展。這一點同印度整個宗教思想發展潮流是相一致的。這種潮流也表現在佛教上。從小乘的修習，到大乘皈依的發展，就是這種潮流的表現。釋迦牟尼最初並沒有被神化。以後逐漸把釋迦牟尼神化，神化成唯一的上

帝，只需向他皈依即可得到解脫。到了此時，小乘就變成了大乘。天國的入門券越賣越便宜了。佛教大乘的起源，我認為濫觴於阿育王大帝國時期，因為只有人間有了大帝國，天上才能有唯一的尊神。這個道理是顯而易見的。從時間上來看，大乘起源比《薄伽梵歌》要早。《薄伽梵歌》受了佛教大乘的影響。

我決不敢說，我這一點看法是正確的。像《薄伽梵歌》這樣的內容複雜的書，應該從各方面去探討，去分析。然後集眾家之觀點，加以對比，加以評判，去粗取精，去淺存深，庶能逐步瞭解它的真正含義，把對印度哲學史的研究向前推進一步。有志於此者，盍興乎來！

1984 年 2 月 27 日

# 《舞臺》中譯本序

　　在所有的印度近代作家中，最為中國讀者所熟知的我想不外是兩個人：一個是大名鼎鼎的泰戈爾，一個就是普列姆昌德。兩個人都是偉大的愛國主義者，偉大的作家。

　　關於泰戈爾，我們從五四運動後不久，就開始翻譯他的作品，什麼《飛鳥集》、《新月集》、《吉檀迦利》等等詩歌，還有短篇小說、長篇小說、戲劇等等。這些作品都受到中國讀者的熱烈歡迎，對中國新文學的發展產生了一定的影響。泰戈爾親身到中國來過兩次，畢生從事促進中印友好的工作，應該說，他對構築和繼續鞏固中印友誼的金橋這件有歷史意義的工作貢獻了很大的力量。

　　至於普列姆昌德，他沒有到中國來過，也沒有文章專門談中印友誼。但是他同樣促進了中國人民對印度人民的瞭解，因而在無形中也就加強了兩國人民的友誼。

　　為什麼這樣說呢？泰戈爾出身於一個大貴族家庭，受的是高等教育。他描寫的人物幾乎都是出身於印度上流社會，即使是描繪一些下層人物，也不過是站在同情的立場上關心他們而已。這樣的上流社會我們

中國讀者是願意瞭解的，也是有必要去瞭解的。

但是僅僅是這些，還是不夠的、不全面的。我們中國人民也願意瞭解一下印度普通老百姓的生活，看看他們做些什麼；鑽入他們的心靈，瞭解一下他們想些什麼，比如說農村裏貧苦的農民，城市裏辛苦謀生的小職員，等等。這些普通老百姓的心同中國一般的勞動人民的心挨得更近。通過瞭解這些人，更容易瞭解印度社會的真實情況。這個任務由普列姆昌德完成了。在《戈丹》裏面貧苦農民何利·拉姆的形象深深地印在中國讀者的心中，引起了我們的共鳴與同情。這難道不就是加強了中印兩國人民的互相瞭解從而促進了我們的友誼嗎？

像《戈丹》中何利·拉姆的形象，在中國已經翻譯出版的普列姆昌德的作品中，還可以遇到不少。比如短篇小説《一把小麥》中的低賤種姓出身的農民香克，短篇小説《卡薩克》中的低賤種姓出身的「巴西」卡薩克等等許許多多受侮辱和受損害的下層人民，都活生生地活在中國讀者的心中。現在在這一部長篇小説《舞臺》裏，我們又遇到了一個捨生維護正義的盲丐蘇爾達斯，他也是一個印度下層人民的典型。他是多麼貧苦，遭遇到了多少挫折，然而他的骨頭又是多麼硬，勇氣又是多麼大。他簡直就變成了正義的化身。從此，我們中國讀者的心中又多了一個活生生的印度人物的形象，我們對獨立前在外國殖民者統治下的印度人民更加瞭解，更加同情了。

我們上面已經談到，泰戈爾和普列姆昌德描寫的對象很不相同。但是泰戈爾和普列姆昌德實際上是互相補充，相輔相成的。因為缺少一

個，印度社會的圖景就是一個不全面的圖景，只有兩者結合起來或者配合起來，才能形成一個全面的圖景。我們中國讀者所希望知道的不正是一個完全的印度社會的圖景嗎？幾千年來，我們兩國人民就互相往來，近幾十年來，這種往來更加頻繁。但是無論頻繁到什麼程度，也不可能讓中國人都到印度去而讓印度人都到中國來。這將是永遠辦不到的事情。唯一的解決辦法就是依靠文學作品或藝術作品。而據我的看法，最有效的還是文學作品。其他如地理、歷史等等的書籍，哪一本也代替不了文學作品。

就為了這一個原因，儘管我們已經翻譯了不少的普列姆昌德的作品，我們仍然熱烈歡迎他這部長篇小說《舞臺》的翻譯出版。在作者普列姆昌德誕生一百周年的時候，就讓他這一部長篇小說蘊涵着印度人民的心靈，帶着印度人民對中國人民的友情，在中國大地上找到千千萬萬的讀者吧！中印兩國人民的友誼之花將會越開越艷麗。

1980 年 4 月 15 日

# 《還有一個沒有回來》中譯本序言

令恪同志翻譯的印度著名作家克‧阿‧阿巴斯先生的《還有一個沒有回來》現在出版了。在悠久的中印文化關係史上，這是一件有意義的事情，一定會得到全國對印度文化、對中印友誼史有興趣的讀者們的熱烈歡迎。

在過去將近兩千年的交往中，有不少的中國人跋山涉水不遠萬里走到印度。也有不少的印度人歷盡艱辛來到中國。他們對促進中印兩國的文化交流，增強兩國人民的友誼與瞭解，作出了不可磨滅的貢獻。有的回到了自己的祖國，有的就長眠在異域，至今為中印兩國人民所樂道。

但是在千千萬萬的這樣的人士當中，柯棣華卻是出類拔萃、空前的人物。他不是官員，不是商人，不是求法、傳法的高僧。他是革命者，是共產主義戰士。這一點是過去任何人都無法比擬的。我決不抹煞古人的作用和貢獻，我認為他們都是偉大的人物，是中印兩國永遠不會忘記的人物。但是無論如何，柯棣華卻是同他們都完全不相同的。他在新的時代，以新的方式，增強了中印兩國的友誼，為共產主義偉大事業，為無產階級國際主義做出了空前的貢獻，可以與泰山、喜馬拉雅山同在，

可以與黃河、恒河共壽。

　　不管他的任務多麼光榮，多麼偉大，柯棣華同志自己、他的家屬、印度人民、甚至連中國人民在內，都希望他在完成了在中國的任務以後，能平安地回到自己的祖國印度去，繼續為中印友好作出貢獻。但是事與願違，「還有一個沒有回來」，他永遠回不到自己的衷心熱愛的祖國去了，他長眠在中國了。

　　他感不感到遺憾呢？從他臨終的笑容來看，不，他不感到遺憾。印度人民感不感到遺憾呢？我相信，也不。他們看到自己偉大的兒子永遠留在中國而感到欣慰與驕傲。至於中國人民，當然更不會感到遺憾。在我們偉大祖國的遼闊的大地上，讓一個印度同志永久地安眠，成為中印友誼的象徵，時時提醒我們要把中印友誼世世代代永遠傳流下去，我們實在是求之不得的。

　　「還有一個沒有回來」，實在是一個非常有意義的「沒有回來」。這一本書和這一件事實將永遠留在我們的記憶中。

1982 年 7 月 30 日

# 《印度印地語文學史》序

　　我國研究印度文學，按照長的標準來計算，已經有兩千多年的歷史，因為漢譯佛經中有不少一部分可以歸入文學的範疇。如果按照短的標準來計算的話，也已有八九十年的歷史了。

　　但是，極端遺憾的是，我們迄今還沒有一部完整的印度文學史。

　　我們現在研究外國文學的情況是，翻譯的作品，雖然也不夠全面，但數量是相當大的，研究論文也寫了不少。談到文學史的著作，不管是哪一個國家的文學史，都是微乎其微，只有寥寥可數的幾個薄本子。大家都感覺到，這與我們國家的地位是不相稱的。至於印度文學史，當然也不例外。多少年前，金克木教授寫成了《梵語文學史》，利用了比較豐富的材料，表達了自己獨立的見解，受到讀者的好評。這在研究外國文學史的學者中是比較少見的。

　　劉安武同志現在又寫成了《印度印地語文學史》，也是使用了大量的原始資料，形成了自己的獨到的看法，經過了多年的研究，幾易其稿，才出以問世。瞭解劉安武同志的人，都知道他做人、做事、治學，都是紮紮實實，一板一眼。他在寫本書時，也是讀過了大量的原著，參

考了大量的印度學者的專著，多方推敲，仔細核對，決不故意標新立異，嘩眾取寵。他這種樸實無華的學風，在本書中到處可見。我相信，只要讀了這一部書，就會同意我的看法的。因此，我希望而且相信，他這一部書會受到學術界，特別是研究印度文學的同志們的熱烈歡迎，它給我們的文學史界吹進一股清新的和風。

我的希望還不就到此為止。我還希望，通過這一部書的出版，能給印度文學史的研究架上一座橋樑。印度，從面積上來看，同歐洲差不多，從人種的語言方面來看，其複雜程度也差不多。要想真正寫好一部印度文學史，必須先從個別語言的文學史研究起，比如有悠久文學傳統的孟加拉文學，曾經產生過像泰戈爾這樣有世界意義的偉大作家，但是我們也還沒有一本孟加拉文學史。南印度幾種非印歐語系語言的文學，有的有悠久的傳統，我們也都沒有文學史。不但文學史沒有，連研究這些不同印度語言的文學的人也寥若晨星。真正想瞭解一個民族，一國的人民，不研究他們的文學，是很難以瞭解透徹的。大家都承認，文學是一個民族、一個國家人民心靈的最具體、最生動的表現。我們中印兩國人民雖然相交已有幾千年的歷史，但是對眼前的印度人民的思想、感情，我們能說已經瞭解得夠了嗎？不鑽入對方的心靈深處，瞭解是不全面的，友誼是不鞏固的。要想做到這一步，除了進行多方面的工作外，研究對方的文學，包括文學史在內，是必不可少的一個步驟。

我的希望也還不就到此為止。我還希望，通過這一部文學史的出版，能給外國文學史的研究架上一座橋樑。我們對印度文學的研究不夠

全面、不夠深入，對世界其他國家文學的研究，儘管程度不同，也有不全面不深入的問題。我上面已經談到，外國文學史我們就沒出了幾本。連一些文學大國，也不例外。從我們過去研究歷史來看，從我們今天研究人員的數量和質量來看，我們只要奮發努力，加強學習，團結協作，取長補短，我們是有能力寫出一些有一定水平的外國文學史的。

在外國文學研究的春天裏，如果說《印度印地語文學史》是唯一的一隻報春的燕子，那不是事實，因而為我們所不取；但是如果說它是少數報春的燕子中的一隻，那就是事實，我贊成這種說法。祝願這一隻報春的燕子展翅翱翔，飛向廣大外國文學研究者中間去，接受他們的讚許或考驗吧！

1984 年 4 月 28 日

# 《世界散文精華》序

　　自從有了文學史以來，散文就好像是受到了歧視。一般人談論起文學類別來，也往往只談詩歌、小說、戲劇這「老三樣」。即使談到散文，也令人有「敬陪末座」之感。

　　這是非常不公平的，然而有其原因。

　　一般講到散文的應用，不外抒情與敘事兩端。抒情接近詩歌，而敘事則鄰近小說。散文於是就成了動物中的蝙蝠，亦鳥亦獸，非鳥非獸。在文學大家庭中，彷彿成了童養媳，難乎其為文矣。

　　不管是抒情，還是敘事，散文的真精神在於真實。抒情要真摯動人而又不弄玄虛；敘事不容虛構而又要有文采，有神韻。可是有一些人往往是為了消遣而讀書。文學作品真實與否，在所不計。即使是胡編亂侃，只要情節動人，能觸他們靈魂深處的某一個並不高明的部位，使他們能夠得到一點也並不高明的快感，不用費腦筋，而又能獲得他們認為的精神享受，在工作之餘，在飛機上，在火車中，一卷在手，其樂融融，閱畢丟掉，四大皆空。

　　散文擔當不了這個差使，於是受到歧視。

倘若把文學分為陽春白雪與下里巴人的話，散文接近陽春白雪。真要欣賞散文，需要一定的基礎，一定的藝術修養。雖然用不着焚香靜坐，也要有一定的環境。車上，機上，廁上，不是適宜的環境。

　　你是不是想把散文重新塞進象牙之塔，使它成為小擺設，脫離廣大的群眾呢？敬謹答曰：否。我只是想説，文學作品都要能給讀者一點美感享受。否則文學作品就會失去它的社會意義。但是，美感享受在層次上是不盡相同的。散文給予的美感享受應該説是比較高級的美感享受，是真正的美感享受。它能提高人的精神境界，洗滌人的靈魂。像古希臘的悲劇，它能使人「淨化」；但這是一種性質完全不同的淨化。

　　寫到這裏，我必須談一談一個對散文來説是非常重要的問題：身邊瑣事問題。在中國文學史上，一直到近現代，最能感動人的散文往往寫的都是身邊瑣事。即以本書而論，入選的中國散文中有《陳情表》、《蘭亭集序》、《桃花源記》、《別賦》、《三峽》、《春夜宴諸從弟桃李園序》、《祭十二郎文》、《陋室銘》、《鈷鉧潭西小丘記》、《醉翁亭記》、《秋聲賦》、《前赤壁賦》、《黃州快哉亭記》等等宋以前的散文名篇，哪一篇不真摯動人，感人肺腑？又哪一篇寫的不是身邊瑣事或個人的一點即興的感觸？我們只能得到這樣一個結論：只有真實地寫真實的身邊瑣事，才能真正撥動千千萬萬平常人的心弦，才能淨化他們的靈魂。宇宙大事，世界大事，國家大事當然能震撼人心。然而寫這些東西，如果掌握不好，往往容易流於假、大、空、廢「四話」。四話一出，真情必隱，又焉能期望這樣的文章能感動人呢？

在這一點上，外國的散文也同中國一樣。只要讀一讀本書中入選的外國作家的散文，就能夠一目瞭然，身邊瑣事和個人一點見景生情而萌生的小小的感觸，在這些散文中也佔重要的地位，我就不再細談了。

談到外國散文，我想講一個有趣的現象。在世界上許多國家，特別是那幾個文化大國中，文學創作都是非常繁榮昌盛的，詩歌、小說和戲劇的創作都比較平衡。一談到散文，則不盡如此。有的國家散文創作異常發達，有的國家則比較差，其間的差距是非常令人吃驚的。比如，英國是散文大國，這一點是大家都承認的。這裏的散文大家燦若列星，一舉就能舉出一連串的光輝的名字。法國次之，而德國則幾乎找不出一個專以散文名家的大家。原因何在呢？實在值得人們仔細思考而且探討。

曾經有很長一段時間，我認為英國是世界上唯一的，至少是最大的散文大國。我在大學裏讀的是西洋文學。教我們英國散文的是後來當了臺灣外交部長的一位教授。他把英國散文說得天花亂墜。我讀了一些，也覺得確實不錯。遙想英國人坐在壁爐前侃天說地的情景，娓娓而談，妙趣橫生，真不禁神往。愧我愚魯，感覺遲鈍，一直到很晚的時候，我才憬然頓悟：遠在天邊，近在眼前，世界上真正的散文大國其實就是中國。在「經」中間有好散文，在「史」和「子」中，絕妙的散文就更多。在「集」中，除了詩歌以外，幾乎都是散文。因此，無論從質上，還是從量上，以及從歷史上悠久上來看，中國都是當之無愧的世界第一。事情難道不是這個樣子嗎？

我還想從另外一個角度上來說明中國散文的優越性。自從五四倡導

新文學以來，我們已經取得了輝煌的成就，詩歌、小説、戲劇、散文四管齊下，各有獨特的成績。有人提出了一個問題：這四個方面，哪一方面成就最大？言人人殊，不足為怪。我不討論這個論爭。但是有人説，四者中成就最大的是散文。我不評論這個看法的是非曲直；但是我覺得，這種看法是非常深刻，很有啟發性的。專就形式而論，詩歌模仿西方是盡人皆知的事實，而小説，不管是長篇還是短篇，哪裏有一點《三國演義》、《水滸傳》、《紅樓夢》和唐代傳奇、《今古奇觀》、《聊齋》等的影子？它們已經「全盤西化」了。至於戲劇，把中國戲劇置於易卜生等的戲劇之中，從形式上來看，還有一點關漢卿等等的影子嗎？我不反對「西化」，我只是指出這個事實。至於散文，則很難説它受到了多少西方影響，它基本是中國的。我個人認為，這同中國是世界最大的散文國家這個事實，有密切關係。如果在這個意義上來説中國現代散文成就最大，難道還能有什麼理由來批駁嗎？

既然把散文擺上了這樣高、這樣特殊的位置，散文，特別是中國散文的特點究竟何在呢？有人説，散文的特點就在一個「散」字，散文要鬆鬆散散。願意怎樣寫，就怎樣寫；願意寫到什麼地方，就寫到什麼地方。率意而行，一片天機，揮灑自如，如天馬行空。何等瀟灑！何等自如！我對這種説法是有懷疑的。如果不是英雄欺人，就是完全外行。現在有些散文確實「散」了，但是散得像中小學生的作文。這樣的東西也居然皇皇然刊登在雜誌上，我極不理解。聽説，英國現代個別作家坐在咖啡館裏，靈感忽然飛來，於是拿起電話，自己口述，對方的秘書筆錄，於是一篇絕妙文章就此出籠。這是否是事實，我不敢説。反正從中

國過去的一些筆記中看到的情況與此截然相反。一些散文大家，一些散文名篇，都是在長期鍛煉修養的基礎上，又在「意匠慘淡經營中」的情況下，千錘百煉寫出來的。儘管有的文章看起來如行雲流水，舒捲自如，一點費力的痕跡都沒有，背後隱藏着多麼大的勞動，只有作者和會心人瞭解，實不足為外人道也。

以上就是我對中國散文和世界散文的一點膚淺的看法。我自己當然認為是正確的。否則就不會寫出來。至於究竟如何，這要由讀者來判斷了。

因為自己不在壇上，對文壇上的情況不甚了了。風聞現在散文又走俏了。逖聽之下，不禁狂喜，受了多年歧視的散文，現在忽然否極泰來，焉得不喜！而讀者也大概對那些秘聞逸事，小道新聞，政壇藝壇文壇上的明星們的韻事感到膩味了。這是讀者水平提高的表現，我又焉得不喜！

在這樣出書難賣書難的十分嚴峻的環境中，江蘇文藝出版社竟毅然出版這樣一部規模空前的散文精華。對於這樣的眼光與魄力，任何人也不會吝惜自己的讚揚。這篇序文本來是請馮至先生寫的。他是寫這篇序文的最適宜的人選。可惜天不假年，序寫未半，遽歸道山。蒙編選同志和姚平垂青，讓我來承擔這個任務，完成君培先生未竟之業，自愧庸陋，既感光榮與惶恐；哲人其萎，又覺淒涼與寂寞。擲筆長歎，不禁悲從中來。

1993 年 5 月 5 日

# 《東方文化集成》總序

　　我們正處在一個新的「世紀末」中。所謂「世紀」和「世紀末」，本來是人為地創造出來的。非若大自然中的春、夏、秋、冬，秩序井然，不可更易，而且每歲皆然，決不失信。「世紀」則不同，沒有耶穌，何來「世紀」？沒有「世紀」，何來「世紀末」？道理極明白易懂。然而一旦創造了出來，它就產生了影響，就有了威力。上一個「世紀末」，19世紀的「世紀末」，在西方文學藝術等意識形態領域中就出現過許多怪異現象，甚至有了「世紀末病」這樣的名詞，這是眾所周知的事實，無待辯論與爭論。

　　當前這一個「世紀末」怎樣呢？

　　我看也不例外。世界上許多國家和地區都在政治方面出現了天翻地覆的變化，不能不令人感到吃驚。就是在意識形態領域內，也不平靜。文化或文明的辯論或爭論就很突出。平常時候，人們非不關心文化問題，只是時機似乎沒到，爭論不算激烈。而今一到世紀之末，人們非常敏感起來，似乎是憬然醒悟，於是東西各國的文人學士討論文化的興趣突然濃烈起來，寫的文章和開的會議突然多了起來。許多不同的意見，

如懸河泄水，滔滔不絕，五光十色，紛然雜陳。這樣就形成了所謂「文化熱」。

在這一股難以抗禦的「文化熱」中，我以孤陋寡聞的「野狐」之身，雖無意隨喜，卻實已被捲入其中。我是一個有話不說輒如骨鯁在喉的人，在許多會議上，在許多文章中，大放厥詞，多次談到我對文化，特別是東方文化與西方文化的聯繫，以及東方文化在未來的新世紀中所起的作用和所佔的地位等等的看法。頗引起了一些不同的反響。

為說明問題計，現無妨把我個人對文化和與文化有關的一些問題的看法簡要加以闡述。我認為，在過去若干千年的人類歷史上，民族和國家，不論大小久暫，幾乎都在廣義的文化方面做出了自己的貢獻。這些貢獻大小不同，性質不同，內容不同，影響不同，深淺不同，長短不同：但其為貢獻則一也。人類的文化寶庫是眾多的民族或國家共同建造成的。使用一個文縐縐的術語，就是「文化多元主義」。主張世界上只有一個民族創造了文化，是法西斯分子的話，為我們所不能取。

文化有一個很突出的特點，就是，文化一旦產生，立即向外擴散，也就是我們常說的「文化交流」。文化決不獨佔山頭，進行割據，從而稱王稱霸，自以為「老子天下第一」，世襲珍藏，把自己孤立起來。文化是「天下為公」的。不管膚色，不擇遠近，傳播擴散。人類到了今天，之所以能隨時進步，對大自然，對社會，對自己內心認識得越來越深入細緻，為自己謀的福利越來越大，重要原因之一就是文化交流。

文化雖然千差萬殊，各有各的特點；但卻又能形成體系。特點相

同、相似或相近的文化，組成了一個體系。據我個人的分法，紛紜複雜的文化，根據其共同之點，共可分為四個體系：中國文化體系，印度文化體系，阿拉伯伊斯蘭文化體系，自古希臘、羅馬一直到今天歐美的文化體系。再擴而大之，全人類文化又可以分為兩大文化體系：前三者共同組成東方文化體系，後一者為西方文化體系。人類並沒有創造出第三個大文化體系。

東西兩大文化體系有其共同點，也有不同之處。既然同為文化，當然有其共同點，茲不具論。其不同之處則亦頗顯著。其最基本的差異的根源，我認為就在於思維方式之不同。東方主綜合，西方主分析，倘若仔細推究，這種差異在在有所表現，不論是在人文社會科學中，還是在理工學科中，我這個觀點曾招致不少的爭論。贊成者有之，否定者有之，想同我商榷者有之，持保留意見者亦有之。我總覺得，許多人（包括我自己在內）對東西方文化瞭解研究得都還不夠深透，有的人連我的想法瞭解得也還不夠全面，不夠實事求是，卻唯爭論是尚，所以我一概置之不答。

有人也許認為，我和我們這種對文化和東西文化差異的看法，是當代或近代的產物。我自己過去就有過這種看法。實則不然。法國伊朗學者阿里‧瑪扎海里所著《絲綢之路》這一部巨著中有許多關於中國古代發明創造的論述，大多數為我們所不知。我在這裏不詳細介紹了。我只引幾段古代波斯人和阿拉伯人論述中國文化和希臘文化的話：

由扎希茲轉載的一種薩珊王朝（226-Ca. 640 年）的說法是：

"希臘人除了理論之外從未創造過任何東西。他們未傳授過任何藝術。中國人則相反。他們確實傳授了所有的工藝，但他們確實沒有任何科學理論。"（頁329）

羨林按：最後一句話不符合事實，中國也是有理論的。這就等於黑格爾説：中國沒有哲學。完全是隔膜的外行話。

書中還説：

在薩珊王朝之後，費爾多西、賽利比和比魯尼等人都把絲綢織物、鋼、砂漿、泥漿的發現一股腦兒地歸於耶摩和耶摩賽德。但我們對於絲織物和鋼刀的中國起源論堅信不疑。對於諸如泥漿——水泥等其餘問題，它們有99%的可能性也是起源於中國。我們這樣一來就可以理解安息—薩珊—阿拉伯—土庫曼語中一句話的重大意義：「希臘人只有一隻眼睛，唯有中國人才有兩隻眼睛。」約薩法·巴爾巴羅於1471年和1474年在波斯就曾聽到過這樣的説法。他同時還聽説過這樣一句學問深奧的表達形式：「希臘人僅懂得理論，唯有中國人才擁有技術。」（頁376）

關於一隻眼睛和兩隻眼睛的説法，我還要補充一點：其他人同樣也介紹了另外一種説法，它無疑是起源於摩尼教：

除了以他們的兩隻眼睛觀察一切的中國人和僅以一隻眼睛觀察的希臘人之外，其他的所有民族都是瞎子。（頁329）

我之所以這樣不厭其煩地引這許多話，決不是因為外國人誇中國人有兩隻眼睛而沾沾自喜，睥睨一切。令我感興趣的是，在這樣漫長的時

間以前，在波斯和阿拉伯地區就有了這樣的說法。我們今天不能不佩服他們觀察的細緻與深刻，一下子就說到點子上。除了說中國沒有理論我不能同意之外，別的意見我是完全同意的。在當時的世界上，確實只是中國和希臘有顯著、突出、輝煌的文化。現在中國那一小撮言必稱希臘的學者們或什麼「者們」，可以憬然醒悟了。

但是這也還不是令我最感興趣的問題，我最濃烈的興奮點在於，正如我在上面所說的那樣，暢談東西文化之分，極富於近現代的摩登色彩。波斯和阿拉伯傳說都證明：東西文化之分的說法，古已有之，於今為烈而已。其次，令我感到欣慰的是，文化的東西二分法，我並非始作俑者，古代的「老外」已先我言之矣。令我更感到欣慰的是我講的東西方思維方式是東西文化的基礎。波斯和阿拉伯古代的說法，我認為完全證實了我的看法。分析出理論，綜合出技術，難道不是這樣子嗎？

時至今日，古希臘連那一隻眼睛也早已閉上，歐洲國家繼承並發揚了古希臘輝煌的文化，使歐洲文化光照寰宇。工業革命以後，技術也跟了上來，普天之下，莫非歐風。歐美人昏昏然陶醉於自己的勝利之中，以「天之驕子」自命，好像有了兩三隻眼睛。但他們完全忘記了歷史，忽視了當前的危機。而中國呢，則在長時期內，由於內因和外因的緣故，似乎把兩隻眼睛都已閉上。古代燦爛文化不絕如縷。初則驕橫自大，如清初諸帝那樣，繼則震於西方的船堅炮利，同樣昏昏然拜倒在西方的什麼裙下，一直到了今天，微有甦醒之意，正在奮發圖強中。

從上面談到的歷史事實中，我得出了一個結論：上下五千年，縱橫

十萬里，東西文化的變遷是「三十年河東，三十年河西」。這本來是兩句老生常談，是老百姓的話，並不是我的發明創造。我提出來說明東西文化的關係，國內外都有贊成者，國內也有反對者，甚至激烈反對者。我竊以為這兩句話只說明了一個事實。中國古代哲學講變易，佛家講無常，連辯證法也講事物時時都在變化中。大自然、人類社會和人類內心，無不證明這兩句話的正確。我不過撿來利用而已。《三國演義》開宗明義就說：「話說天下大勢，分久必合，合久必分。」說的不也就是這個淺顯的道理嗎？

可是東西方都有人昧於這個淺顯的道理。特別是在西方，頗有人在有意識或無意識中，覺得自己的輝煌文化會萬歲千秋地輝煌下去的。中國追隨者也大有人在。他們根本沒有意識到，文化也像世間的萬事萬物一樣，不會永駐的，也是有一個誕生、發展、成長、衰竭、消逝的過程的。

但是，中國有一句俗話：是非自在人心。人是能夠辨是非，明事理的。以自己的文化自傲的西方人也不例外。在第一次世界大戰以前，西方這種人簡直如鳳毛麟角。一戰爆發，驚醒了某一些有識之士。事實上在一戰爆發前，就有人有了預感。德國學者奧斯維德·斯賓格爾（Oswald Spengler）在 1911 年就預感到世界大戰迫在眉睫。後來大戰果然爆發。從 1917 年起，斯賓格爾就開始寫《西方的沒落》。書一出版，立即洛陽紙貴。他的基本想法是：文化都可以分為四個階段：一，青春；二，生長；三，成熟；四，衰敗。儘管他的推論方法，收集資料，還難

免有主觀唯心的色彩。但是，他畢竟有這一份勇氣，有這一份睿智，敢預言當時如日中天的，他認為在世界歷史上八個文化中唯一還有活力的文化也會「沒落」。我們不能不對他表示敬意。美中不足的是，他還沒有認識到東方文化和西方文化的存在和交流關係。（參閱齊世榮等譯《西方的沒落》上下冊，商務印書館，1995 年）

在西方，繼斯賓格爾而起的是英國歷史學家湯因比（Arnold J. Toynbee, 1889-1975 年）。他自稱是受到了前者的影響。二人同樣反對「歐洲中心主義」，是他們有先見卓識之處。湯因比繼承了斯賓格爾的意見，認為文化——他稱之為「文明」——都有生長一直到滅亡的過程。他把人類歷史上的文明分為二十一種，有時又分為二十六種。這些意見都表述在他的巨著《歷史研究》中（1934-1961 年），共十二卷。他比斯賓格爾高明之處，是引入東方文化的討論。到了 20 世紀 70 年代，他同日本社會活動家池田大作對話時，更進一步加以發揮，寄希望於東方文化。（參閱《展望二十一世紀》，國際文化出版公司，1985 年）

我並不認為，斯賓格爾和湯因比——繼他們之後歐美一些國家還有一批哲學家和歷史學家、社會學家，贊成他們的意見，我在這裏不具引——等的看法都百分之百正確。但在舉世昏昏，特別是歐美人昏昏的情況下，唯獨他們閃耀出一點靈光，是十分難能可貴的。他們的看法從大體上來看，我認為是正確的。如果借用上面提到的古代波斯和阿拉伯人的說法，我就想說：希臘人及其後代的那一隻眼睛，後來逐漸變成了兩隻眼睛；可物極必反，現在快要閉上了。中國人的兩隻眼睛，閉上了

一陣,現在又要睜開了。

閉上眼睛的歐美人士,絕大多數一點也不瞭解東方,而且壓根兒也沒有瞭解的願望。我最近多次聽人說到,西方至今還有人認為中國人還纏小腳,拖辮子,抽大煙,養小老婆。甚至連文人學士還有不知道魯迅為何許人者。在地球越變越小,資訊爆炸的當今時代,西方之「文明人」竟還如此昏聵,真不能不令人大為驚異。反觀我們中國,情況恰恰相反。歐美的一切,我們幾乎都加以崇拜。漢堡包、肯德基、比薩餅,甚至莫須有的加州牛肉面,只要加一個洋字,立即產生大魅力,群眾趨之若鶩。連起名字,有的都帶有點洋味。個人名字與店舖名字,莫不皆然。至於化妝品,外國進口的本來就多。中國自造的也多冠以洋名,以廣招徠。愛國之士,無不痛心疾首,譴責這種崇洋媚外的風氣和行為。然而,從一分為二的觀點上來看,也有其有利的一面。孫子說:「知己知彼,百戰不殆。」專就東西而論,現在的情況是,我們對西方幾乎是瞭若指掌,而西方對東方則如上面所說的那樣,是一團漆黑。將來一旦有事,哪一方面佔有利條件和地位,昭如日月矣。

對西方的文化,魯迅先生曾主張「拿來主義」。這個主義至今也沒有過時。過去我們拿來,今天我們仍然拿來,只要拿得不過頭,不把西方文化的糟粕和垃圾一併拿來,就是好事,就會對我們國家的建設有利。但是,根據我上面講的情況,我覺得,今天,在拿來主義的同時,我們應該提倡「送去主義」,而且應該定為重點。為了全體人類的福利,為了全體人類的未來,我們有義務要送去的,但我們決不會把糟粕

和垃圾送給西方。不管他們接受，還是不接受，我們總是要送的。《詩經·大雅》說：「投我以桃，報之以李。」西方文化給人類帶來了一些好處。我們中國人，我們東方人，是懂得感恩圖報的民族。我們決不會白吃白拿。

那麼，報些什麼東西呢？送去些什麼東西呢？送去的一定是我們東方文化中的精華。送去要有針對性，針對的就是我在上面提到的那一個西方文化產生的「危機」。光說「危機」，過於抽象。具體地說，應該說是「弊端」。近幾百年以來，西方文化產生的弊端頗多，舉其大者，如環境污染、大氣污染、臭氧層破壞、生態平衡破壞、物種滅絕、人口爆炸、新疾病叢生、淡水資源匱乏，等等。此等弊端，如不糾正，則人類前途岌岌可危。弊端產生的根源，與西方文化的分析的思維方式有緊密聯繫。西方對為人類提供生存所需的大自然分析不息，窮追不息，提出了「征服自然」的口號。「天何言哉！」然而「天」——大自然卻是能懲罰的，懲罰的結果就產生了上述諸種弊端。

拯救之方，我認為是有的，這就是「改弦更張」、「改惡向善」，而這一點只有東方文化能做到。東方文化的基本思維方式是綜合，表現在哲學上就是「天人合一」，張載的《西銘》是一篇表現「天人合一」思想最精闢的文章：「乾稱父，坤稱母，予茲藐焉，乃渾然中處。故天地之塞吾其體，天地之帥吾其性。民吾同胞，物吾與也。（下略）」印度哲學中的「梵我一如」，也表達了同樣的思想。總之，東方文化主張人與大自然是朋友，不是敵人，不能講什麼「征服」。只有在瞭解大自

然，熱愛大自然的條件下，才能伸手向大自然索取人類衣、食、住、行所需要的一切。也只有這樣，人類的前途才有保障。

我們要送給西方的就是這種我們文化中的精華。這就是我們「送去主義」的重要內容。

我們的「李」送了出去，接受不接受呢？實際上，我們還沒有正式地送，大規模地送。連我們東方人自己，其中當然包括中國人，還不知道，還不承認自己有這種寶貝，我們盲目追隨西方，也同樣向自然界開過戰，我們也同樣有那一些弊端，立即要求西方接受，不也太過分了嗎？不過，倘若稍稍留意，人們就會發現，現在世界各國，不管出於什麼動機，也不管是根據什麼哲學，注意到上述弊端而又力求改變的人越來越多了。今年《日本經濟新聞》刊載了高木韌生的文章，說 21 世紀科研重點將是「人類生存戰略」。這的確是見道之言。我體會，這裏所說的「科研」包括文理兩個方面。作者把科研提高到「人類生存」這個高度來看，不能不謂之有先見之明，應該受到我們大家的最高的讚揚。至於驚呼人口爆炸的文章，慨歎新疾病產生的議論，讓人警惕環境污染、臭氧層破壞、生態平衡的破壞、淡水資源的匱乏等等的號召，幾乎天天可見。人類變得聰明起來了，人類前途不是漆黑一片了。我想，世界各國每一個有心人，無不為之歡欣鼓舞。我這一個望九之年的耄耋老人，也為之手舞足蹈了。

我在上面剌剌不休説了那麼多話，畫龍點睛，不出一點：我曾在一次國際學術討論會上説過一篇短話，題目叫做「只有東方文化能夠拯救

人類」。我在上面說的千言萬語，其核心就是這一句短短的話。至於已經來到我們門前的 21 世紀究竟會是什麼樣子？西方文化究竟如何演變？東方文化究竟能起什麼具體的不是空洞的作用？人類的前途究竟何去何從？所有這一切問題，都有待於歷史發展的進程來加以證明。從前我讀過一個近視眼猜匾的笑話。現在新的一個世紀還沒有來臨，匾還沒有掛出來，上面有什麼字，我們還不能知道。不管自詡眼睛多麼好，看得多麼遠，在這一塊尚未掛出來的匾前，我們都是近視眼。

在這樣的情況下，我認為，我們最重要的任務就是學習，就是瞭解。我們責怪西方不瞭解東方文化，不瞭解東方，不瞭解中國，難道我們自己就瞭解嗎？如果是一個誠實的人，他就應該坦率地承認，我們中國人自己也並不全瞭解中國，並不全瞭解東方，並不全瞭解東方文化。實在說，這是一齣無聲的悲劇。

瞭解的唯一途徑就是學習，而學習首先必須有資料。對我們知識分子來說，學習資料首先是文字，也就是書籍。環顧當今世界，在「歐洲中心論」還有市場的情況下，在西方某一些人還昏昏然沒有睜開眼睛的時候，有關東方的書籍，極少極少。有之，亦多有偏見，不能客觀。西方如此，東方也不例外。即使我們有學習的願望，也是欲學無書。當然，東方各國的情況不盡相同，各國刊出書籍的多寡也不盡相同。但總之是很少的。有的小一點的國家，簡直形同空白。有個別東方國家幾乎毫無人知，它們存在於一團迷霧中，若明若暗，似有似無。這也是一齣無聲的悲劇。

就是為了這個緣故，我們這一批人不自量力——或者更明確地說是認真「量」過了自己的「力」，倡議編纂這一套巨大空前的《東方文化集成》。雖然，我們目前的隊伍，由於歷史造成的原因，還不是太大；我們的基礎還不是太雄厚；但是，我們相信主觀能動性。我們想「挽狂瀾於既倒」，我們決非徒託空言。世界人民、東方人民、中國人民的需要，是我們的動力。東方人民和西方人民的相互瞭解，是我們的願望。東方人民和西方人民越來越變得聰明，是我們的追求。我們老、中、青三結合，而對著作的要求則是高水準的。我們希望，能通過這個活動，既提高了中國對東方文化的研究水平，又能培養出一批學有專長的人才，收得一舉兩得之效。

我們既反對「歐洲中心主義」，我們反對民族歧視。但我們也並不張揚「東方中心主義」。如果說到或者想到，在 21 世紀東方文化將首領風騷的話，那也是出於我們對歷史發展的觀察與預見，並不出於什麼「主義」。本着這種精神，我們對東方幾十個國家一視同仁。國家不論大小，人口不論多寡，歷史不論久暫，地位不論輕重，我們都平等對待，決不抬高與貶低，拜倒與歧視。每一個東方國家都在我們叢書中佔有地位。但國家畢竟不同，資料畢竟多寡懸殊。我們也無法強求統一。有的國家佔的篇幅多一點，有的少一點。這是實事求是，與歧視毫無關聯。我們虔誠希望，在即將來臨的 21 世紀中，中國的兩隻眼睛都能睜開，而且睜得大大的，明亮而睿智。西方的一隻眼睛能變成兩隻，也同樣睜開，而且睜得大大的，明亮而且睿智。世界上各個民族也都有了兩

隻眼睛，都要睜得大大的，明亮而且睿智。我們共同學習，努力互相瞭解。我們堅決相信，只要能做到這一步，人類會越來越能互相瞭解，世界和平越來越成為可能，人類的日子會越來越好過，不管還需要多麼長的時間，人類有朝一日總會共同進入太平盛世，共同進入大同之域。

1996 年 3 月 20 日

# 《東方美術史》序

　　記得當年在德國讀書時，有一件事留給我極其深刻的印象，這就是：幾乎每一所德國大學都設有一個美術史系。德國，不像中國現在這樣「教授滿街走」，那裏的教授是非常少的。一般的系只有一個教授，大系才有兩個，而美術史系，不管這個系多麼小，學生多麼少，也總有一個正教授。對於德國這樣做的意義，我當時大惑不解。一直到回國以後很久，我才逐漸理解。

　　後來，我到了前蘇聯，又聽說莫斯科大學的文科研究生，不管是否學習美術，必須定期到普希金畫廊去參觀，這也算是上課。俄國教育受德國影響頗深，在重視美術史方面是否也有一點淵源關係呢？

　　德國、前蘇聯，還有歐美其他國家，為什麼這樣重視藝術教育呢？道理是很明顯的。它有助於提高學生的修養，在潛移默化中培養優美的情操。中國舊日許多著名演員都能欣賞書畫，甚至自己染翰揮毫，寫字作畫。他們演出的戲雅而不俗，這是大家都承認的一個事實。連許多名醫都注意書法，據說這樣開出的藥方有助於安定病人的情緒。這些現象都說明文化修養的重要性，也說明美術在文化修養中的重要性，決非信

口雌黃。

在中國，過去也有人提倡過美術教育。蔡元培先生就曾主張以美育代宗教。魯迅先生也主張在大學裏開設美術課，他曾為北京的教育部起草過有關的文件。他晚年大力提倡木刻和版畫。這都是大家熟知的事實。

可惜，蔡元培和魯迅的合理主張沒有能夠得到貫徹。舊北大曾有過研究音樂的機構，後來沒有繼承下來。解放以後，教育雖屢經改革，但是主張大學增設美術課者，卻不見一人，不能不令人浩歎。

教育部門如此，一般人更無論矣。今天，中國人民的一般文化修養，似乎很難說是很高的。中外有識之士頗有些憂心忡忡。中華文化之邦，不文明的現象幾乎隨處可見，豈不大可哀哉！世界上文明國家都有大量的美術館和博物館，我國又怎樣呢？為今之計，如果真想建設兩個文明，必須大力建立美術館和博物館，大力出版美術史一類的書。這樣庶幾有助於社會風氣之改善、道德情操之培養。這是一件大事，決不可等閒視之。

現在，范夢同志的《東方美術史》已經出版了。如果承認我上面說的那些話，就應該由衷地歡迎。這本書的重點是東方，這決不意味着西方美術不重要。東西雙方都是重要的。但是，既然中國是一個東方國家，東方美術，我們欣賞起來，理解起來，也許更容易些。如果將來再出版一些東方美術的圖像冊和東方繪畫的畫冊，那將會相得益彰，更容易發揮美術的作用。范夢的這一本書希望能成為報春之鳥。

行將見春色滿寰中，美術之光普照大地，我也將為之手之舞之，足之蹈之了。是為序。

1988 年 7 月 31 日

# 《中外諺語選》序

在世界上，不管是哪一個時代，也不管是哪一個民族，在長期與自然的鬥爭中，在階級鬥爭中，在處世、待人、接物中，都積累了不少的經驗與教訓。表達這些經驗與教訓的方式是多種多樣的。用諺語來表達可以說是其中最常見、最方便、最易行的。

諺語，有的人稱之為「煉話」，就是精練的話。既然是精練，就不會太長。不太長，也就容易記住。有不少煉話，又合轍押韻，就更容易記住。因此，在全世界各地老百姓口中，文人學士的著作中，都不可避免地有一些諺語。諺語實際上就成了一個民族繼承傳統智慧的工具。

在我們中國，在過去，已經有不少的有心人搜集過諺語，並且印成了書。在國外很多國家，都有這樣的有心人，他們也做過搜集諺語的工作，而且出了書。一般都只限於一個國家。跨國的諺語詞典也是有的。1972 年在意大利出版的意、拉丁、法、西、德、英、古希臘七種語言對照的《諺語詞典》( Diaionario Comparato Di Proverbi E M odi Proverbiali ) 就是其中最著名的一部。這一部書受到了國際上普遍的歡迎。

現在王常在同志的《中外諺語選》又擺在我們眼前了。據我所知

道的，中國過去搜集諺語的書雖然相當多，但是範圍大到「古今中外」卻還是第一部。過去有一些諺語集只注意中，而不注意外；只注意古，而不注意今；現在這一部卻避免了這個缺點，連社會主義建設時期的諺語都搜集起來，真可謂洋洋大觀了。只要看一看目錄就可以知道，內容是多麼豐富，分類是多麼細緻。它幾乎包括了人生的各個方面。我們從中可以學習如何說話，如何做人，如何修養，如何學習，如何工作，如何待人，如何立志，如何勤奮，如何處理家庭問題，如何講究衛生，總之，處世待人，應對進退，人生社會生活各個方面幾乎都包羅無遺。不但中華民族的過去的智慧，而且世界上許多國家人民過去的智慧，一開卷，就都躍然紙上。從前有一句也算是諺語的話：「秀才不出門，便知天下事。」其中有合理的成分，也難免有一點兒誇大。今天我們稍稍加以改動：「秀才不出門，便得天下利。」把這句話用到王常在同志這一本書上，也許沒有人反對吧。

我上面講到搜集諺語都是古今中外的一些有心人。我現在覺得，在這些有心人中，王常在同志是最有心的人。難道我這是阿諛奉承嗎？不是的。我同老王同志認識的時間並不長，只有幾年的時間。他從外單位調到北大來主管總務方面的工作，去年又離開了北大。我是最怕同人交際的人。對老王也不例外。平常只是開會時見見面，說上幾句寒暄話，如此而已。但是我卻逐漸發現，常在同志為人非常淳樸、正派，心直口快，不像我有時候見到的極少數有「官」架子的人。雖然我們的交情仍然是「淡如水」，但心中卻有了好感。

但是，我卻萬萬沒有想到，王常在同志竟然用了三十年的時間搜集古今中外的諺語。說句坦白的話，我下意識地認為，只有像我這樣的「知識分子」才能幹這個活，而王常在同志卻是被我在下意識中排出於知識分子之外的人。我認為他也不過是搞一點後勤工作，關心人的吃喝拉撒睡。言外之意，就是沒有什麼了不起。搜集諺語這樣的工作簡直同他風馬牛不相及，用最大的幻想力也不會連在一起的。現在回想起來，我真實的思想，儘管是下意識的，就是這樣。

　　我這個人有很多毛病，但是在解放後，我逐漸有了一點自知之明，經常在剖析自己，覺得自己是一個非常平庸的人，對別人還是知道尊重的。可是，王常在同志這個例子卻明確無誤地告訴我，我在下意識中還放不下知識分子的架子。我們自己認為是知識分子的人，有時候知識並不很多，傲氣卻並不少。王常在同志儘管不在大學裏教書，他卻是最好的知識分子。他能夠常在做好本職工作之餘，搜集古今中外的諺語，做出這樣有意義的工作。我說他是有心人中的有心人，難道不公允嗎？

　　在這個意義上來講，除了從王常在同志搜集的諺語中可以學習到許多有益的東西之外，王常在同志又成為我的一面鏡子，從中照見自己的不足，促進自己的思想改造。因此，雖然我對搜集諺語的工作瞭解不多，我寫的序也決不會為本書增輝，但當王常在同志提出要我為本書寫一篇序言的時候，我卻滿口答應了下來，寫了上面這一些話。

1982 年 1 月 28 日凌晨

# 錦上添花

## ——《國外文學》代發刊詞

當前我國關於外國文學的刊物有如雨後春筍，爭奇鬥艷。這充分說明，我國廣大的從事外國文學研究的同志們，砸碎了自己身上的精神枷鎖，煥發出極大的積極性，使我國的外國文學園地開出了朵朵鮮花，姹紫嫣紅，花團錦簇。無論如何，看來廣大讀者的需要已經能夠得到滿足，沒有必要再出版什麼新的刊物了。借用一位同志的話說，就是，沒有必要再錦上添花了。

那麼，北京大學為什麼偏要來錦上添花呢？

這原因應該從幾個方面談起。第一是北大的主觀力量。北大與外國文學有關的目前有三個系、兩個研究所。語種新的與古的加起來有二十多個。當代的重要語言應有盡有，還有一些國內少見的稀有語種。古代語言除了亞洲的以外，還有歐洲的。從事外語教學和研究的教員有三百名之多。其中專門從事外國文學研究和翻譯的有六十多人。即使我們的水平還有待於提高，我們的學習任務還很繁重，但這畢竟是一股比較強

的力量，而且從事外國文學研究工作的同志們都有很大的幹勁，有很高的積極性。這種幹勁和積極性應該充分加以調動。

其次，社會上對外國文學的需求還是比較高的。一般的讀者，特別是年輕的讀者，對外國文學有強烈的愛好。我自己就經常接到青年朋友的來信，有的甚至把錢寄了來，托我給他（她）買外國文學的書，並且聲明，什麼書都行。每次看到信和錢，我心裏就久久不安。在一個下鄉知識青年手中，十幾塊錢是一個很大的數目，是他們節衣縮食省下來的，我們怎樣去滿足這些嗷嗷待哺的青年，不是擺在我們眼前的一個重要任務嗎？此外，許多大學和師院的中文系都有外國文學這門課程。怎麼把這門課程教好，也是一個亟待解決的問題。這些大學和師院的老師和學生都同樣迫切需要越來越多、越來越好的中譯本和研究論文。我彷彿看到千千萬萬的青年站在我們眼前，渴望着我們幫助他們。對於這樣一些青年，我們能夠無動於衷漠然置之嗎？

最後，還要看一看我國研究外國文學的情況：成績很大，這為主；但也還有不少不足之處，這是其次者。即使我們現在暫且不談兩千年前對印度文學的介紹，我們近代介紹外國文學的歷史已將近一百年了。在這期間，我國的先進的學者把大量的外國文學介紹到中國來。最初當然是篳路藍縷，慘澹經營。一個不懂外文的林琴南竟然同別人合作譯出了大量歐美文學作品，產生了相當大的影響。到了魯迅時代，他以驚人的毅力畢生鍥而不捨地介紹外國文學，鞠躬盡瘁，死而後已。可能是在他的影響下，20 世紀 20 年代 30 年代出現過光輝燦爛的局面。解放後，我

們介紹外國文學的成績更是遠邁前修。質量與數量都決非解放前能夠比肩的。看不到這一點是不對的。但僅僅看到這一點，也無助於進步。倘若把過去的將近一百年的歷史做一個回顧與總結，就會發現，我們的介紹，無論從國別方面，還是從一個國家的作家作品方面，都有不平衡之處，片面之處。我們從來很少制訂什麼介紹計劃，即使有了計劃也由於某一些原因未能完全實現，有這樣的結果是必然的。

把上面說到的幾點歸納起來，我們就會覺得，我們再在錦上添一點花，好像還是很有必要的。

我們怎樣來在錦上添花呢？我們覺得至少有以下幾個方面：

## 第一，補苴罅隙

過去的翻譯和介紹，既然還有點不夠全面，我們今天的任務就是要把這些不全面或者缺陷彌補起來。這種例子多得很，簡直是不勝枚舉。我只舉一個我們比較熟悉的國家——印度。有一次我碰到一個年輕的印度文學愛好者。在談話中，他認為一部印度文學史就是這樣的：古代有兩部大史詩（連這兩史詩也只是聽到名字），中間有一個迦梨陀娑，他的名著是《沙恭達羅》，近代有一個泰戈爾和一個普列姆昌德，如此而已。我聽了簡直大吃一驚，啼笑皆非：難道印度文學就是這個樣子嗎？繼而一想，造成這種情況的不就是我們自己嗎？我們從事印度文學研究的人，沒有全面地介紹印度文學。就連那兩部蜚聲世界的大史詩《摩訶

婆羅多》和《羅摩衍那》過去也沒有認真介紹過。造成這種惡果的就是我們自己。其他國家情況也差不多。連英國、法國、德國、俄國、日本，也都有類似的情況。這種情況，過去沒有注意到。今天既然知道了，當然要加以改正。

一般說起來，我們對歐洲中世紀一直到古典主義這一段的文學介紹得比較少，其他國家的中世紀或與中世紀相當的文學也介紹得很不夠。一提到中世紀就想到黑暗時代。現在已經有人發現，那個時代也並非完全黑暗。當然我們也決不能說，那個時期的文學特別繁榮，特別優異，這是不符合實際情況的。那個時期的為數不多的文學作品有其特點，我們也應當適當地加以介紹。至於一些小國家，一些大國家的小的語種，往往為我們所忽略。一些國家的古代文學，比如伊朗和埃及，介紹得幾乎等於零。過去我們介紹外國文學，往往有一陣風的情況，說是泰戈爾，那就大家都瞅着泰戈爾。說是巴爾扎克、高爾基，那就大家都瞅着巴爾扎克、高爾基，一湧而起。不是說這些偉大作家不應該介紹，而是說要有計劃地全面地使用力量。我們過去沒能做到這一步，現在都要加以彌補。

此外，有一些世界名著，過去譯本質量不高，有的還是間接譯過來的，比如果戈里的《死魂靈》，托爾斯泰的《戰爭與和平》，易卜生的戲劇。看來這一些都有重新翻譯的必要。

要想做好上面這些工作，決非一舉手一投足就可以辦到的。這是一個長期的工作，決非一個單位能夠勝任的，全國研究外國文學的單位或

個人，應該通力協作，先訂出一個十年計劃，一步一步地，腳踏實地地把這些補苴罅隙的工作做好。我們北京大學的同志們願意追隨全國同行之後盡上自己的綿薄。

## 第二，繼續介紹

上面講的是彌補過去的不足之處。這裏再談一談當前和今後的工作。現在全世界各國形勢都在不斷地變化，反映現實生活的文學當然也決不會一成不變，而是日新月異，人才輩出。我們應當緊緊跟上形勢。由於「四人幫」的破壞，我們有很長一段時間對國外情況不甚了了。現在情況改變了，我們應該努力把外國當前的文學加以介紹。

介紹當前的文學，要冒一定的風險。情況在變化，人也在變化。一個作家今天是這樣子，明天又是另外一個樣子。今天覺得好，介紹了。明天可能就會受到譴責。而古典文學作品都是經受過時間考驗的，思想內容和藝術技巧早有定評。那些經受不住時間考驗的作品早已被淘汰了。當前的作品卻完全不同。西方有一句諺語「閃光發亮的不都是金子」。眼前有一些作品可能閃着光發着亮，但過了不久有的就會光消亮逝，很少有人再去理睬。比如過去頗為流行的辛克萊的小說和《西線無戰事》之類的作品，現在很少有人提起。我們應該怎麼辦呢？我們的意思是，只要真閃光發亮，我們就要獨具慧眼，加以介紹。至於能否長期發光，永久發光，那是另一回事。這是由中外廣大讀者去決定的，我們

只能盡其在我。

## 第三，瞭解情況

我在這裏指的是下列的情況：

1. 國外各學派或流派；

2. 文學史上一些爭論的問題；

3. 一個國家研究另外一個國家文學的情況，比如蘇聯研究其他國家的文學，其他國家研究蘇聯的文學的情況；

4. 外國對中國文學的研究，等等。

所有這一些情況，我們都需要瞭解。這些東西雖然不是文學作品本身，但對我們瞭解外國文藝界的情況，促進我們自己文藝創作的發展都有一定的幫助。

## 第四，開展比較文學的研究

比較文學在過去我們搞的很少，甚至連這個名詞本身都有點陌生。然而在國際上，比較文學早已蔚成大觀，成為一個有系統理論的學科。在不少國家的不少大學中都專門設有比較文學系。它對促進文藝科學的研究，加強民族和人民間的互相瞭解與友誼，探討文學發展的規律，追溯民族與人民間互相學習的歷史都是非常有用的。我們準備大力提倡一

下這種研究。既準備發表理論性的文章，也準備發表一些說明具體事例的文章。希望造成一個研究比較文學的風氣。

以上是我們準備做的幾件工作。下面談幾個與我們這個刊物有關的原則：

# 一、普及與提高

兩方面都要顧到，這是不言而喻的，對其他刊物也同樣是適用的。在這裏我只想談一點有關普及的意見。我們認為，普及是非常必要的。問題是怎樣來普及。我們必須給廣大讀者，特別是青年讀者，提供知識，提供美感享受，幫助他們一步步提高欣賞外國文學的水平，對他們的創作或研究提供借鑒，同時培養他們高尚的情操。但是我們決不能遷就某一些讀者的口味，為了達到經濟目的，弄一些不夠文學作品水平的偵探小說或驚險小說之類，硬塞給讀者。我並不是籠統地反對偵探小說或驚險小說，真正夠上文學作品水平的，我們仍要介紹。同時，我們也決不故弄玄虛，弄一些表面上似乎很高深、實際上是以高深文淺陋的東西強加給讀者。但是對外國古代一些只能為少數人欣賞的文學作品，我們也要介紹。讓能欣賞的人欣賞，不能欣賞的人也知道世界上還有這樣的文學作品，藉以開闊眼界，增長知識。我們要有下里巴人，也要有陽春白雪。我們決不孤芳自賞，也決不隨波逐流。

## 二、嚴肅與活潑

對研究外國文學的人來說，這也是常常遇到而又難以處理的矛盾。我們的印象是，一般的外國文學刊物偏於嚴肅，內容多半是正規的（「古典」的）小說，詩歌，戲劇。這些東西確有必要介紹。但是如果僅僅限於這些，未免嚴肅有餘而活潑不足。外國還有不少的作家，除了寫堂堂正正的文學作品外，還寫一些抒情的短文、書札、遊記、日記、札記之類，還有些作家寫作家回憶錄。他們寫這些東西的時候，信筆揮灑，不加粉飾，然而卻是本色天成，逸趣橫生，有如吹皺一池春水，自成文章。一般讀者是喜歡這類文章的。讀起來往往是手不釋卷，一氣到底。我們想設法多介紹一些這樣的作品。至於中國作家寫的國外文學家訪問記，我們也準備發表一些。總之，我們想盡量使嚴肅與活潑相結合，在嚴肅上顯出活潑，避免趨於一端。

## 三、譯文與論文

我們是兩者並重。但是根據我們的瞭解，讀者需要更多的是外國文學作品的翻譯。因此，我們就決定譯文多於論文，佔大約五分之三或者更多一點的分量。

對於論文，我們希望水平能高一點，能有一些經得住考驗的獨到的新見解。我們是在大學裏工作，我們有可能也有必要做到這一步。我們

希望能有一些經過長期積累資料細緻分析探討然後寫成的論文。我們希望這些論文真正能對外國文學的研究水平起到提高的作用，不管這個提高是多麼微小。

上面是我們的一些主觀想法。至於雙百方針，那是繁榮文學藝術科學研究的根本方針，我們當然要努力貫徹。對於論文的觀點，我們提倡展開實事求是、與人為善的討論。對本刊譯文的質量，我們也提倡不同的譯文，不同的譯風，不強求定於一尊。我們還準備刊登一些書評，對國內外一些影響較大的文學論著或譯本提出自己的意見，共同切磋琢磨，求得進步。

有的同志提出了，一個刊物應有一個獨立的「形象」。我們覺得這個問題提得很好。那麼我們這個刊物將會有一個什麼樣的「形象」呢？我們認為，把上面說到的那一些經過大家討論而提出來的想法變成現實，刊物的「形象」即在其中了。刊物，同人一樣，面貌都是基本上差不多的。決沒有長三隻眼睛、兩個鼻子的人。刊物亦然。我們這個刊物同其他刊物大體上也是差不多的。這是大同。但一個人同另一個人，一個刊物同另一個刊物，又確有不同之處。這是小異。一個刊物「形象」的關鍵，就在這個小異上。我們也將在這一方面努力工作。但是「形象」的形成決不是短期可以做到的。只能慢慢地、逐漸地、由模糊到具體、由片段到全面，這樣形成起來。我們的想法不見得全都正確，實現這些想法更有困難。希望得到各方面的幫助與批評。

現在再回頭來看看錦上添花的問題。我覺得，在這裏，問題不在

「添」，而在「花」，究竟是要添什麼樣的花？究竟是花不是花？從我們的主觀願望來說，我們想添的是真正的花，是在外國文學的百花園中一朵絢麗的花。但究竟能否做到這一步，主觀願望是無能為力的，只有看客觀效果了。我們就是懷着這樣的心情與渴望，把我們這一本《國外文學》送給國內外廣大的讀者。

1980 年 7 月

# 《中國紀行》中譯本序

　　張至善、張鐵偉等同志翻譯的阿里·阿克巴爾著《中國紀行》，我認為，是一部非常值得重視、非常重要的書。它完全能夠同《馬可波羅遊記》媲美，先後輝映，照亮了中西文化交流的道路。

　　對於中西文化的交流，穆斯林的作者作出了巨大的貢獻，這是大家公認的事實。著名的《伊本·巴圖泰遊記》、《貝魯尼遊記》等書獲得東西各國學者的高度讚揚，是眾所周知的。阿里·阿克巴爾的《中國紀行》寫成於 1516 年，正當中國明武宗正德十一年。過去不大為人所知。在歐洲，從 19 世紀起，逐漸引起人們的注意。在中國，第一次介紹此書者是張至善同志的父親張亮塵老先生，但這已經是五十年前的事情了。

　　《中國紀行》原文是波斯文，作者是哪一國人，似乎還沒有結論。至於作者是否真正來過中國，學者們的意見也不一致。我認為，這些都不是主要的問題。主要問題在於此書本身。不管作者記載的是元代中國情況或明代中國情況，基本上都翔實可靠，栩栩如生。個別章節有一些荒唐的記載，這在當時的歷史條件下，是不可避免的，不足深責。此

書記載了中國各方面的情況，地理、軍隊、宗教、倉庫、皇帝宮廷、監獄、節日、教坊妓女、醫療、立法、學校、外國使臣和僑民、農業、貨幣、法律、劇場等等，簡直是一部中國的百科全書。我們中國史書之多，水平之高，譽滿全球。可是如果我們真想瞭解過去歷史上人民生活的真實情況和煩瑣細節，仍然感到缺少資料，我們迫切需要這樣的書，特別是一個外國人來到中國，按照心理學的規律，他能看到我們習而不察的一些東西。把這樣的觀察記載下來，傳之後世，這樣的書不但能幫助外國研究中國的學者瞭解中國，也能幫助中國人民瞭解自己的過去。從這個觀點上來看，這些書，其中當然也包括阿里‧阿克巴爾的《中國紀行》之價值，概可想見了。

我還想從另外一個觀點來談一談本書的價值。我們一向被稱作偉大的民族。但是到了近代和現代，外國人怎樣來認識我們呢？我們自己又是怎樣來認識自己呢？外國人認識我們，我們自己認識自己，都有一個曲折的過程。如果劃一條界限的話，1840 年開始的鴉片戰爭就是一條天然的界限。在這之前，在 17、18 世紀，中國人在歐洲人心目中，是有天才的民族，是偉大的民族，是有高度文明的民族。當時他們嚮往的是中國，學習的是中國。但是殖民主義者一旦侵入中國，中國許多弱點暴露出來了。首先是中國力量不強。在信奉優勝劣敗的歐洲人眼中，中國不行了，中國人不吃香了，中國成了有色人種，成了劣等民族。久而久之，他們忘記了曾經有一段崇拜中國文化的歷史。而我們中國人自己也忘記了過去在歐洲人心目中的地位。有志者要奮發圖強，愛國雪恥。庸

俗者則產生了賈桂思想，總覺得自己不行。中華人民共和國的成立，是另一條界限。絕大多數的中國人感覺到真正是站起來了，腰板挺直了。絕大多數外國朋友對中國也另眼相看了。但是一百多年的習慣勢力，餘威未退。有賈桂思想者也不乏人，最典型的代表就是四人幫一夥。他們義形於色，振振有詞，天天批什麼洋奴哲學，實際上在他們靈魂深處，他們自己最有洋奴相，見了洋人，屁滾尿流，奉若神明。

到了今天，我們進行愛國主義教育的任務，還很艱巨，我們必須教會青年人怎樣正確認識外國，怎樣正確認識自己。我們決不盲目排外，我們承認外國有很多東西我們必須學習，但是我們也決不盲目拜倒在外國人腳下，認為月亮也是外國的圓。用什麼辦法來進行這種教育呢？方法當然很多，讀過去歷史上外國人的中國紀行，也是方法之一，而且我認為是有效的方法。現在回到阿里·阿克巴爾的《中國紀行》，我認為其中就有很多有用的資料。我現在按原書的次序先在下面列舉幾條，然後再加以分析：

在第三章裏，作者談到中國招待外國人時寫到：

我們在中國內部旅行一百天，每天都熱熱鬧鬧，所有的必需品都能得到。

在第四章裏，作者寫到：

在世界上除了中國以外，誰也不會表現出那樣一種井井有條的秩序來。毫無疑問，如果穆斯林們能這樣恪守他們的教規——雖然這兩件事無共同之處——他們無疑地都能按真主的良願成為聖人。

在第六章裏，作者寫到：

　　整個中國人，從平民到貴族都培養得懂禮節。在表示尊敬、榮譽和沿守禮節方面，世界上沒有人能和他們相比⋯⋯中國人非常守紀律，無人可以相比。

在同一章裏，我們讀到：

　　誰也不敢違反法律，向真主保證，這裏沒有誇張，都是事實⋯⋯他們的法律和規章十分完善嚴明。

　　第九章記載各地的物產：麝香、金銀酒器、瓷器，又記載了北京（汗八里）挖掘的人工湖（可能是指的中南海和北海）。書中講到中國燒黑石頭（煤），講到貴州的藥材，福建的蔴、絲綢、彩緞，特別細緻地描述了南昌的瓷器，和闐的玉石。

　　第十一章講中國奇妙的手藝，其中有胸外科手術。作者寫到：

　　我相信，如果誰在中國遊歷一個世紀，他每天都能看到從未見過的奇跡。

　　第十五章講到來中國的外國使臣和商人，他們用獅子換東西，每一頭獅子可以換回三十箱財物。其中有衣料、緞子、布匹、鞋襪、馬蹬子、鐵馬鞍、剪刀、針。

　　第十七章講連綿不斷的農田。在山坡、沙漠和砂石地區運土造田。我們有兩三個月都在樹蔭下行走。

　　第十九章講中國的紙鈔、銅錢、金、銀作為貨幣。在這裏又講到在汗八里已使用煤。

第二十章又強調說：「中國人非常守法。」

第二十一章講中國的畫院。作者寫到：「在中國有三件東西只有天堂才能找到，與其比美。那就是蜜棗又大又甜。還有兩種花，一是罌粟花，二是蓮花。」

歸納起來，作者在當時中國看到的人民奉公守法，秩序井井有條，物產極大豐富，手藝十分高超。

我在上面已經談到，一個外國人到中國來能看到很多我們習而不察的東西。上面這些材料都完全是一個外國人眼中的情況，是完全可靠的。這些材料告訴我們，在明朝中國的精神文明和物質文明是什麼樣子，達到什麼程度。明朝在中國歷史上不是一個發展的高峰，然而我們的人民已經有了這樣的水平。今天我們，特別是中國的青年們，不應該感到自豪與光榮嗎？難道我們一向就是西方殖民主義者污衊我們的那個樣子嗎？阿里·阿克巴爾這一部書的真正價值是在學術方面，進行愛國主義教育不是它的任務。但是，從我在書中擇出的那些例子來看，這一部書的價值不是已經遠遠超過了學術領域了嗎？

因此，對於這一部書的出版，我從上面的兩個方面要表示衷心的祝賀，我在開頭時說的，這是一部「非常值得重視，非常重要的書」，也是從這兩個方面來說的。我相信，這部書一出版，一定會受到中國學者和老百姓的歡迎。他們都會同我一樣，感謝張至善、張鐵偉等同志。是為序。

1985 年 6 月 1 日在兒童節的歡樂聲中

# 《中國翻譯詞典》序

現在頗有一些人喜歡談論「中國之最」。實事求是地說，有五千年文明史的中國「最」是極多極多的。幾大發明和幾大奇跡，不必說了。即在九百多萬平方公里的錦繡山河中，在人民日常生活的飲食中，「最」也到處可見。

然而，有一個「最」卻被人們完全忽略了，這就是翻譯。

無論是從歷史的長短來看，還是從翻譯作品的數量來看，以及從翻譯所產生的影響來看，中國都是世界之「最」。這話是符合實際情況的，因而是完全正確的。

根據學者們的研究，中國先秦時代已有翻譯活動。這是很自然的。只要語言文字不同，不管是在一個國家或民族（中華民族包括很多民族）內，還是在眾多的國家或民族間，翻譯都是必要的。否則思想就無法溝通，文化就難以交流，人類社會也就難以前進。

至遲到了東漢初年，印度佛教就傳入中國。在此後的一千多年中，中國僧人和印度僧人，以及中亞某些古代民族的僧人，翻譯了大量的佛典，有時個人單獨進行，有時採用合作的方式。專就一個宗教來說，稱

之為「最」，它是當之無愧的。從明清之際開始，中間經過了 19 世紀末的洋務運動和 1919 年開始的五四運動，一直到今天的改革開放時期，中國人（其中間有外國人）又翻譯了其量極大的西方書籍，其中也有少量東方書籍。各種學科幾乎都有。佛典翻譯以及其他典籍的翻譯，所產生的影響是無法估量的。

如果沒有這些翻譯，你能夠想像今天中國文化和中國社會會是什麼樣子嗎？

這些話幾乎都已屬於老生常談的範疇，用不着再細說了。我現在想從一個嶄新的、從來沒有人提到過的角度上，來談一談翻譯對中國文化的重要意義。

最近半個多世紀以來，在世界上一些大國中，頗有一些有識之士，在認真地思考討論人類文化的演變和走向問題。英國學者湯因比可以作為一個代表。他的大著《歷史研究》已被譯為漢文。他把世界上過去所有的文明分為二十三或二十六個，說明沒有任何文明是能永存的。我的想法同這個說法相似。我把文化（文明）的發展分為五個階段：誕生、成長、繁榮、衰竭、消逝。具體的例子請參看湯因比的著作。我在這裏聲明一句：他的例子我並不完全贊同。

湯因比把整個中華文化（他稱之為「文明」）分為幾個。這意見我認為有點牽強，機械。我覺得，不能把中華文化分成幾個，中華文化是一個整體。

但是，這裏就出現了一個尖銳的問題：你既然主張任何文化都不能

永存，都是一個發展過程，為什麼中華文化竟能成為例外呢？為什麼中華文化竟能延續不斷地一直存在到今天呢？這個問題提得好，提到了點子上。我必須認真地予以答覆。

倘若對中華五千年的文化發展史仔細加以分析，中間確能分出若干階段，中華文化並不是前後一致地、毫無變化地發展下來的。試以漢唐文化同其他朝代的文化相比，就能看出巨大的差別。漢唐時代，中華文化在世界上佔領導地位。當時的長安是世界上文化的中心。其他朝代則不行。到了近代，世界文化重心西移，我們則努力「西化」，非復漢唐之光輝燦爛了。

但是，不管經過了多少波折，走過多少坎坷的道路，既有陽關大道，也有獨木小橋，中華文化反正沒有消逝。原因何在呢？我的答覆是：倘若拿河流來作比，中華文化這一條長河，有水滿的時候，也有水少的時候；但卻從未枯竭。原因就是有新水注入。注入的次數大大小小是頗多的。最大的有兩次，一次是從印度來的水，一次是從西方來的水。而這兩次的大注入依靠的都是翻譯。中華文化之所以能常葆青春，萬應靈藥就是翻譯。翻譯之為用大矣哉！

最近若干年以來，中國學術界研究中國翻譯問題之風大興。論文和專著都出了不少，又成立了全國的和一些省市的翻譯組織，是一片欣欣向榮的景象。最近林煌天同志等又編撰了這一部《中國翻譯詞典》，可謂錦上添花了。對林煌天等同志編撰這樣的詞書我是完全信任的。他們在翻譯方面，既有實踐經驗，又有組織經驗。他們編撰的書很有特色，

彙集了涉及翻譯學術方面的各種詞條和有關資料，翻譯工作者和文化教育界人士都可用作參考。煌天同志要我為本書寫一篇序，我樂於接受，同時又乘機把自己對翻譯工作的重要性的看法一併寫了出來，以便求教於高明。

1993 年 10 月 11 日凌晨

# 《文學語言概論》序

　　李潤新同志要我給他的新著《文學語言概論》寫一篇序。最近，我又進入了一個新的忙亂時期，身上負的各種各樣的債壓得我喘不過氣來：文債、信債、會債、諮詢債、顧問債、座談會債、招待會債、送往迎來債、採訪債，如此等等，不一而足。我有時候煩上心頭，簡直想「出家」，以了塵緣。因此，潤新的要求，我本來想加以拒絕的。但是，一讀到他的來信，看到他的書稿，我立即改變了主意，不但要寫，而且立即就擺脫眾債拿起筆來。難道他的信和書就能有這樣大的神力嗎？不完全是。主要是因為他的想法，實獲我心。我早就像骨鯁在喉，一吐為快了。現在就借機來吐一下。

　　中國是世界上第一個散文大國。這是天下之公言，決非我一個人的私見。事實俱在，勿庸論辯。從文學語言這個角度來看，中國古代的散文豐富多彩，燦如百花。所謂文學語言，內容極為豐富，但是，以我淺見，不出兩途：一是修辭，二是風格，二者有密切聯繫，但又截然可分。二者相較，風格尤重於修辭。修辭，一兩句內就可以看出，而風格則必須綜覽全篇，甚至若干篇，才能夠顯現。總之，寫文章，必須重視

修辭，而風格更要重視。

太遠太大的例子不必舉了。僅就唐宋八大家而論，從風格上來看，在唐代，韓是韓，柳是柳，明眼人一看便知，決不會混淆。在宋代，歐是歐，蘇是蘇，王是王，曾是曾，涇渭分明，也決不會混淆。甚至在三蘇之中，也自有不同。降而至於明清，明末的公安派、竟陵派，風格清新、險怪。歸有光雖接近清代桐城派，細視之，也決不雷同。至於桐城派中，方、劉也有區別。清末的散文家龔自珍，更有獨特的風格，這是大家都承認的事實。

五四運動以還，文言改為白話，文字工具雖變，但風格之差異，在一些大家筆下，仍然能夠區分。魯迅無論矣。即以茅盾、巴金、老舍等而論，也各自有各自的文風，決不雷同。他們可以說是繼承了中國散文的優秀傳統。

近四五十年以來，我們論文多以所謂馬克思主義文藝理論為準繩，這本來是無可厚非的。標準的說法是，思想性與藝術性並重。實則思想性霸佔了壟斷地位，藝術性只成了一句空話。至於什麼叫思想性，真正的思想性應該是什麼樣子，我們在這裏姑不細論。誰要是一強調藝術性，現成的帽子就會落到你的頭上。結果是談虎色變。大家寫評論文章，甚至撰寫中國文學史，大都是高談闊論他們所謂的思想性，而對一個作家或一篇文章的藝術性，則只是倒三不着兩地、輕描淡寫地說上幾句空洞的話，應景而已。

產生的結果怎樣呢？有目共睹，不，應該說，有的人熟視無睹，

中國過去的悠久的優秀的散文傳統，被忽視，甚至被拋棄了。在今天散文壇上（如果有這樣一個壇的話），風起雲湧，新的著作層出不窮。專門刊登散文的刊物，也頗有幾家。看上去煞是熱鬧。然而夷考其實，則不禁令人氣餒。從修辭和風格兩個方面來看，今天的散文大體上可以分為兩大流派。一派我稱之為「搔頭弄姿派」。這一派刻意雕琢，在修辭上死下工夫，「語不驚人死不休」。上焉者也還能夠寫出幾篇打扮得漂漂亮亮如七寶樓臺一樣的文章。下焉者則不知所云。如果認為我誇大其詞，我不妨順手舉一個例子。在一個很有水平的很受到歡迎的大型的散文刊物上，有一篇叫《外婆與月亮》的文章。開頭兩句是：「故鄉獨在遙遠，我亦獨在遙遠。」接下去，類似的詞句頗多。我再引上幾句：「愛與恨這人類最基本的情感最早我便源於外婆的『土炕文化』，善良的仙姑善良的老狐善良的月光⋯⋯。」第一個例子讓人似懂非懂，第二個例子懂是懂得的，然而語法卻怎樣也無法分析。現在國內外都有學者提倡「模糊語言學」；但是，那裏的「模糊」是非常有道理的。這篇文章的「模糊」，我卻無論如何也找不出道理來。這篇文章決不能獨擅專利，類似的文章還有不少。這樣的文章我稱之為「搔頭弄姿」派，難道還能算是刻薄算是過分嗎？

　　另一大流派我稱之為「鬆鬆散散派」。有人主張，散文的真髓就在一個「散」字上。願意怎樣寫，就怎樣寫。願意寫到哪裏，就寫到哪裏。完全是大白話，一無修飾，本色天成。這話不能說沒有一點道理。在中國文學史上確實有一些作家是這樣的。在詩歌方面，陶淵明和

白居易的詩是有名的例子。宋代蘇東坡的一些散文隨筆，也可以歸入這一類。但是這些詩文，貌似平淡，實則並不平淡。你越讀越有味，有似吃橄欖，食之平淡，而回味無窮。這種平淡的文體是經過長期修養與磨煉，又濟之以個人的天賦，返樸歸真，才能夠形成的。如果率爾操筆，則凡能説大白話又稍能識幾個字的中國人，都可以成為散文家，散文文壇豈非要廣被神州嗎？

可惜得很，在當前中國的文壇上，確有不少的散文家可以歸入這一派。他們的文章含義並不深遠，造詞遣句又有時欠考究。生造的詞兒和不通的語法，時有所見。這樣的文章確不雕琢，讀起來也明白易懂。作為公牘文書，新聞記錄，未始不是好文字。然而説它們是文學，則不佞期期以為不可。

我在上面已經説過，近四五十年以來文學只重視所謂思想性，而根本抹煞了藝術性。流毒所及就造成了這種情況。以中國這樣一個散文大國，有這樣悠久輝煌的歷史傳統，到了今天，竟形成這樣一個局面，實在不能不讓人擔憂，讓人惋惜。

我最近經常考慮的就是這些問題。李潤新同志也考慮到了這個現象，所以號召人們重視文學語言，重視文學的風格。我們「心有靈犀一點通」，所以我説「實獲我心」。我就利用寫序的機會，把我的看法寫了出來。至於《文學語言概論》本身，體大精思，理論多是從實踐中抽繹出來的。明眼讀者自能鑒賞，用不着我多來費話了。是為序。

1993 年 9 月 11 日

# 《生殖崇拜文化論》序言

趙國華同志把他的新著《生殖崇拜文化論》拿給我看。我原以為自己對這個問題雖有興趣，但是所知不多，讀這樣一部將近 30 萬字的長稿，一定會十分吃力，十分勉強，甚至十分枯燥。可是我一旦坐下來看稿子，立刻就被其中十分精彩的闡述、石破天驚的推理、天外飛來的論證、恢廓宏大的內涵吸引住，大有欲罷不能之勢，幾乎是一口氣讀完，而且讀了兩遍。這種經歷是最近多少年來沒有過的。特別是在自己還沒能完全走下文山、爬出會海的情況下，更顯得難能可貴。由此可見這一部書具有多麼大的魅力了。

在寫這一部書之前，趙國華已經發表過一些零篇論文。因為隔行，我都沒有仔細閱讀。但是聽說，他的文章引起了一些老一輩學者的重視，甚至震動；他們對這些文章給了高度的評價，讚不絕口。說句老實話，我最初有些不大理解。現在我讀到這一部著作，才真正認識到，這一些老一輩學者是有眼光的，是對晚輩學者獎掖不遺餘力的。我以我國有這樣老一輩的學者和中年學者而感到驕傲。我們國家社會科學的發展是有異常光輝的前途的。

探討生殖崇拜的問題，趙國華並不是第一人。在他之前，國內外都有一些學者從事這項工作而且取得了或大或小的成績了。在國內，趙國華在本書中提到了衛聚賢、周予同、聞一多、郭沫若等等，還有一大批中青年學者。在國外，趙國華提到了弗雷澤、傑文茲、馬林諾夫斯基、布伊哥夫斯基、多尼尼、泰納謝等，還有弗洛伊德等等。這些人都可以說是他的先驅者。然而他卻並沒有躺在這些人身上，亦步亦趨，不敢越雷池一步；而是以他們為基礎，同時又糾正了他們的錯誤或者不足之處，獨闢蹊徑，大膽創新，利用自己廣博的學識，貫穿古今，揮灑自如，為生殖崇拜文化這一門學問開闢了一個新天地。

　　要想列舉這一部書的成就和優點，並不是一件輕而易舉的事。這決不是說，這一部書成就不大，優點不多，列舉起來有困難；而是正相反，本書成就極大，優點甚多，讀者如入寶山，到處是寶，眼花撩亂，不知道要揀那一塊寶石好了。因此，我在這裏只能籠統地簡略地提出幾點我認為是值得注意的地方來，以概其餘。其他的寶石，由讀者自己去揀吧。

　　本書的第一章：「八卦符號原始數字意義的發現」，就是非常精彩的一章。八卦、河圖、洛書等問題可以說是中國哲學史上，甚至中國歷史上一個聚訟了幾千年而始終沒有得到比較一致的看法的問題。最近幾年來西方國家的一些學者也對八卦產生了興趣，駸駸成為世界顯學了。然而它的真正含義至今仍是一個謎。這不能不說是一件極大的憾事。趙國華對於這個問題提出了嶄新的獨到的見解。我個人認為是非常有說服

力的，簡直可以說是發千古未發之覆。他又把八卦的起源與西安半坡的魚紋聯繫起來，表現出了極大的機敏性。

　　從八卦和半坡魚紋開始，趙國華把論題依次展開，討論的範圍越來越大，也越來越深入。他討論的問題之多，令人眼花繚亂。但是，他並不是就事論事，他有一個中心目標，貫穿全書；萬變不離其宗，他什麼時候也沒有離開這個中心目標，儘管有時候顯得距離極遠，但他說收回就收回。這個中心目標是什麼呢？就是生殖崇拜文化問題。他雄辯地證明了，生殖崇拜文化與性文化不是一碼事。這是本書的一條主軸。我們讀者讀本書時也千萬不要忘記這條主軸而陷入迷魂陣中。

　　圍繞着這一條主軸，趙國華討論了並解決了許多問題。這些問題多少年來就引起了大家的興趣，或者爭論不休，或者各執其是，始終沒有大家公認的結論；有的甚至連解決辦法都沒有能提出來；還有少數幾個大家人云亦云，連其中有問題都沒有發覺。趙國華卻以驚人的洞察力和提出問題、解決問題的勇氣，提出了自己的看法。在好幾個地方，我都有豁然開朗之感。我上面提到本書有極大的吸引力，其原因一部分就在這裏。我在這裏只能就記憶所及舉出幾個例子，比如鯀和禹的問題；把半坡先民魚祭祭壇同河圖以及用龜甲占卜聯繫起來的問題；八陣圖問題；「中」的概念和「中庸」問題；蛙紋與卍（svastika）的關係，月中蟾蜍的解釋；銅鼓的解釋；舟船象徵女陰的問題；六字真言的奧秘；對《詩經》中許多詩歌的新解釋，等等，等等。這樣的例子真是俯拾即是，其中有一些是爭論多年的，上面舉的鯀禹問題就是其中之一。當年

顧頡剛先生對禹提出了新看法，這招致了魯迅先生的譏諷，許多人從而和之。現在趙國華又提出了自己的看法，證明顧說不一定就是笑談。我舉出這樣一些例子，不過是豹窺一斑、鼎嚐一臠而已。

趙國華提出來的問題中，有一點是具有理論意義和世界意義的，比如他反駁幾乎已成定論的「圖騰說」，我看他是持之有故、言之成理的，相信會得到大多數學者的承認。他又反駁了外國一些學者主張的「中國文化西來說」，同樣是有根有據的。他還駁斥了德國學者格羅塞的藝術起源於生產活動的理論。我覺得他的理由很充分。我聯帶想到了我們一向奉為金科玉律的普列漢諾夫的所謂馬克思主義的藝術起源的理論。根據趙國華的看法，我們也必須重新評價這個理論。僅此一項就能看出趙國華的論證對我們有多大啟發了。

在論證方法方面，本書也有一些引人注目的特點。我在這裏舉出一個來，以概其餘。在敘述和論證過程中，趙國華經常引用大量的古代典籍，比如《詩經》、《易經》、《禮記》、《山海經》、《楚辭》、《呂氏春秋》、《春秋繁露》、《論衡》等等。這並不足奇，其他學者也都這樣做。但是他能把我們先民的一些風習和使用的詞語同中國明清時代一些著名的長篇小說和今天某一些地區老百姓的方言聯繫在一起，乍看讓人覺得奇怪，細思卻又認為確有蛛絲馬跡可尋。這是一種頗為不尋常的才能，我不能不特別指出並舉出幾個例子來，與大家共同賞析：華北、東北民間將男童的生殖器戲稱為「亞腰葫蘆」；蚌象徵女陰，《水滸傳》第二十三回，王婆對西門慶說：「他家賣拖蒸河漏子，熱燙溫和大辣酥。」「河漏

子」就是蚌；鳥為男性生殖器的象徵，《水滸傳》中的李逵經常說「鳥」字；日中三足鳥是男根的象徵，《金瓶梅》中把表示性交的字寫作「合」，今天不少地區仍將男子性行為稱作「日」；今天北方民間將鳥禽的交尾稱為「踩蛋」；「足」代表雄鳥的生殖器，用足踩代表交配；蜥蜴俗稱「馬駝子」，後來交了好運，演化成了「龍」；熊也是男根的象徵物，今天俗語中仍將精液稱為「熊」；用玉製作的一些東西表現生殖崇拜，《金瓶梅》中以「玉」為男根的隱語；今天河南的一些風習還有生殖崇拜的痕跡，等等，等等。可能有人認為，這無關大局，我卻覺得異常精彩。趙國華探討幾千年前的生殖崇拜，卻並沒有有古無今，他胸中似乎有一個幾千年來的全局一盤棋的成竹。我上面說的「貫穿古今」，就是這個意思。我並不認為這是一件小事，我想會有人同意我的看法的。

　　我在上面零零碎碎地談了我對本書的一些印象和看法。我現在想集中談一談本書的主題，就是建立生殖崇拜文化理論的問題。

　　趙國華引用了恩格斯在《家庭、私有制和國家的起源》的第一版序言中的一段話：

　　　　根據唯物主義的觀點，歷史中的決定性因素，歸根結底是直接生活的生產和再生產。但是，生產本身又有兩種。一方面是生活資料即食物、衣服、住房以及為此所必需的工具的生產；另一方面是人類自身的生產，即種的蕃衍。

　　趙國華在這裏加了一句話：「恩格斯關於兩種生產的理論，是照亮我們探索遠古人類歷史進程的明燈。」他的做法和意見無疑都是非常正

確的，非常高明的。眾所周知，在十一屆三中全會以前的幾十年中，從外國輸入的僵硬死板的教條主義束縛了我們的心靈。我們只被允許鸚鵡學舌，不敢越雷池一步。這大大地阻礙了我們社會科學研究的發展，走了很多彎路，浪費了大好的年華。在對遠古人類社會發展的研究方面，對恩格斯提出來的兩種生產中，我們只允許談第一種，第二種關於人類自身的生產，則成了塔布，談之色變，沒有人敢去嘗試。這簡直可以說是學術史上的一幕悲劇。

現在，趙國華探討原始人類的生殖崇拜，首先引用了恩格斯的話，衝破了禁忌，大談人類自身的生產。我認為，這是非常重要的，是「擒賊先擒王」的手段。但是，他並沒有忽略生活資料的生產。兩種生產他都談。他非常注意兩者的關係，而且對此做了明確的闡述。他對歐美學者在這方面的研究成就並沒有忽略，而是充分肯定。比如英國傑出學者弗雷澤的大著《金枝》的價值，他完全承認。但是，他發現，弗雷澤的理論基礎是產食文化。他寫道：

> 產食文化理論的基點是「食」，亦即把食物問題作為原始人類全部生活的重心，並以此解釋原始人類的精神文化。弗雷澤之外，主張這種產食文化理論的學者大有人在，如傑文斯（Jevons, Franck Byron）、馬林諾夫斯基（B. Malinovski）、布伊哥夫斯基（S.N. Buikovsky）等。……這些學者的不足或失誤，是由於他們只認識到了食與人類生存的關係，沒有認識到原始思維中食與生殖的關係，更沒有認識到初民是將食服務於生殖。

這一段話無疑是正確的。恩格斯舉出了兩種生產，第一種生活資料生產中最重要的、最根本的是食物的生產。第二種是人類自身的生產。兩種生產合起來才能算是完整的，否則只提一種，難免有偏頗之感。

趙國華是兩種生產同時並提的，重心似乎是放在第二種生產，人類自身的生產上。上面引文中有「初民是將食服務於生殖」的說法，本書的書名叫《生殖崇拜文化論》，也透露其中的消息。在另外一個地方他又寫道：「遠古人類將食與生殖聯繫起來的認識，源於將食與生命聯繫起來的經驗。……吃食物可以生出乳汁，吃食物當然也可以生出孩子，這是初民的邏輯。所以他們將食服務於生殖。」這都說明，在處理食與生殖的關係時，趙國華把生殖放在首位，食是服務於生殖的。

趙國華是怎樣進一步來解釋生殖的重要性的呢？我再引用他的幾段話。他說：

以往，中外學者都把產食活動視為原始人類解決食物問題的唯一途徑，卻忘記了作為社會生產力的人的再生產在其中所起到的決定性作用。

他又說：

人口的增加意味着人手的增加，從而，人類自身的繁殖就成了原始社會發展的決定性因素。出於對作為社會生產力的人的再生產的嚴重關切，原始人類中出現了生殖崇拜。換句話說，生殖崇拜深刻反映了一個絕對莊嚴的社會意志——作為社會生產力的人的再生產。

他又說：

> 可以想見，原始人類只能以增加生產率來求得和擴大人類自身
> 的再生產。

用不着再多徵引了。趙國華的看法已經非常清楚。他是把人類自身
的生產與「社會生產力」、「社會意志」等聯繫在一起的，把「人口」
與「人手」聯繫在一起的。我先在這裏聲明一句：我引他這些話，並非
企圖證明，他在處理食與生殖的關係時犯了偏頗的毛病。他曾強調說，
產食文化有其局限性，性文化也有其局限性，只有提出生殖崇拜文化，
才能夠全面。可見他的觀點並不偏頗。

但是，我腦筋裏也不是沒有問題。在閱讀這一部稿子的過程中，我
一方面獲得了不少的知識，對一些問題的看法也逐漸從膚淺走向深入。
但是，同時我也越來越明確地思考一個問題：原始初民之所以崇拜生殖
是否就真像趙國華說的那樣來源於對「社會生產力」和「社會意志」的
考慮，對「人手」的考慮？如果認為「考慮」這個詞兒不準確，可以改
為「在潛意識中受這些東西的支配」。我覺得，我在這裏提出的這個問
題確實值得我們仔細推敲。最原始的初民究竟能夠有多少「社會意識」
呢？恐怕微乎其微。他們對「人口」與「人手」的關係是否就像比較晚
的人們那樣考慮的呢？恐怕有所不同。

我們都知道，在人類發展的最原始的階段中，有很長的一段時
間，由於對自然規律掌握得很不夠，由於生產工具異常地簡陋，初民
在獲取食物方面，同其他動物差不了多少，一個人從事食物採集或漁

獵等活動所獲得的食物，最初恐怕連個人果腹都有困難。根本沒有什麼剩餘食品，所以也就沒有剝削。在這樣的情況下，初民恐怕很難意識到增加人口的重要性。因為，增加一雙手，就增加一張口，至多兩者互相抵消，對集體食物生產沒有任何幫助。因此，用「社會生產力」、「社會意志」等概念來解釋初民對生殖的崇拜，就有極大的困難，很難解釋得通。

那麼，怎麼辦呢？用什麼辦法來解釋初民努力生殖、崇拜生殖這個現象呢？我想提出一個解決辦法；用本能來解釋。這可以說是對社會生產力說的一個補充，而非代替。

在這裏，我想多說上幾句。孔子說：「食、色，性也。」什麼叫「性」呢？性就是今天我們所說的本能。人的本能很多，但是最重要的就是這兩個。古人也稱之為「飲食、男女」，是一個意思。我們的孔老夫子真不愧是聖人，他一語就道破了人這個動物的奧秘。恩格斯所說的兩種生產，正與食、色相當，實際上是人類的兩個最基本的本能。叔本華所說的「生的意志」，我看也指的是本能。不但是人，其他動物，甚至連一般生物都包括在裏邊，莫不有這兩個基本本能。我們的造物主（上帝、安拉、天老爺、大梵天、天地、造化「小兒」等等，都指的是同一個東西），是非常有意思的。他（它？她？）創造了生物，並且賦予他們兩個基本本能：一個是吃飯、一個是生孩子。吃飯是為了個體的生存，生孩子是為了個體能夠延續，為了子子孫孫的生存。趙國華用生存和生殖這兩個詞兒來表示這兩種本能。二者密不可分，缺一不可。

我們可以用兩條交叉的線來表示其間的關係。一條橫線表示食，表示生存，一條豎線表示色，表示生殖，表示子孫繁衍。沒有食，則個體不能存，更談不到生殖；沒有色，則個體只能生存一代，就要斷子絕孫，兩者相輔相成，構成人和動物、植物的共同生存的花花世界。這是造物主的積極的一面。但是，造物主又不完全積極，也不能完全積極。他創造了生物，同時又創造了每一個生物的對立面，它的煞星。沒有這個煞星是不行的。如果讓一切生物都本着自己的本能生存下去，繁殖下去，則任何一種生物都能把地球塞滿。造物主就是這麼一個玩意兒，既創造，又破壞。我們的老子大概看到了這一點，所以才説：「天地不仁，以萬物為芻狗。」印度教的三大神我看也表達了同一個意思。我囉哩囉唆説這些話有什麼意思呢？我無非想説，本能的力量和作用要充分肯定。一直到人類的末日，本能也決不會離開我們。我們現在探討村民的生殖崇拜，至少有一部分必須考慮到本能問題。

我現在再把我的想法説得具體一點。初民之所以努力生殖，之所以有生殖崇拜，在最初的階段上，恐怕主要是出於本能。至於對社會生產力、社會意志、人口問題等等的考慮，則恐怕是逐漸興起來的。我上面已經説到，動物和植物也都努力繁殖。它們除了受本能的支配外，還能有什麼別的東西呢？人高於動物，但仍是動物，受本能支配，是天經地義的。恐怕人類越原始，則本能對他們的支配力量就越大。人在某種程度上可以控制本能，動物則絕對辦不到，後代人控制本能的力量恐怕大於初民。這也是一個事實。

總之，我覺得，用本能說來補充社會生產力、社會意志說，是恰當的，是說得通的。但是，我對於這個問題研究得不深不透。這些想法是讀了本書後得到了啟發才開始有的。如果我能引用一句古話：愚者千慮，必有一得的話，我就非常滿足了。有了一點想法，不敢自秘，提出來供國華和其他同好們參考。

　　我還想談一談我讀本書過程中的一點感覺。生殖崇拜文化影響極大，時間極長，地域極廣，用以象徵男根、女陰和男女交媾的東西極多，這都是無可爭辯的事實。趙國華對他舉出來的東西都做了比較充分的論證。要我提出反駁的意見，我實在難以做到。但是，我通讀本書時，腦海裏總常浮出一個問號：真有這麼多的動、植物和其他東西都象徵男根、女陰和男女交媾嗎？趙國華是否有點「草木皆兵」了呢？我對自己這些疑問舉不出證據。我也說不出，究竟哪一件東西不象徵那些東西。既然有了這樣的感覺，也不敢自秘，也提出來供國華和其他同好們參考。

　　趙國華對自己的著作有極大的信心。他在書中寫道：「我們大膽地認為，等到生殖崇拜文化的研究全面而深入地開展起來，中國和世界早期的文化史都需要重寫。」他又寫道：「我們認為，如果能將產食經濟文化與生殖崇拜文化結合起來研究，文化人類學會發生一場革命。」我個人認為，這決非狂言自大，也非英雄欺人。有識之士讀了本書以後，會同意他的意見的。我前面已經說到，已經有不少的老一代的學者和中年學者對趙國華的成就，擊節稱賞。我相信，這一部書出版以後，稱賞者會更加稱賞，過去沒有讀過趙國華的文章的人，讀了本書，也會自動自

願地加入到讚賞者的隊伍裏來。這一天不久就會來到的。

眼前，我們的考古發掘工作正在蓬勃開展。地不愛寶，許多珍貴的原始人類的遺跡一個接一個地被挖掘出來。最近北京平谷縣又發掘出來了一個比半坡還要早的遺址。我想，對探討初民的生殖崇拜文化，這些都是非常有利的。有利於探討的材料將會一天比一天增多。這也是可以肯定的。趙國華一定會密切注視着這些遺址的發掘工作，不失時機地把新發現的材料拿來充實自己的研究工作，使自己的看法更加堅實可靠。他現在這一部《生殖崇拜文化論》僅僅是一個開始。但是我必須着重指出，這是一個非常光輝的、預示着更光輝的前途的開始。生殖崇拜文化這一門學問必將日益發展，日益深入，日益完善，日益廣闊，在光輝的探討的道路上走上前去。

我在這裏鄭重推薦這一部書，不僅向專門搞民俗學的學者們推薦，而且向從事研究古代歷史、考古、語言、文學、哲學、宗教、美術、民族、人類學、神話學、古典文獻等等的學者們推薦。除了這些專家學者之外，所有搞社會科學的人都應該讀一讀本書。這決不會浪費你的時間和精力。正相反，讀了以後，你一定會有意想不到的收穫，你的眼界定會開闊，你的認識定會提高。

有識有志之士，盍興乎來！

1988 年 12 月 22 日寫畢

# 《京劇與中國文化》序

常讀到藝術理論家的兩句話：「越是民族的，就越是世界的。」聽說有人提出異議，我對藝術理論不是內行裏手，對這種異議不但提不出什麼異議，我反而覺得這兩句話是有道理的。中國的京劇就是一個例證。

據說京劇原來並不姓京，是由地方戲徽劇逐漸改造成的。徽劇進京以後，經過幾代大師的錘煉、改進、去粗取精，去土增京，終於形成了後來的京劇。當我還是大學生的時候，京劇正處於輝煌的頂端，什麼四大名旦，幾大鬚生，滿街聽哼京劇聲，京劇院經常爆滿。後來梅蘭芳博士又赴前蘇聯和美國演出，獲得了成功，連前蘇聯的戲劇大師斯坦尼斯拉夫斯基都加以讚賞，於是民族的一變而成為世界的了。

京劇的關鍵不在於情節，而在於唱腔。從情節上來看，京劇歷史劇最多，關於三國的戲恐怕更多。中國老百姓之所以都能知道諸葛亮、曹操、劉備、關羽等等歷史人物，多半與京劇——當然還有小說——有關。但是，真正喜愛京劇的人，並不關心情節，情節他們早已爛熟於胸中了。比如失、空、斬，誰人不知？可是他們仍然願意看這幾齣戲。

我在這裏用了個「看」字，恐怕不妥，真正老戲迷是「聽」戲，而不是「看」戲。聽的當然就是唱腔了。所以我說，唱腔是京劇的關鍵。在這一點上，西方的歌劇（opera）頗有類似之處。

星換斗移，時移勢遷，人們常說的：「三十年河東，三十年河西」，我認為是適用於宇宙間萬事萬物，京劇何能例外？在舉世審美價值、審美標準、審美觀念劇變的情況下，青年人首當其衝。中國以美食甲天下，然而也抵擋不住麥當勞、肯德基等等的衝擊，遑論其他！振興京劇的呼聲已經響起多年了；然而，一直到今天，卻收效甚微，有識之士，憬然憂之。徐城北先生的這一部書《京劇與中國文化》，也應當歸入有識之列，大大地值得我們歡迎。

但是，城北這一本書決不停止於空洞的呼籲上，而是陳義甚高，把京劇與中國文化掛上了鈎。從這樣一個高度上，他以活潑生動而又謹嚴有條理的語言，描述了一百年來京劇發展演變的過程。在輕鬆的氣氛中，讀者就能深刻而又具體地感悟到中華文化的博大精深，書中有許多細緻的情況，圈外人是難以知道的，城北由於多年在劇團工作，他可以說是檻內人，因此就能寫了出來，大大地開闊了我們的眼界。我想，讀者對此都會感激的。

這樣能不能夠就振興京劇呢？我想是能的。但是，京劇衰微，其故頗多，大氣候小氣候都有，可以說是「冰凍三尺，非一日之寒」。因此振興起來也就不能操之過急，要求立竿見影是難以辦到的。現在我們只能用「潤物細無聲」的辦法，慢慢地，一步一步地，從各個方面，進行

工作，假以數年，庶能有成。在這方面，城北作出了重要貢獻。我樂於給他這一部書寫了上面一些話，就算是序吧。

2001 年 3 月 15 日

# 《記者無悔》序

　　記者這個行當並不是自古以來就有的。只是到了近代，出現了報紙和雜誌，記者才能出現。

　　我沒有讀過《新聞學概論》一類的書籍，不知道怎樣給「記者」下定義。查一查詞典，上面寫的是「通訊社、報刊、廣播電臺、電視臺等採訪新聞和寫通訊報導的專職人員。」我個人覺得，這樣寫未免有點太實了，我想把它抽象化一點，寫得虛一點。我認為，記者的服務對象是政府官員和社會上各行各業的廣大的人民群眾。他們的作用是傳遞資訊，增強人們間，特別是政府與人民間的相互瞭解，以便向着一個目標共同前進。政府的職責是為人民服務，官員們制定對內對外的政策。這些政策不一定都立即為人民所理解。這裏就需要記者的中介，他們應該比一般老百姓站得高，看得遠，他們要啟迪群眾，教育群眾。這樣一來記者的重要作用，就昭然若揭了。

　　在中國古代奴隸制度和封建制度籠罩下，最高統治者所施行的政策是「民可使由之，不可使知之」。老百姓只能「由之」，而不能「知之」。看來老百姓也沒有「知」的願望，他們只是「順帝之則」，只

要能活下去，就心滿意足了。皇帝老爺子也設有充當花瓶的史官，左史記言，右史記事。史官們記的言和事，大概都是報喜不報憂，換句話說，就是只講謊言，不講實話。否則腦袋就會不穩。我在上面說的「花瓶」，不是給老百姓看的，他們沒有這個資格，意想中的觀者上有天老爺，皇帝的老子，下有後世的子孫萬代。在普遍的說謊的情況下，倘有一個說了點實話，他就會立即成為名人，先秦時代晉國的董狐就是這樣一個人，他名垂青史，一直到現在，還常有人提到他。董狐當然不是記者，但在某一點上，他有與記者共同之處。

到了近代，中國也有了報紙，故而也有了記者。同社會上其他職業階層一樣，新聞記者也不會是一模一樣的，而是五花八門的。如果拿說真話和說假話來作一個標準來區分記者的話，我覺得約略可以分為三大類：第一類，敢說切中要害的真話的記者，這是極少數；第二類，真話假話都說的記者，真話假話都由於認識的水平而決定，真話也都是不痛不癢的，這是大多數；第三類，只說假話的記者，這也是極少數。第一類會冒極大的風險，甚至能丟掉性命，民國初期的邵飄萍和林白水是典型的例證。20 世紀 50 年代反右時期，有幾位知名的記者被劃為右派，又是一些例證。第二類，特別是第三類，比較安全。然而他們對人民有什麼用處呢？他們能教育人民，啟迪人民嗎？

我在上面說了很多真話和假話。作者在《自序》中也提到了他的老師喬冠華教導他：不說假話。我覺得，在這裏，必須對真話和假話做一個比較明確的但仍然難免籠統的界定。顧名思義，真話或者實話就是

符合實際情況的話，反之就是假話，看起來十分簡單明瞭。但是實際上卻並非如此。實際情況的真相並不是容易求索的。只能根據自己求索的水平來講話，這就算是真話了。這裏面還有一個個人認識水平和覺悟水平的問題。我舉一個實際的例子。50年代後期浮誇風吹滿神州大地的時候，有人說，一畝地也可以產十萬斤糧食。這當然不是實際情況，但是一犬吠影，百犬吠聲，畝產量扶搖直上。報紙和記者也不甘落後，大肆報導。別人信不信，我不知道。我這個人不是什麼天才，也決不是傻瓜。我當時相信不疑。如果我是一個記者，根據我的理解水平，我會如實地報導。我自信說的是真話，但是，這種真話符合實際情況嗎？可是在我主觀想法上，它決不是假話。這樣一來，真話和假話拿什麼標準來界定呢？

我在上面僅僅舉了一個事例，在現實生活中，這樣的例子還可以舉出很多來。我只好請求讀者舉一隅而以三隅反了。

真話和假話的標準對一個記者來說是如此的重要，而真話和假話的區分有時又會如此的難，這就對記者提出了極高的要求。記者們必須具有極高的睿智，極強的辨識能力，只有這樣才能明辨是非。他們還必須具有極大的勇氣，只有這樣才敢於發表自己的意見。具有了這兩個條件，下筆必有新意，才能有所依附，一支帶情的筆才能真正發揮作用，說真話和說假話，心裏才會有了底兒。我們過去和現在所需要的正是這樣的記者，未來所需要的仍然會是這樣的記者。這樣的記者是我們人民群眾中不可或缺的人物。他們是真正的記者。真正的記者有福了！

張彥兄裒其舊作文為一集，名之曰《記者無悔》，索序於我。我對於記者這一行當所知不多，這真給我出了難題，言之無物，卻之不恭。謹搜索枯腸，寫成了上面這一些話。這簡直等於班門弄斧，聖人門前賣字。尚望張彥兄有以教我。

2001 年 3 月 10 日

# 《重返巴格達》序

　　過去，常常有人，特別是外國人，在我們耳邊聒噪：中國人沒有冒險精神。言外之意是，中國人只能當「東亞病夫」，任人宰割。只有西方的哥倫布之流才能算是冒險家。現在真相已經大白於天下，西方的冒險家雖多，但多是，目光短淺，居心不良，其用意不過是尋找黃金、香料，侵略和奴役別的民族，甚至滅絕別的民族，保持自己的「天之驕子」的桂冠。

　　這樣的冒險我們必須鳴鼓而攻之。

　　說中國人沒有冒險精神，完全出於誹謗。漢代的張騫鑿空，甘英西使，高僧萬里求法，學子千里尋師，如此等等，不一而足。哪一件事情裏面沒有冒險精神？魯迅先生在《中國的脊樑》中列舉了許多「脊樑」，其中之一就是「捨身求法的人」。他雖然沒有說出名字，但是明眼人一看就能知道，他心目中的人是唐僧。

　　到了中國近現代，有冒險精神的人就更多更多了。我必須在這裏補充幾句：「冒險」一詞有褒貶二義，有積極的與消極的之分，我取其褒義，取其積極的意義。如果沒有這樣的冒險者，中國幾千年的奴隸、封

建統治能夠摧毀嗎？中華人民共和國能夠建立嗎？

我們要為積極的冒險主義大唱頌歌。

專就北京大學而論，北大僅僅是中華民族這個大體系中一個小小的螺絲釘，而掀起偉大的五四運動的就正是北大中的一些冒險家，當時也有人稱之為「叛逆者」。這個運動，不但影響了中國，而且也影響了世界；不但影響了過去和現在，而且也影響了未來。

我們要為北大的冒險家和「叛逆者」大唱頌歌。

唐老鴨師曾僅僅是改革開放後考進北大的一個小弟弟。他是一個普普通通的記者，人們可能稱他為「小人物」。然而，他的冒險精神卻並不小，他是「膽大包天」的。他一方面繼承了中國歷史上的冒險精神，一方面又繼承了北大的「叛逆」精神。他曾步行走過萬里長城，他曾在秦嶺追蹤拍攝大熊貓，他曾到可可西里無人地探險，他曾獨身開車環繞美國，他曾隻身採訪海灣戰爭，他曾赴南極進行科學考察，等等。其中任何一項都能令人舌矯不下，師曾卻能集眾奇於一身。

我們要為唐老鴨大唱頌歌。

然而問題還不就到此為止。唐師曾還有超越前人的地方。我們即將進入新世紀，新千年。我們人類當前面臨的最大的問題是什麼？在芸芸眾生中能提出這個問題的人並不多，包括那些仍然熱衷於爭權奪利的各國領導人在內，他們也大都是懵懵懂懂，而能正確回答這個問題的人更為稀見。在一百多年前，恩格斯在《自然辯證法》中已經提出過警告：「我們不能過分陶醉於對自然界的勝利，對每一次這樣的勝利，自

然界都報復了我們。」真不愧是馬克思的朋友，這觀察多麼犀利，多麼
深刻，又是多麼正確。到了現在，自然界的報復日益明顯：人口爆炸，
疾病叢生，淡水匱乏，資源將盡，大氣污染，臭氧出洞，生態失衡，氣
候變暖，這樣的例子，舉不勝舉，哪一件不是大自然報復的結果？其
中任何一件不解決，都能影響人類生存的前途。見到這種情形的人並不
多。唐師曾是其中之一。他的行動不僅僅在於冒險，他胸懷祖國，放眼
世界；他想促進人類文化交流，保護地球的環境；他不但看到人類的現
在，而且看到人類的未來。因此，我們可以說，唐師曾不但繼承了中國
的傳統，繼承了北大的傳統，而且更重要的是，他以自己的行動發揚了
這種「冒險」的傳統，不僅僅是不怕死，不要錢，而且是遠遠超過了這
個水平，達到了一個全新的超前的境界。

　　我們要為唐師曾的《重返巴格達》而高唱頌歌。

2000 年 12 月 9 日

# 《啟明星》序

　　吳繼路同志寫信給我，要我給《啟明星》寫一篇序。我的第一個想法是：推掉。但是看到附來的《啟明星》的目錄，按年齡順序排列，我的名字赫然站在首位。在這「鐵」一般的事實面前，我只好屈服了。不屈服又怎麼能行呢？我拿起筆來。

　　我拿起筆來，還有一個更重要的原因，這就是：有人給我機會讓我對少年同學們說幾句話，我簡直覺得是莫大的幸福。我也是有過少年時代的；但是，到了今天，再回憶起那個時代來，雲煙渺茫，真是恍如隔世了。

　　當我還是少年的時候，我並不覺得少年特別幸福，特別可愛。有時候，反而有些憤憤不平之意，很想趕快長大成人，好同大人分庭抗禮。以後進入青年、中年。辛稼軒詞說：「少年不識愁滋味，愛上層樓，愛上層樓，為賦新詞強說愁。」他這裏說的「少年」，據我理解，實際上是指青年，甚至是中年的一部分。我在青年時期，愁滋味識得頗為充分。但我不賦新詞，因而也不愛上層樓，只是覺得人生艱難而已。我對別的青年或中年，除了至親好友之外，幾乎是漠不關心的。然而時間只是流逝，一轉瞬間，自己已經進入老境，再引辛稼軒的詞：「而今

識盡愁滋味，欲説還休，欲説還休，卻道天涼好個秋。」我的心情完全不同。「文化大革命」中間，也確實識盡了愁滋味。但那只是暫時的現象。到了今天，塵霾已息，朗日重明，我沒有什麼愁可説，也用不着説「天涼好個秋」。只是對於少年兒童，感情卻越來越深，深的程度可以説是同年齡成正比。這一點，在我青少年時代，是完全無法想像的。

這是什麼原因呢？原因大概是，自己一進入老年，想的問題就多了起來。我從不歎老，也不嗟貧，認為「長江後浪推前浪，世上新人換舊人」，這是自然規律，用不着嗟歎。不過自己畢竟有了一把子年紀，遲早會向地球告別的。但是地球決不停止轉動，人類也不會停止進步，光明就在前面，希望在於將來。二三十年以後，擔負起偉大建設任務的不就是今天的少年嗎？因此，年齡增加一歲，對青少年的感情就增加一分。這種心情，我不説，青少年是未必知道的。而且我這種心情，我相信，也有一定的代表性，決不會為我一人所壟斷。

就在這樣的背景下，我能有一個機會對少年同學們説幾句話，我認為是一種幸福，不是很自然的嗎？

人人都有一個少年時代。本書的作者們當然不會例外。這些作者，很多我都是認識的。儘管年齡還有一定的差距，各個人的少年時代也不會完全相同。但是根據年齡計算一下，我們都在舊社會生活過一段時間。舊社會的那種情況，舊社會的「愁滋味」，我們都或多或少地嘗過而且「識得」。這種滋味，今天的少年，做夢也不會夢到的。今天的少年有福了。你們是在蜜水中成長起來的。這有好的一面，也有壞的一

面。好的是，你們的身體和精神都發育正常而健康，沒有受過挫折或打擊；壞的是，你們社會經歷太少，對好多事物，無從比較，難以鑒別。本書中所收的文章，有的記述了作者童年時代的一些經歷。我相信，你們從中可以瞭解一些過去時代的情景，也許能間接識得一些舊時代的「愁滋味」。你們可以拿這些文章當作鏡子，從中照見你們和我們的不同，過去和現在的不同。這會有利於擴大你們現在的遠遠超過我們當時水平的知識面，對社會認識更深刻，對生活體會更全面。當然，這些優美的散文也會給你們一些藝術享受。

你們聽說過「代溝」這個名詞嗎？看樣子，這是從外國翻譯過來的一個名詞。意思是兩代人之間的鴻溝。我同你們從年齡上比起來，已經不是兩代人，而可能是三代或者更多的代。我們之間有一條「溝」，這是很自然的，用不着大驚小怪。我們只有承認這個事實。

但是我們之間難道就沒有共同的語言、共同的感情了嗎？我認為，還是有的。我一生在教育界工作，天天同學生接觸。我一向自認為是瞭解同學的。可是最近幾年以來，我卻越來越感覺到我們彼此互不瞭解，特別是我不瞭解學生。我常常以此為苦。但是我在這裏想着重說一句：也並不是在所有的問題上都互不瞭解。在一些問題上，我們是心心相通的，比如愛國主義，就是其中之一。

我同別的人一樣，也是既有優點，又有缺點的。我常常剖析自己，剖析自己的優缺點何在。我認為有一點是值得提出來的，就是熱愛我們社會主義的祖國。我頭腦裏有時候也有一些暢想曲。我曾幻想，有朝

一日，如果在祖國與個人生命之間非有所抉擇不行的話，我究竟選擇什麼？我的回答簡單而又堅決：祖國。即使把我燒成了灰，我的每一個灰分子也是熱愛祖國，決不變節的。這當然都是瞎想，不過也略能表達我的心情。在這方面，我同許多大學生是有共同感情的。一提到振興中華，他們就立刻來了勁。這不是一個有力的證明嗎？

你們少年同學怎樣呢？我沒有同你們談這個問題的機會，我不敢說。但是我堅決相信，你們也會同你們大學生哥哥姐姐是一樣的。你們也熱愛我們的祖國。這一點是環境決定的。中國過去是一個受剝削受壓迫的國家，我們的知識分子大多數之所以有強烈的愛國心，其根源就在這裏。你們當然沒有識得舊社會那種愁，但是你們從家長、老師那裏，從父輩、祖父輩那裏，也會瞭解到，感覺到這一點的，所謂潛移默化、耳濡目染者就是。你們從這一集子中的某一些文章中也能領會到一點的。如果真是這樣的話，我就會感到無限的欣慰。我在本文開始時，寫出的那一句話，「有人給我機會讓我對少年同學們說幾句話，我簡直覺得是莫大的幸福」，就不至於落空。

今天我們的祖國，在克服了災難之後，正大踏步地向前邁進。我們的日子越來越幸福，前途越來越光明。這一點，我們老年人感到了，你們少年同學們也不會感不到。現在我想改一改辛稼軒的詞：「而今嘗盡喜滋味，欲罷不能，欲罷不能，頻說喜事千萬重。」

1983 年 7 月 31 日

# 《大漠孤煙》序

接到黑龍江大學戴昭銘先生來信，要我給他的長篇小說《大漠孤煙》寫一篇序。我不專門研究文學，更不是文學批評家。何況我年前已經立下了宏願大誓：今後不再給人寫序。因此，我內心裏第一個反應就是拒絕，堅決拒絕。

但是，過了兩天，我又拿出了戴先生的信，仔細看了兩遍，又讀了張景超教授的《奇人奇書》，是專門介紹《大漠孤煙》的文章。我仔細想了想，越來越覺得茲事體大，我實在應該站出來，助一臂之力。我決心改變原來的想法。我認為，這一篇序一定要寫，堅決要寫。

為什麼我在極短的時間內內心居然有這樣大的劇變呢？

話要從「十年浩劫」說起。我生性魯鈍，在很多方面都不是先知先覺，在政治上，我只是一個後覺中之後覺。一直到身隔囹圄，天天捱打受罵，我依舊誠心誠意參加造神運動，為十年浩劫辯護。一直到四兇被捉，我腦袋裏才開了點竅。改革開放，天日重明。經濟發展，國勢日隆。我卻常常想到「文革」，在自己心中進行反思。我越來越覺得，十年浩劫是我們這個偉大民族歷史上最殘暴、最粗野、最荒謬、最無理的

空前絕後（這是我的希望）的一場悲劇。我們的政治四分五裂，我們的經濟已經走到破產的邊緣上，我們的社會進步至少有十年被拖住了後腿。想到這裏，真不禁後怕不止，心驚膽戰。

付出了這樣沉重的學費，我們學習到些什麼東西呢？應該說，學習到了不少的東西。從最大的宏觀上來看，改革開放就是同「文革」「對着幹」的結果。但是，據我的看法，我們應該學習的東西還有很大的遺漏，我們沒能很好地利用「文革」這個反面教員對我們全體人民，特別是後世子孫進行教育，以徹底杜絕這種悲劇的再次發生。這個機會我們錯過了。「文革」初結束時，我們的政策是粗一點比細一點好。這是完全正確的，非常有必要的；只有這樣才能穩定大局。但是，我個人認為，粗一點以後應該繼之以細。讓那些手上流淌着人民鮮血的殺人犯、虐待狂、獸性大發作的人們得到應有的懲罰，讓他們不敢再為非作歹，攪亂社會，成為安定團結的社會中的癌細胞。可惜我們沒有這樣做。許多真正的殺人犯逃脫了法網，至今仍然逍遙自在。一想到這一點，我心裏就感到不安。一有風吹草動，這一批人仍然會跳出來的。

現在，「文革」已經過去了二十多年了。當年受迫害、坐監牢的老同志，有的已經含恨走了，剩下來的也大都垂垂老矣。他們每個人都有一肚子苦水，一肚子牢騷，可惜傾吐無門，發泄無地。如果即使不是每一個人，只是他們中的一部分人，肯於把自己那一段經歷講了出來，或寫了出來，將會比那些生編硬造的小說內容精彩萬倍，也富於教育意義。都將是留給我們子孫後代的最好的教科書。血寫的文章遠遠高於墨

寫的，這一點我是深信不疑的。

　　自從文革結束後，我心裏就埋下了這樣的希望，希望有人寫了出來。然而盼星星、盼月亮，盼到東天出太陽，給我帶來的是失望。再環顧我的周圍，一群群男女大孩子，如雨後春筍一般，拔地而起。他們生長在改革開放的陽光雨露中，無憂無慮，有吃有喝，社會安定，人民康樂。他們大概會以為，中國社會向來就是這樣的。如果同他們談到文革中種種慘無人道的暴行，他們會瞪大了眼睛，滿腹懷疑：你不是造謠吧，你不是說謊吧，人哪裏會幹出這樣的事情呢！

　　看到這種情況，我心裏比在牛棚中遭毒打時還要痛苦十倍，這一場石破天驚的大悲劇過去了才不過二十多年，竟被社會遺忘殆盡了。在青年們心目中，它不過是一縷輕煙，一篇神話。我真想躲到什麼地方去哭上一場。繼而轉念一想：你不是也喜歡舞筆弄墨嗎？別人不寫，你自己為什麼不寫呢！既然想到，立即動手，在不太長的時間內就寫成了一本書，就是《牛棚雜憶》。我一生爬格子，但是，這一次卻是在構思寫作方面最順利愉快的一次，而在內心裏最傷痛的一次。我曾說過：我這一本小冊子是和着血和淚寫成的，決非誇大之詞。

　　小書出版以後，立即受到熱烈的歡迎。在不到一年的時間內，我收到的關於《牛棚雜憶》的信就有二三百封。書上寫的印數雖然只有九萬冊；但是，根據國內外流行的情況來看，朋友們的意見是盜版將及八九十萬冊。這大大地出我意料。我的一位老朋友，廣東的老作家寫信給我說，我雖然畢生從事著述，寫成的東西可以千萬字來計算；

但是，這一本小書一出，其他的文章皆可以作廢了。我個人認為他的話實在很有道理。雖然我沒有能力寫整個的「文革」，我只寫了燕園這非常渺小的一個地區，可是我給我們子孫後代留下了一份寶貴的遺產，留下了一面光明的鏡子，從中可以照見美與醜，善與惡，常照一照，會使他們頭腦清醒，耳聰目明。這是我留給中華民族子孫後代的一份極其珍貴的禮物。

戴昭銘先生的這一部著作，雖然是一部長篇小説，不是直接敍述十年浩劫的過程的；但卻與文革息息相關，從中完全可以照見這一幕，人類空前大悲劇的影子。我因體力不支，目力不濟，無法仔細閱讀這一部長篇小説，我個人同戴先生也並不熟識。但是，我讀了孫景超教授的文章《奇人奇書》，我卻不禁對戴先生肅然起敬，敬重他的文章，更敬重他在文革中的表現。「歲寒然後知松柏之後凋也」。到了今天，真理已經大白於天下，有誰會對戴先生這個奇人，《大漠孤煙》這一部奇書不表示最高的敬意呢？現在，這一部奇書在經過了三災八難以後終於問世了，我以九十歲高齡的過來人的身份，為它祝福，祝福它平安地走向人間。灑向人間都是愛。

2001 年 7 月 22 日寫定
於時窗外清塘中
紅荷怒放，綠葉擎天

# 《我爸我媽》序

　　宗江的女公子（這是文雅的稱呼）編選了這一部《我爸我媽》，要我寫一篇序。這個書名就打動了我的心，我是一個過早地失去了母親而終身懷有風木之悲的人。因此，我樂於承擔這個任務。

　　我先對為子女的說幾句話。

　　我本來想引經據典，洋洋灑灑，夢筆生花，大展文才，寫上一大篇的。然而，我忽然想到，這個想法十分幼稚可笑。這是難以辦到的，即使韓柳復生，李杜再出，也是困難的。何況讕陋如不佞者！

　　苦思之餘，忽然頓悟：最有效，最簡短，最有感染力，最能動人心魄的辦法還是：抄唐代詩人孟郊的，去年曾在香港當選為歷代最佳詩篇的《遊子吟》：

　　　慈母手中線，遊子身上衣。

　　　臨行密密縫，意恐遲遲歸。

　　　誰言寸草心，報得三春暉。

　　簡單明瞭，明白如畫。倘若加以解釋，反屬多餘。為子女者應當認真體會其中的感情和含義。這是我對他們的希望。

我再對做父母的說幾句話。

我先引唐代韓愈《師說》中的幾句話:「是故弟子不必不如師,師不必賢於弟子,聞道有先後,術業有專攻,如是而已。」在這裏,我不但必須說明解釋,而且還要「改造」,改造韓愈的文句:「子女不必不如父母,父母不必賢於子女,時代有先後,術業有專攻,如是而已。」

我的解釋是,在中國這樣的倫理社會中,父母對子女的感情,有時會十分矛盾與複雜。一方面,父母都「望子成龍」,這是十分正常的希望。但在另一方面,在有意與無意之間,幾千年封建倫理思想又在那裏作怪,「父道尊嚴」的內心活動又會時時有所萌動。在今天獨生子女被社會上尊為「小太子」、「小公主」的情況下,表面上父母百依百順,我卻不相信,幾千年的封建思想就能夠一下子堅決、徹底、乾淨、全部地剷除淨盡的。因此,做父母的很難正確處理好與子女的關係。特別是在窮鄉僻壤文化比較落後的地區,更是如此。前幾年,報紙上刊登了一條消息:一個母親由於「望子成龍」的心情過於迫切,親手把自己的兒子打死,事後頭腦一清醒,又自殺身亡,追兒子於地下。還有一條消息,說的是一個父親,也是出於「望子成龍」的心情,把自己的兒子捆綁起來,進行毒打。兒子在奄奄一息中哀求自己的父親說:「爸爸!以後我改了!別再打我了!」父親置若罔聞,捆打了一夜之後,小孩終於死去。但是小孩子這幾句話真正震撼了我的靈魂,我當時痛哭失聲。一直到今天,小男孩子的這幾句話還時時響在我的耳邊。

我修改韓愈的那幾句話,無非是希望當父母的能夠正確處理同子女

的關係，在親情方面能做到「父慈子孝」。在處理人生一些問題方面，能做到互相尊重，父母不以老賣老，子女不「倚少賣少」（這是我創造的詞兒，將來要申請專利的）。「時代有先後」，這是自然規律，無法抗禦的。父母都應當記住這一點。

這是我對父母，其中也包括了子女的一點希望。質諸宗江，以為如何？

這就是我的序。

# 「勺海拾回的小詩」攝影展前言

小引：

　　辛未夏，吳君瑛南舉辦個人荷花攝影展，徵文於予。予雖不文，欣然應命。蓋君先人吳世璜教授與予為數十年風雨與共之老友，而瑛南作品又巧奪天工，動人魂魄，勢不得不爾也。短時構思，成文一章，初頗自傲，繼而諦視，則又非詩，非詞，非文，非賦，直非驢非馬之四不像也。雖欲效顰老王，亦勢有所不能矣。適《濟南日報》盧新同志索稿，考慮再三，以此文付之。予暌離故鄉，歷有年所。有此小文，使桑梓新老朋輩，以及親屬故舊得知予雖年屆耄耋，興會猶尚不淺，或不無意義也。


　　世之人寧有不愛荷花者乎？梅蘭竹菊，舊稱四君子，然以吾視之，則荷花實凌駕四者之上，誠君子中之君子也。周蓮溪愛蓮説之所以成為千古名篇，厥因其在茲乎？盛夏之時，炎陽如燃，紅花映日，綠葉接天，清香流溢，翠滿塵寰，誠大千之勝景，乃宇宙之偉觀。世之人寧有不愛荷者乎？然而西風起於青萍之末，碧葉落於千山萬山，

金秋下臨，荷塘凋殘，昔日之綠肥紅肥者，轉瞬渺然。值此之時，世之人寧有不悲傷者乎？吳君瑛南救之有方，君擅攝影之術，尤喜為荷寫影寫像，盛夏酷暑，竟日佇候於荷花池旁，窺伺時機，極盡苦難；探幽搜玄，盡態極妍，窺綠魂於鏡頭，攝紅魄於機端。如此則雖四時變幻，風光不同，而荷花神魄則永存於攝像之中，無論春夏，不計秋冬，坐對紅綠，情動乎衷。

　　世之人寧有不愛荷花攝影者乎？


1991 年 9 月 26 日

特約編輯　　張世林

書籍設計　　吳冠曼

書　　名　　季羨林序言選

著　　者　　季羨林

出　　版　　三聯書店（香港）有限公司
　　　　　　香港鰂魚涌英皇道 1065 號 1304 室
　　　　　　Joint Publishing (H.K.) Co., Ltd.
　　　　　　Rm. 1304, 1065 King's Road, Quarry Bay, Hong Kong

香港發行　　香港聯合書刊物流有限公司
　　　　　　香港新界大埔汀麗路 36 號 3 字樓

印　　刷　　深圳森廣源（印刷）有限公司
　　　　　　深圳福田區天安數碼城 5 棟 2 樓

版　　次　　2008 年 6 月香港第一版第一次印刷

規　　格　　16 開（168×230 mm）304 面

國際書號　　ISBN 978.962.04.2756.5